光文社文庫

思いわずらうことなく愉しく生きよ

江國香織

光 文 社

目次

思いわずらうことなく愉しく生きよ

第1章

育ちゃんってば変ってるんだもの、あれじゃボーイフレンドなんかできっこないと思うわ、と、熱い湯で割った焼酎を啜りながら治子が熊木に言っているころ、当の育子はボーイフレンドとベッドの中にいた。

子猫が毛糸玉にじゃれている図柄の、クリーム色のネルのパジャマを着たままの育子は、毛布と羽根布団とに行儀よくくるまって、出会ってまだ日の浅いボーイフレンドの顔かたちを、検分しているのだった。

肌がきれいだな。

そう思った。指先でそっと触れてみる。やわらかい。男は唇を半びらきにして寝息をたてている。

このひと、ヒゲをそる必要があるのかしら。

午前一時という時間を考えると、男の肌は、たしかにふしぎなほど滑らかだった。育子は頬ずりをしてみる。頬の感触は頬でたしかめるのがいちばんだからだ。

子供の肌みたい。

そして、そう結論づけた。

唇がややぽってりしているが、鼻すじはとおっている。髪と眉は豊かだ。額の狭いところがかわいい、と、育子は思った。

二人の姉同様育子も酒に強い。今夜もビールと日本酒をいい加減のんだ。それでも育子は身体があたたまっただけで、べつにどうということもなかった。出会ってまだ日の浅いボーイフレンドは酔っ払い、育子のシャワーを待てずに寝てしまったというのに。

毛布の下で男の手首を探しあて、ひっぱりだして腕も検分する。私とどっこいの筋肉だと、育子は思った。なま白い腕。爪はきれいに切り揃えられていて形がよく、清潔そうに見えた。

男は裸同然の恰好で寝ている。二十六だと言っていた。育子は先週二十九になった。

男の身体にぴったりくっついて添い、男の腕を自分に巻きつけてみる。首と肩のあたりに。

育子は目をとじて、小さく息をすった。子供のころ持っていた、キツネの顔つき衿巻を思いだした。男の腕は、ちょうどそんなふうだった。

でも育ちゃんは、パワーあるから大丈夫だよ。熊木は言い、いかの塩からを口に入れた。

そうねえ、と相槌を打ちながら、治子はしかし、全然ちがう、と思っていた。私の言っていることはパワーとは何の関係もない、と。でもそれを熊木に説明してもたぶん無駄なのだ。熊木は男のひとだから。男のひとというのは物がわからないようにできているのだ。

育子の問題は、と、だから治子は胸の内だけで考える。育子の問題は、むしろパワーがありすぎることなのだ。

「心配？」

熊木に尋ねられ、治子は呆れて首を横にふった。

「まさか。あたしたちおなじ釜の飯で育ったのよ。おなじ釜の飯で育った姉妹っていうのはね、心配なんてしないものなの」

熊木はおもしろそうに笑って、へえ、と、こたえた。箸で塩からをつまみ、治子の前にさしだす。治子は目を閉じて口をあけ、ぬらりとして身のつめたく張ったそれを嚥み下すと、ああ、と感に堪えたため息を吐いた。おいしいものを食べると幸福になる。

「こっちに来て」

手をひいて熊木を立たせ、寝室にいく。

治子が熊木と暮らし始めて二年になる。熊木は、スポーツライターといえばきこえがいいが、つまりはあまり収入のない物書きで、気の弱いところがいとおしい、と、治子は感じている。背が高く骨太であるのに顔があどけなく、くっきりした二重まぶたの両目尻がややたれぎみであるのも、治子には、「おもいきり助平な感じ」で好もしかった。

旅の好きな治子は、熊木と旅先で出会った。三年前の冬のことだ。宇都宮の――治子の旅は近い土地が多い。旅が好きだからといって――そして結構高給とりだからといって――嬉々としてヨーロッパやアメリカにでかけるのは、あるいはインドや中国にでかけるのは、なんとなく気恥かしい、という気分が、治子にはある――飲み屋のカウンターでたまたま隣同士になったとき、治子は熊木を、やさしそうな男だと思った。どのくらいやさしいか確かめたいと思った。

確かめたい。

治子の恋愛は、いつもそのように始まる。熊木は仕事でそこに来ていると言った。同行者はないと言った。治子は、ならば今夜関係を持つのは簡単だ、と計算した。治子の恋愛は、いつもはじめだけ強気なのだった。

それが、ほとんど収入のない男が転がり込んでくるという結果になった。熊木は途方もなくやさしかった。治子の計算外のやさしさだった。

犬山治子は、三姉妹の次女として生れた。一九六七年、二月のことだ。治子の生れた日、東京に雪が降った。無論治子は憶えていないのだけれど、両親にそう聞かされ、自分が雪の日に生れたということは、治子にとってなんとなく重要なことに思われた。やけどの跡もそうだ。治子は、三歳の冬の日に石油ストーヴの上のやかんをひっくりかえすという失敗をした。幸い目立つほどの傷は残らなかったが、左足の甲に、目をこらせばわかる程度の跡がうすく残っている。治子は、きょうに至るまでずっと、それを自分のしるしだと思っている。姉妹は揃って東京で育った。飲食店を経営していた父親が裕福だったので、いま思うと贅沢な子供時代だった。姉妹が懐かしさを込めて「二番町のお家」と呼びならわしているその家は、しかしいまでは小さなマンションに改築され、その一室に母親が住んでいる。犬山家には家訓があった。人はみないずれ死ぬのだから、そして、それがいつなのかはわからないのだから、思いわずらうことなく愉しく生きよ、というのがその家訓で、姉妹はそれを、それぞれのやり方で宗《むね》としていた。

夜あけは、とり散らかったベッドのある、とり散らかった狭い寝室の空気さえ清潔にする、と、治子は思う。ゆうべの酒の臭気さえ、うす暗い夜あけの部屋の中では悪くなく思える。台所にいき、ヒーターをつけてコーヒーメーカーのスイッチを入れてからシャワーを浴びた。十一月の午前六時は、まだほんとうに暗い。その暗さと寒さを味わうために、治子は風呂場の電気をつけなかった。熱い湯をたっぷり数分間浴びた。オリーヴオイル配合の、へんな匂いがする上に泡立ちの悪い——でも肌にいいらしい——ボディソープで身体を洗い、黒砂糖配合の、泡立ちはいいが使い心地の悪い——でも皮膚の抵抗力を高めるらしい——石けんで顔を洗い、海藻成分配合の、泡立ちがよく匂いも気持ちがいいので気に入っているシャンプーで髪を洗う。バスローブを羽織り台所でコーヒーをのみながら新聞を読んだ。

台所の隅に、小さな机がある。居間が熊木の仕事部屋と化してしまったので、治子は台所に机を置き、そこを自分の場所にした。しかしそこには本だの新聞だの郵便物だのが堆く積まれ、山の中のどこかにはビデオ屋から借りたままのビデオなどもあるはずで、治子はそこを、見て見ないふりでほったらかしている。整理整頓は苦手なのだ。

寝室に戻り、手早く身仕度をすませる。

「行ってくるね」

寝ている熊木に向かって言った。毎朝のことだが、治子は出がけに居間の窓をあける。前夜の晩酌の食器がたいていそのままそこにあるので、部屋の中はむっとしている。熊木と暮らし始めてから、治子は家事を熊木に任せている。

「きょうは遅くなるからね」

玄関で靴をはきながら言った。「はい」と「あい」のあいだのような声が返り、ややあって、「気をつけて」という言葉も聞こえた。治子は微笑み、鍵をあけておもてにでる。ようやくあかるくなったばかりの、まだ朝早い世間に。

目をさますと、育子はまずボーイフレンドを追いだし、一人でゆっくり朝食——あんぱん

と牛乳――を胃に収めた。それから二番町に住む母親に電話して、無事をたしかめる。育子のたしかめ方は直截的で、

「ママ、元気?」

と、いきなり尋ねるのだ。毎朝のことなので、母親の方が先に、育子がまだ何も訊かないうちから、

「ママは元気よ」

と言うこともある。もしもし、さえ省略して、電話にでるなりそう言うのだ。ともかくそんな風にして、育子は今朝も母親の無事をたしかめた。

「今夜、治子ちゃんに会うよ」

育子が言うと、母親は、

「あら、そう」

とこたえた。

「よろしく言ってちょうだい」

と。

電話を切ると、天気予報をみるためにテレビをつけた。育子の部屋のテレビには布がかぶせてある。どっしりと重いタフタの、光沢のある薄緑の布だ。かつて「二番町のお家」でカーテンとして使われていたそれを、母親に頼んで切ってもらった。テレビをみるにはその布

をいちいちめくり上げなければいけない上、クリスチャンでもないのにキリスト好きな育子はテレビの上にキリスト像をいくつか並べていて、めくった布をそのキリスト像でおさえておく、という作業が、テレビをみるたびに必要なのだった。

育ちゃんってばおもしろいのね。

育子は、二人の姉によく可笑しがられる。キリスト教系の学校に通ったわけでもないのに、一体どうしてそうなったのかしら。

育子にもそれはわからない。子供のころからどういうわけか、キリスト関連のものが好きなのだった。教会があれば入ってみたかったし、聖母マリアの絵葉書でもあれば欲しくなった。うまやだのロバだのがでてくるクリスマスの絵本に、強く惹かれたのが始まりだったかもしれない。独特の色あいに目をうばわれた。中学生のころに旧約聖書を読んだ。洗礼を受けようかと考えたこともあるが、でも自分の気持ちは宗教心とは似ていないと思えてやめにした。

たぶん色あいが好きなのだ。育子は自分でそう結論づけている。キリストや聖母マリアや、ロバや羊や夜空や星や、彼らのいる世界の色あいが好きなのだ。

天気予報をみてテレビを消し、布をまたうやうやしくかぶせる。東京の、今夜の降水確率は二十パーセントらしい。

育子の職場には制服があるので、通勤の服装はかなり自由だ。どっちみちコートを着てしまうのだから、と、育子は手近にあったワンピースを選んだ。クリーム色の地に紫と黄色の幾何学模様の散った、かつて母親のものだったワンピースだ。

鉢植えのシダに水をやり、でかける仕度の整ったところへ電話が鳴った。もう留守番電話もセットしてあったので、でるかでないか一瞬迷って受話器をとった。

「育子？」

聞きおぼえのある女の声が言った。ひさしぶりの、でもよく知っている——。

「里美ちゃん？」

名前を思いだすと同時に懐かしさが込み上げた。育子は、高校を卒業してからの二年間、被服の専門学校に通った。里美はそのときクラスでいちばん親しかった女友達で、その後もときどき連絡をとりあって会っていた。

「ひさしぶりだねえ、元気？」

育子が言い、里美は返事をしなかった。

「里美ちゃん？」

さらに数秒の沈黙があり、ようやく硬《こわ》ばった声が返った。

「よくそんなあかるい声がだせるわね」

今度は育子がおどろいて黙る。里美ちゃんは怒っている、というのが、このとき育子の認識したすべてだった。長い髪をくるくると巻き髪にした、背の高い女友達の顔が浮かんだ。

「言い訳はないの？」

詰問され、育子は竦んだ。所在なく、テレビの上に並んだ大小さまざまのキリスト像を眺める。はげかけた金メッキのものが二つ、白いものが二つ、象牙色のが一つに、鉄色のが一つ。

「信じられないよ」

里美はさらに育子を責めた。二度目だよ？　どうしてそういうことができるの？　もうほんと、信じられないよ。

育子にも、何の話だかこのころにはわかっていた。

「ごめん」

里美のことは好きだったので、とりあえず謝った。そして、でもすぐ正直に、

「だけどそれ、里美ちゃんと彼との問題でしょ」

とつけ足した。

「本質的には私は関係ないもん」

と。再び沈黙になる。

先週、育子は二十九歳になった。誕生日がたまたま土曜日だったので、専門学校時代の友人が集ってお祝いをしてくれた。里美は仕事――服飾関係の輸入会社に勤めている彼女は、その日得意客だけの「セール」があったのだ――で来られなかったが、そこに、光夫がいた。昼間だったが、友人の一人が働いている小さなバーを借りきって、酒をのんで騒いだ。あの

子たちときたら、と育子は考える。あの子たちときたら、ちっとも成長しないんだから。

実際、専門学校に通っていた二年間は、育子にとっても楽しい日々だった。奇妙な人たちが集っていた。

「わかってるわ」

浮かない声で、里美は言った。

「私、ちょっと軟弱になってるの」

その日、どんちゃん騒ぎのあとで、育子は光夫と寝た。べつに意味があったわけじゃなく、楽しくて寝てしまったのだ。光夫はユニークな男の子だった。

光夫と里美がもう十年もつきあっていて、くっついたり離れたりしつつ、でも自分には結局コイツしかいない、という感じのおぞましくも美しい——と育子には思える——関係を築いていることは、無論みんなが知っていた。

「でもばかだね、光夫くん。なにもわざわざ里美ちゃんに報告するほどのことじゃなかったのに」

育子が言うと、里美は弱く——でも可笑しそうに——笑った。

「そういうたちなのよ」

近いうちに食事でもしよう、と約束をして、育子は里美の電話を切った。

いつもの電車にはもう乗れそうもない。

育子は阿佐谷に住んでいる。駅までは商店街をぬけて七分の道のりだ。おもては晴れて気温が低く、吐く息が白かった。

職場である自動車教習所までは、電車を乗り継いで一時間かかる。もうすこし近い場所に引越そうかとも思うのだが、一方で育子はこの街の猥雑さが気に入っていた。濃くてしずかだ。

里美ちゃん、元気そうでよかった。

育子は思う。怒りの電話だったことはもう忘れていた。時計屋のウインドウに映った自分の顔を見て、夜までに髪をとかさないと治子ちゃんに叱られる、と、思った。

「鳥天」は、治子と育子の気に入りの店だ。二人とも、ここのつくねは日本一だと思っている。タクシーで高速道路をとばしながら、治子は中指の指輪をひねり続けた。落着かないときの、それが治子の癖なのだった。

治子は、予定通りの時間に会社をでられたためしがない。外資系は時間の自由がきく、などというのは大嘘だ、と治子は思う。たしかに休暇はとりやすく、旅行好きの治子には都合がよかったが、日々の仕事をきちんとこなそうと思ったら、退社時間はどうしても不規則になる。

約束の時間に、もう五十分も遅れていた。育子が気にしないことはわかっていたが、いつ行っても酔っ払ったオヤジのいる、治子が普段接待で使う店とはかけ離れたあのような店に、妹を一人で置いておくのは気がひけた。

なにしろ育子なのだ。意気投合したとか何とか言って、オヤジについていってしまうこともあり得る。育子は高校生のとき、現にそれをしているのだ。

心配なの？

熊木の言葉が思いだされた。治子は座席にもたれ、苦笑する。窓の外はもうすっかり夜で、高速道路の屏ごしに、ネオンが小さくけばけばしくまたたいている。熊木にはきっとわからないだろう。心配なのは育子ではないのだ。育子の行動と、それのひきおこす結果なのだった。その二つは全然ちがうことだ。治子は目をとじて、小さく息をすった。タクシーの中は、すでに治子の香水の匂いが充満している。運転手には迷惑なことだろうが、治子には重要なことだった。七歳のときに父親に「クリスタル」という名前の香水を与えられて以来、香水は治子になくてはならないものだった。いまは「ENVY」を使っている。なじんだ匂いの中にいると落着くのだ。

動物みたいだね。

熊木に、いつかそう言って笑われた。

「高速を下りたら、最初の信号を右にいって下さい」

よそゆきの声で治子は言い、営業用の、くっきりした笑顔をつくった。

第2章

がらがらとけたたましい音をたて、治子が「鳥天」の引き戸をあけたとき、約束の時間はもう一時間十六分過ぎていて、店は混んでおり、酒の匂いと焼きとりを焼く煙が充満していた。

育子は、カウンターのまんなかに腰掛けていた。治子をみて、にっこり笑う。

「ごめん、ごめん。出がけにＦＡＸが入ったりして、ばたばたしちゃって」

隣に腰掛けて言い、治子はビールを注文した。

「どのくらいのんだ?」

尋ねると、育子は、

「ちょっと」

と、こたえた。治子は笑ってしまう。役に立たない、でもそれ以上追及できない上手いこたえだ。

「育ちゃん髪ばさばさ」

スツールをまわし、治子は妹の髪を指で梳いた。

育子は黙ってされるままになっている。プレスもきちんとされていない、古くさいワンピース姿で。

姉妹はビールで乾杯し、焼きとりを十本ずつ食べた。

子供のころ、育子は偏食がちだった。肉は気持ちが悪くて食べられなかったし、魚は焼いたものしか食べられなかった。焼いたものでも、切り身は「得体が知れないので気持ちが悪い」ということになり、まるごと焼けるもの——ししゃもとか、かますとか——だけが、育子の食べられるものだった。野菜や果物に関しても育子なりに区別があり、ともかく食べられるものの少い子供だった。

いまでは大概のものは食べられるし、友人のあいだでは「やせの大食い」とさえ言われることがあるのだが、それでも、育子がものを食べるのをみると、二人の姉も母親も、いまだにとても喜ぶのだった。

「治子ちゃん、最近ママと喋った？」

育子が訊き、治子は首を横に振った。

「じゃあパパとは？」

治子は困った顔をしてみせる。治子に言わせると、育子は「天使みたいにやさしい」ので、人の心配をしすぎるのだ。

「だめだよ、ちゃんと顔をみせてあげなくちゃ。二人とももう年寄りなんだから、きっともうじき死んじゃうよ」

治子は日本酒をこぼしそうになった。そして、育子のこういう物言いが、「天使」の所以なのだと思った。

店の隅の小さなテレビ——おそろしく型の古いテレビで、初めてこの店に来たときに育子が、「見て！　番組は今のものだよ」と感じ入った代物——から、消音のまま歌謡番組が流れている。テレビは壁の高い位置にとりつけられた棚にのっており、リモコンなどないので、店の主人は傘でチャンネルをつつく。そのために、この店のテレビの下には、いつも傘がたてかけられている。

「熊ちゃんは元気？」

育子が訊き、治子は、

「元気よ」

とこたえたあと、

「でもだめ。会いたくなるから彼の話はしないで」

と言って、妹をあきれさせた。

育子には、治子は強度の恋愛依存であるように思える。そして、脳の中の、「恋愛用」の部分が（そういうものがあるとするなら、だが）、私の分も全部治子ちゃんにいっちゃったんだろう、と、思う。それからおそらく「知識欲」のようなものも。

実際、育子は勉強が嫌いだった。学校は好きだったが、それは花壇の水やりやうさぎの世話や、日直になった日に黒板を消せることや、昼休みに校庭で怪我をした子を保健室につれていくこと（育子はずっと保健委員だったので）が好きだったのであって、勉強は嫌いだった。人は一体何のために勉強をするんだろう、と、思っていた。

育子の目に映る治子は、ずっと勉強家だった。子供のころ、姉妹には家庭教師がついていたが、治子はそれだけではあきたらず、自分から望んで学習塾にも通っていた。大学を卒業すると留学し、ＭＢＡとかいう学位をとってきた。最近はラテン語を勉強しているらしい。

「でも育ちゃんがちゃんとここにいてくれてよかったわ」

大きな鞄――これは犬山家の次女のトレードマークだ。いろいろなものが入っている――から財布をとりだしながら、治子が言った。

「知らない人についていっちゃったらどうしようかと思ってたの」

育子は首をすくめる。

「もうそんなことしない。してもしょうがないもの」

そう言うとスツールから降り、治子のコップに一センチほど酒が残っているのをみて、すい、とのみ干した。

熊木圭介は、犬山治子を愛していた。愛という言葉には無論口はばったいものを覚えるが、事実これが愛情というものだろうと思われるので、仕方がないのだった。

うちにもあるのに、と治子に迷惑がられながら持ち込んだ、ビクターの木製のステレオ――ずっしりした音がでるので気に入っている――から、コルトレーンが流れている。熊木はジャズが好きだ。それもスタンダードの、調和のとれた楽器の音が好きだった。

部屋の中は暖房がきいていてあたたかく、たたみ終えた洗濯物がテーブルにのっている。

熊木は治子に二度プロポーズをして、二度断られている。治子は結婚に意義を見出せないのだと言う。先のことはわからないのだから、あなたもあたしもいつ他の人を好きになるかわからないのだから、生涯を共にする約束なんてはじめから馬鹿げている、と。

熊木は苦笑する。そんなふうに言うわりに、治子は一途だと思うからだ。ゆうべだって、と、熊木は鉛筆を削りながら考える。熊木は原稿を鉛筆で書く。仕事にとりかかる前にすべての鉛筆（七、八本ある。緑色の柄の、トンボのＨＢだ）を削って尖らせる、その作業が好きだった。削られた木の放つ、なつかしく心落着く匂い。

ゆうべだって、治子は大変情熱的だった。一緒に暮らし始めて二年経つのに、治子の情熱は一向におとろえない。熊木は、治子のつけている香水の匂いが鼻をかすめた気がして目を閉じる。深く息をすいこむと、しかしそれはまぎれもなく鉛筆の匂いで、目をあけるとそこにあるのは白紙の原稿用紙だった。

時計は午後十時半をさしている。治子はまだ当分帰らないだろう。遅くなる、と言った日の彼女はほんとうに遅いのだ。

熊木がいま書いているのは依頼された原稿ではなく持ち込みのためのそれで、従って〆切りというものがない。それはあるオート・レーサーの——才能のあるレーサーだったが、妻の運転する車で交通事故にあい、大怪我をしてレースを断念せざるを得なくなった男の——ノンフィクションで、熊木はこの半年それにかかりきりなのだった。

「おもしろいの？　それ」

この仕事にとりかかったばかりのころ、治子にそう訊かれた。うん、としかこたえようがなくてそうこたえると、治子は目をふっとほどく感じで笑って、

「じゃあ書くべきね」

と、言った。あきらめとも励ましともつかない、でも愛情だけは確実に含まれたいつもの口調で。

熊木は記憶と感傷をふり払う。ノートをひろげ、頭を仕事用のそれにきりかえる。昼間掃除機をかけたとはいえ、本や衣類やエクササイズ道具——ダンベルや、腹筋のための足おさえボード——、ジンやウイスキーや焼酎の壜や、治子が趣味で買い集めている額入りのポス

ターなどがそこらじゅうに散らかった、窓から代々木公園のみえる治子のマンションの一室で。

「あきれた。あなた、まだそんなことをしてるの？」

誕生日の一夜の顚末と、それにつづく旧友からの電話について、治子の感想はそのひとことだった。

「世の中を茶化すのもいいけど、育ちゃんもはやくほんとのボーイフレンドをみつけなきゃいけないわ」

姉妹は、場所を青山のバーに移し、甘いリキュールを端から試しながら怪気炎を上げているのだった。

「べつに茶化してなんかいないけど」

育子はにっこりしてまずそう反論し、

「でも治子ちゃんのそういう考え方、大好き」

と言って、やにわに治子の頰にキスをした。

「男の子にしなさい」

治子が言うと、育子はなんだか勢いづいて、

「どうして？」

と言って治子の頬に、さらに五回キスをする。治子は気圧されて、お尻が半分スツールから落ちてしまった。育子は満足して、華奢なグラスを干すとおかわりを注文する。

「今度はあの赤いの」

そう言ってMarie Brizardを指さす。

「あたしも」

それから二人で、育子に電話をかけてきた旧友とその男との関係をののしった。ののしりゲームは、三姉妹の気に入りのゲームだった。周囲の誰彼のふるまいについて、あるいは新聞記事のあれこれについて、三人で口をきわめてののしるのだ。それはゲームだった。言葉はどんどんエスカレートし、口汚い言葉が連発されたりもして、しまいに誰かが笑いだしてしまうまで続く。あたしたちの心をつよくした遊び。三人はそれを、そう呼んでいる。

バーの中は暗く、小さなキャンドルのあかりが揺れている。

「育ちゃんを見てると、あたし自分が年をとっちゃったみたいな気がするわ」

治子は言い、水滴のついたつめたいグラスから、うす甘くうす赤いのみものを啜った。

阿佐谷のアパートに帰ると、育子はまずカーテンをひき、暖房のスイッチを入れてコートを脱ぎ手袋をとり靴下を脱いだ。手を洗い、うがいをする。洗面所の壁には聖母マリアと幼子のキリストの、印刷画がセロテープでとめてある。友達に、海外旅行の土産としてもらったものだ。紙も印刷も粗悪だが、育子はその絵が気に入っている。これをみると、うちに帰ってきたと思う。

治子ちゃんはいい子だな。

育子は思った。育子にとって、人はすべからく——年齢にも性別にもかかわらず——いい子といい子じゃない子とに分類できるのだった。

育ちゃん髪ばさばさ。

そう言って育子の髪をとかしたときの、治子のつめたい指を思いだした。彼女の愛用する香水の、なつかしい匂いがした。

うちの治子ちゃんだったのに、いまでは熊ちゃんの女になってしまった。

育子は思い、でもそれは熊ちゃんにとられたとかそういう気持ちではなくて、なんていうかもっとこう、たとえば運動会で自分の子供——それもごく小さな子供——を見守る親みたいな気持ち、に近い感じなんだよなあ、と考えて、その考えが可笑しくなって自分で笑い、ちょっと酔っ払ったみたいだと考えながらパジャマに着替えると、留守番電話と電子メールをチェックした。

それから、小学生のころからの習慣である日記をつける。育子の日記は多分に内省的なものだ。その日にあった出来事を書くのではなくて、そのとき考えていることを書くのでそうなってしまうのだ。人はなぜ勉強をするのだろう、とか、なぜ、どうやって恋におちるのか、とか。

結局、この日育子がベッドに入ったのは午前二時だった。


光。

コップの水ごしにみる冬の日ざしは、なにもかもどうでもよくなってしまうほどきれいだ、と、麻子は思う。

光。

コップの水に閉じ込められているそれは、部屋に溢れている光よりしずかだ。

午後。サッシ窓の向うの庭は、土が白っぽく乾いている。椿の葉の暗い緑。

麻子は、額をガラスにつけてみる。そして左頬を。鈍く、でもたえまなく主張する痛み。

セーターにジーンズという恰好の麻子は、右手に水のコップを、左手に薬の粒を持ったまま、もう随分ながいこと窓辺に立っている。

いいお天気。

麻子は胸の内でつぶやく。最近、気がつくと声をださずに喋っている。誰もいない部屋の中で。

十一月の、水曜日の、真昼。

そうだお買物にいかなきゃ。洗濯用洗剤がもうじきなくなってしまう。紅茶に入れる角砂糖も。

麻子は左手の薬をじっとみて——麻子には、それは親しいものに思える。親しい、ほとんど仲間のようなものに——、水と一緒に、全部ぱっくりのみこんだ。白い大きな粒が一つと、白い小さな粒が二つ、淡い美しいピンク色の、とても小さな粒も二つ。

そうだ今夜はロールキャベツにしよう、と考える。ホーロー鍋で煮込むのは愉しいし、家じゅうがいい匂いになるもの。

麻子は目をとじて、身体に幸福がみちてくるのを待った。ゆっくりと、すこしずつ、幸福は麻子の身体にひろがる。

光。

目を細めると、葉っぱの緑がにじんで大きさを変えた。

この郊外の家の中で、麻子がいちばん気に入っているのは庭に面したこの和室だった。奮発して買った李朝の抽出が一つ置いてあり、畳は毎日雑巾がけをするので清々しく保たれている。

手さげをつかみ、ドライヴィングシューズをつっかけてでかける。大きなショッピングモールまで、車で十五分の距離だ。

育子の勤め先の制服はくすんだピンク色で、白いブラウスと合わせて着る決りになってい
る。フロアは広々としてあかるく、つねに人であふれている。学生が多いが、おじさんやお
ばさんもいる。稀におじいさんやおばあさんも。
ここでの育子の主な仕事は、「新規の生徒さんの受けつけ」だ。年齢や職業にかかわらず、
ここの客はみんな「生徒さん」と呼ばれる。
自動車教習所の事務員の仕事は、専門学校の掲示板でみつけた。被服だのデザインだのの
学校の掲示板に一体なぜ、と思ったが最後、育子はその貼り紙から目がはなせなくなってし
まった。
そして、育子はいまここにいる。
「こんにちは」
声がして、顔を上げるとヘルメットを持った男が立っていた。首をひょこっとつきだして、
会釈ともいえないような会釈をする。
「こんにちは」
めんどくさいな、と育子は思った。はやくベルが鳴ればいいのに、と。
男は、おとといの夜について、たどたどしく弁解をした。
「俺、酔っ払っちゃったみたい。なんでかな」
そりゃあ実力以上にのんだからでしょう、と思いながら、でも育子はこういうときにいつ

もそうであるように、この人は何も悪いことはしていないのだからやさしくしてあげなきゃ、という自己指令を頭の中じゅうにだしてしまい、一方で正直が最大の礼儀だとも思っているために、

「気にすることはないですよ」

と職場用の言葉づかいで言って微笑み、

「私は観察ができたし」

とつけたして、

「また会えるかな」

という問いかけに対しては、

「何のために?」

と訊き返してしまうという、支離滅裂な応対になってしまった。

「もうベル鳴りますよ」

笑顔で男を促した。パソコンの画面に目を戻す。

自動二輪の教習に通って来るこの男とは、おとといが四度目のデートだった。二度目のデートで一度寝た。場所はホテルだった。

育子は、たとえば姉たちに較べて、あるいは同い年の女友達に較べて、肉体関係を持った男性の数が随分多いと自分でも思う。随分多いが、全然成長はしない。いつだったか、姉た

ちに相談したことさえあった。どうやってやってる？　と。どうすれば上手くできるの？　と。育子が高校生のころのことだ。

姉たちは二人とも目をまるくして、次に笑い、それぞれ具体的なアドヴァイスをしてくれた。育子は、そのアドヴァイスを全部、ずっと忠実に守っている。つねに。

ベルが鳴った。教官が棚から紙バサミをつかみ、一斉に所内コースにでていく。赤い車（オートマティック車）と白い車（マニュアル車）、それに自動二輪車が、眠たげな昆虫のように、日なたにならんでいる。

第3章

犬山育子は、三姉妹の三女として生れた。一九七二年、十一月のことだ。長女とは七つ、次女とも五つ歳が離れており、家族の誰からもかわいがられた。育子自身も、かわいがられたことをはっきり憶えているのだが、同時にまた、自分が一人遊びの好きな子供であったことも憶えていた。

二人の姉はいつも一緒に遊んでいたが、育子はたいてい一人で遊んだ。家の中よりも外の方が好きで、当時住んでいた家の近くの病院の庭や、顔に傷のあるおばあさん――あのおばあさんはどうしているだろう、と、育子はいまでもよく考える――のやっている豆腐屋の店先や、あるいは家の前の道で遊んだ。一人でも退屈はしなかった。

朱色のシャベルを持ち歩いていたことを憶えている。そのシャベルであちこちの土を掘り返し、虫をみつけては眺めたりした。蠟石やチョークで道に輪をかいて、石けりに似た遊びを自分で考案し、ひたすらくり返したりもした。

シャベルや蠟石は、父親が買ってくれた。飲食店を経営していた父親は、昼間に家にいることもめずらしくなく、遊んでもらった記憶や家族で行楽地にでかけた記憶はないのだが、そのかわりにふいに、

「散歩にいくか」

と言って娘たちの一人を連れだし、パーラーでソフトクリームを食べさせてくれたり、雑貨屋でシャベルを買ってくれたりしたのだった。

両親が離婚したのは、育子が二十一のときだった。原因は父親の浮気だったが、父親はその女性ともやがて別れ、いまは江古田に一人で暮らしている。

育子はときどき父親を訪ねる。もう年をとっているので、そのうち死んでしまうからだ。両親の死は、育子にとって昔から、いつか確実にやってくる、すでにそこにある何かだった。

十二月。

きょうも育子は六時に目をさまし、あんぱんと牛乳の朝食を摂った。母親に電話をして無事をたしかめ、布を持ち上げてテレビの天気予報をみて、テレビを消してまた布をかぶせた。

無事をたしかめる電話を母親にだけして、父親にしない理由は自分でもよくわからない。離婚直後、父親のそばには別の女性がいて、その分母親が気の毒に思えたからかもしれない。たとえ母親が、どう考えても演技ではない晴れやかさで、

「ママはずっと一人になりたかったの。清々したし、とても嬉しい」

と言っていたにしても。

実際、母親は快活に暮らしている。会いにいけば料理をつくってふるまってくれるし、普段は本を――昔から本の好きなひとなのだ――思うさま読んで暮らしている。

もっとも、と、でかける仕度をしながら育子は考える。仕度といっても簡単なもので、歯を磨いて顔を洗い、化粧水をはたき込んで服を着るだけだ。

もっとも、それを言うならパパも元気だ。新しい女に去られたときも、特別意気消沈したふうには見えなかった。

育子はクリーム色のブラウスに焦げ茶色のスカート、焦げ茶色のタイツを身につけて、鏡の前に立つ。鏡は寝室に置いてある。鏡の前には古新聞が一部――日付は平成五年一月で、すでに紙が変色し、四つ折りのまま乾いてかりかりになっているのだが――置いてあり、靴をはいた姿で鏡の前に立てるようになっている。

コートを着て職場に向かう。いつもとおなじ一日が始まる。

育子の職場には女性が多い。教官は八割が男性だが、フロアはほとんどが女性で、それはたとえば学生時代の友人の里美ちゃんに言わせると、

「女の多い職場ってほんとにいや。うっとうしいったらないよね」

ということになるのだが、育子はそんな風に感じたことはない。里美ちゃんがうっとうし

く感じるとしたら、たぶんそれは里美ちゃん自身が、うっとうしい人格の持ち主だからだ、と、育子は思う。それはおもしろそうで、すこしうらやましい。

早番の日の仕事は、八時半に始まって五時に終る。育子はそのあいだ、客である「生徒さん」たちとしか口をきかない日さえある。無論仕事上の必要があれば別だし、そうでなくても、たとえば同僚に誘われて、昼休みに近所の軽食屋でしょうが焼き定食などを食べることもある。それはそれで楽しいが、自分から誰かに話しかけることはしない。そして、それで不都合はないのだ。

どうすればうっとうしいことが起こるんだろう。

育子はときどき、そう考える。

冬晴れ。

夫の車の駐めてあるガレージに直立したまま、麻子は真上を見上げる。やさしい青と、やわらかい白。モネの絵みたいな空だ、とぼんやり思う。

箒と塵取りとビニール袋。麻子は狭いガレージを掃く。隅に落ち葉がたまるのはわかるが、きまって駄菓子の袋が落ちているのはどういうわけだろう。家の前が近くの中学校への通学路になっているせいか、袋のみならず、ときには食べかけのコロッケが落ちていたりする。通行人というのは随分不遠慮に、ひとの家の前に物を捨てていくものだ。

掃除をすませると、麻子は満足気にまわりを見まわした。これなら大丈夫だろう。麻子の夫はきれい好きなので、汚れた場所をみつけると機嫌をそこねるのだ。

口をしばったビニール袋を、庭のゴミ箱におし込む。さっぱりした心持ちになり、軽やかな——いっそ浮き浮きとした——足どりで家の中に戻る。知らないうちに、麻子はハミングまでしていた。「DON'T LET ME DOWN」のサビの部分だ。麻子はそれを、ビートルズではなくフィービー・スノウの曲として憶えている。高校生のころに好きだった曲だ。高校生のころ。ふいに喜びが湧きあがり、麻子は微笑む。高校生のころ、自分は何と無知だったことだろう。恋愛についても、男の人というものについても、何一つ知っちゃいなかった。

自分の脱いだサンダルの先に、枯葉が一枚くっついているのを見て、麻子は眉をひそめる。三和土《たたき》にかがみこんでそれを取り去る。機嫌をそこねた時の夫の顔が目に浮かんだ。世間には、理由もなく妻に暴力をふるう男がいると聞くが、麻子の夫は勿論そんなことはしない。彼が不機嫌になるのにはちゃんと理由があるのだ。それも、たしかにもっともな理由が。枯葉を一枚手に持ったまま、麻子は玄関に立っている。下駄箱の上には皿にのせた貝殻がいくつか置かれている。夏に、夫と東海岸で拾った貝殻だ。

麻子は結婚して七年になる。貝殻を一つ手のひらにのせてみる。ハミングは、いつのまにか止まっていた。

「犬山さん」

廊下で呼び止められ、ふり向くと、すこし前に二度ほどベッドを共にしたボーイフレンドが立っていた。小柄な、かわいらしい顔つきの二十六歳だ。

「こんにちは」

育子はにこやかに言った。もうあまり興味はなかったが、会って不快というわけでもない。

「試験、どうだった?」

男は片手にヘルメットを抱えたまま、照れくさそうな笑みを浮かべて、うす、とうなずいた。

「おめでとう」

バイクの免許が取れたら二人乗りをしよう、と約束していた。お祝いに御馳走する、とも。

並んだ窓から所内コースの見える廊下で、育子は微笑みを浮かべる。

「きょう?」

それが、と言って、男は情なさそうに育子を見ると、

「二人乗りはまだ自信なくて。めしだけとか、だめ?」

と、訊いた。ほんとうにめしだけかどうかは疑問だったが、育子にはそれもいいと思えた。

きょうのごはんをこの子と食べるのもいい考えだ、と。

「五時に終るわ」

男は、知ってる、と、こたえた。渋谷でいい？と。渋谷にいい焼肉屋があるのだという。育子はうなずき、冬枯れた窓の外を見る。私が待っているのは、でもこういうのじゃないんだけどなと思いながら。


その夜の育子の日記は、ひさしぶりに三頁におよんだ。子猫の柄のパジャマにはんてんを重ね、その恰好で育子は、小さすぎる――と誰もが言う――子供じみた文字で、地味な大学ノートにびっしり三頁、日記を書いた。

育子の日記はいつもきわめて内省的なのだが、きょうのそれは一際重々しい内容だった。人は何のために生きているのか、というのが中心的なテーマで、育子はそれを、てっぺんにピグレットのついたボールペンで綴った。育子の考えでは、人はその生涯をかけてある種の人生をつくり上げることのみを目的として生きており、できることならば――すくなくとも多くの人にとって――その作業は、途中から誰かと共同で行うのが望ましい。そしてまたできることならば、つくり上げたその「ある種の人生」の結果として子を成し――ということはその「誰か」は異性であることが望ましいのだが――、生物として自分の生きた一つの時代を、次の時代の生物へとつなげるべきなのだ。そのためには、恋愛、と書いて、育子はその言葉を二本線で消し、錯覚、と書き換える。そのためには、錯覚にまどわされず、自分にとっての正しい「誰か」をみつけだす必要がある。

要約するとそのようなことを、育子はこの日の日記に書いた。書きものをするときの習慣どおり、ばさばさの髪をカチューシャでとめて、昼間用のコンタクトレンズではなく眼鏡をかけて。

日記には、その日一緒に焼肉を食べ、アパートまで送ってくれた男は登場しなかった。育子には、それはもう過ぎたことだった。過ぎたことを書いてみても、一体何になるだろう。

育ちゃんの日記をね、見ちゃったことがあるの。耐熱グラスに入れた焼酎を啜り、治子は言った。麦と芋の焼酎を半々にブレンドし、熱い湯で割ったものが治子は好きだ。深い、やさしい匂いがする。

「日記を？」

テレビのニュース番組をみていた熊木は、びっくりしたように治子を見る。

「いつ？」

もうずっと前、とこたえて、治子は立ち上がり、台所からサラミをとってきた。ペティナイフで薄くスライスする。

「でもあの子、べつに隠さないのよ。見せてって言えば、いつでも見せてくれる」

スライスしたサラミを一枚口に入れ、ややあって、治子は顔をしかめた。

「皮」

舌に残るそれを指先でつまみ、灰皿に捨てた。熊木は笑うともつかず眉を下げて顔をしかめ、治子の膝からまな板ごとサラミとナイフをとりあげる。

「そりゃあサラミだからね」

薄く切られた肉片の一枚ずつから熊木が器用に薄皮をはぐのを眺めながら、治子は、いつもサラミをだしてくれるとき、このひとはいちいちこんなことをしてくれていたんだ、と考える。そうかサラミというのは皮のあるものなのか、と。

「それでね、育ちゃんは昔から、昔って、そうね、すくなくとも中学校に上がる前から、人生について考え抜いたみたいな日記をつけてたの。あたしが見ちゃったのはあの子が高校生のころだったけど、聖母マリアがなぜ処女であるのかっていうことが、よく憶えてないけどまああの子なりの解釈がね、ノートにびっしり書いてあって、ああこれはだめだって思ったわ」

治子は、きょう一つ取引を決めたので機嫌がいい。治子の会社の規模を考えればそう大きな取引ではないが、小口と呼ぶには大きすぎる額の取引だった。治子の得意なパターンだ。派手でこそないが、実質的に大きな契約。

「だめ？　どうして？　人生を考え抜いたみたいな日記を書いていたっていいじゃないか」

熊木の鷹揚な口調に、思わず治子の頬が緩む。

「わかってないのね」

治子は立ち上がり、部屋の隅に置いたままだったバーキンをとってくる。数年前にボーナスをはたいて、本店で注文して買った濃紺のバーキンだ。今夜じゅうに目を通さなければならない資料が入っている。

「人生は考え抜くものじゃなく、生きるものなのよ」

かがみ込み、鞄をさぐりながら言うと、背中に熊木がおおいかぶさってきた。治子の髪に鼻を埋め、熊木は息をすい込んでみせる。

「やめて」

シャワーの後ならともかく、一日働いて来たあとで、しかも酒も飲んでいるときに髪に鼻を埋められたくはなかった。

「なんで?」

熊木はあいかわらず鷹揚な口調だ。治子の拒絶が理解できないというように、不思議そうにつっ立っている。

「なんでもよ。今夜は仕事をしなくちゃ」

熊木はロマンティストだ、と、治子は思う。男女の関係も、このひとにかかるととてもロマンティックなものになる。脇に書類をはさみ、片手に焼酎のグラス、もう一方の手に電卓を持って、治子は台所にひきあげる。熊木がころがり込んで来て以来、台所が治子の仕事部屋になっている。

ロマンティストだからこそ、三十代も後半になって碌に収入のないことにも耐えられるのだろうし、ロマンティストだからこそ、結婚しようと言いだしたりするのだ。

仕事部屋とはいっても、隅の机はパソコンだの書類だの新聞だのでごった返していて使えないので、治子は油じみた塩コショウのびんの置かれたテーブルで仕事をする。邪魔だからどけてと何度言っても熊木がどけてくれないテーブルクロス——赤と白のギンガムチェックで、しかも安っぽいビニールコーティングがされている——のかかった食卓で。

居間からは、ニュース番組の音声がきこえてくる。熊木がヴォリウムをあげたらしい。テレビの好きでない治子は、それだけのことで苛立ち、それだけのことで苛立つ自分が狭量に思えて、また苛立った。

あたしは熊ちゃんが大好きだわ、と、治子は考える。三十四年間の人生で、たぶんいちばん好きな男だ。勿論、この前の男とつきあっていたときにはその男について同じように思ったし、その前の男のことも、そのときはやっぱりいちばん好きだった。

育子がしょっちゅう——それも、わかりきったことだという顔で——言うように、恋愛はすべからく錯覚にすぎないのかもしれない。そんなものを信じられるなんて治子ちゃんって素敵、と、五つも年の離れた妹に言われ、あまつさえキスまでされたりするくらい、自分は間が抜けているのかもしれない。

治子はひさしぶりにそれを思いだす。

「治子はへんなことに躍起になるんだなあ」

熊木に劣らず鷹揚な父親に、かつてよくそう言われた。

「そのうち胃に穴でもあくんじゃないか？」

治子の考えでは、姉妹の中で自分がもっとも常識的であり、それはとりたてて素晴らしいことではないにせよ、悪いことでもないはずだ。それがあの家では、「へんなことに躍起になる」というふうに扱われるのだった。

仲のいい家族だった。幸福な子供時代だったが、一方で治子は早く家をでたかった。大学を卒業し、アメリカに留学したのも半分は家を離れるためだったような気がする。現地採用で就職を決め、帰国してアパートを借りた。三年後には別の――でもやはりアメリカ資本の――企業から声がかかり、転職を機に今のマンションの一室を買った。姉の麻子が二十九で結婚するまでずっと実家に住んでいて、それは実際、治子には考えられない選択だった。

二番町の家をでて十二年になる。治子は自分で、まずまず上手くやっていると思う。

「治子はへんなことに躍起になるんだなあ」

父親の言葉を、治子はときどき思いだす。必ずしも経済的に豊かだったからというわけではなく、あの家にはどこか奇妙な優雅さがあった。そして自分は、その優雅さに上手くなじむことができなかった。

「でも治子ちゃんはいい子だよ」

風変りな妹に、風変りななぐさめ方をされたりした。

治子は頭を振り、手元の書類に目を戻す。英語と数字とグラフだけで構成された、五十頁もある紙束だ。さめてしまった焼酎を啜る。赤と白のテーブルクロス、夕食のフライパンや食器がそのまま置かれている流し、換気扇、物の積み上げられた書き物机。治子は周囲を見回して、最後に自分の足先を見る。ここのところ忙しいので、ペディキュアが爪の半分ほどしか残っていない。居間からはテレビの音。

治子は小さくため息をつき、でも、と考えて一人で微笑む。でも、すくなくともあたしにはやるべき仕事があり、サラミの皮をむいてくれる男もいる。

第4章

「サリンジャー？」

ガラス越しに曇り空と中庭の見える、青いタイル貼りの喫茶店で母親はいぶかしげに眉をひそめた。

「そりゃあ読んだけど、若いころだもの、もう忘れちゃったわ」

テーブルには紅茶が二つ、置かれている。ここの紅茶には、個包装された細長いクッキーが一本ずつ添えられているのだが、麻子も母親も、それを食べる気はなかった。

「なによ、サリンジャーがどうしたのよ」

もともとてきぱきした物言いをする人ではあったけれど、ここ数年で、母親の口調は一層つっけんどんになったようだ、と、麻子は思う。

「たまたま、うちに二冊あったの。だからママに一冊あげようと思って」

隣の席に置いておいた鞄から、麻子は文庫本をとりだして母親に渡した。父親と離婚して以来、母親が本ばかり読んでいることを知っていた。

母親は、腑に落ちないようだった。さしだされた文庫本を手にとって眺め、

「でもどうしてサリンジャーなの？」

と、質問した。

「だからうちにたまたま二冊あって」

つい声に苛立ちがにじんだ。麻子は、目の前の母親が自分をじっと見ていることに気づき、失敗を悟った。

「どうしてって、どういう意味？」

遅まきながら尋ねたが、母親はそれにはこたえず、

「あんた、調子が悪いの？」

と、尋ねた。

「調子が悪いっていうのは身体のことじゃなく、育子の言う『心がすぐれない』ってことだけど」

サリンジャーをハンドバッグにしまい、かわりに金色の薄型シガレットケースをとりだす。ぱこりと小さな音をたてて、母親はそれをひらき、両切りの煙草を一本とりだして火をつける。そのあいだも、麻子の顔から視線をはずさなかった。

「いいえ」

麻子はきっぱりとこたえ、微笑んでみせる。いいえ、全然そんなことはないわ。中庭には、あかりのついていない豆電球がぐるぐるとまきつけられた木が一本立っている。コンクリートの殺風景な中庭で、その木は寒々しく、侘しく見えた。

「ならいいけど」

母親の煙草の、麻子にとっては懐かしい、甘い匂いが漂った。「二番町のお家」の匂い。この人の前で、私は昔から上手く嘘がつけない、と、麻子は考える。

母親は整った顔立ちをしているが、寒さのせいか肌が乾燥し、化粧がやや粉っぽいように麻子には思えた。

三姉妹の中で、麻子はいちばん母親似だ。こうして一緒にお茶をのんでいれば、誰の目にも母娘だとわかるだろう。

「邦一《くにかず》さんは元気?」

母親が話題を変え、麻子はほっとして、

「ええ」

とこたえる。紅茶茶碗をもちあげて微笑むと、それは麻子自身でさえ奇妙な気がするほど、幸福でみちたりた微笑みになった。

「あ、そう」

母親は半ばあきれ顔になり、

「そりゃ何より」

とつぶやくように言う。

まただ、と麻子は思い、胸の内で首をかしげた。夫の邦一について口にするとき、ふいにひどく幸福な気持ちになる。それは夫のそばにいるときには、決して感じられない種類の感情だった。そばにいるときよりも離れているときに、結婚はその効果を発揮するのだ。

母親が立ち上がったので麻子も立ち上がり、左手の結婚指輪と腕時計——ともに邦一の左手にもついているはずの——をちらりと見て、コートを着た。光沢のある白いシルクのダウンコート。

レジで支払いをしながら、母親はショウケースの焼き菓子に目をとめて、

「これ、買ってあげるわ」

と言った。

「もうすぐでしょ、あんたの月誕生日」

そもそも、それは育子の発案だった。死んだら月命日というものがあり、それは毎月めぐってくるのに、生きていると誕生日は一年に一度で、それはおかしい、というのだ。家族が五人いれば月誕生日は月に五度も存在し、その度に祝いごとをするわけでは無論なかったが、それでも思いだせば冗談ともつかず「おめでとう」と言ったり言われたりし、新生児のよう

に何歳何カ月というふうに互いの歳を数えあうのが犬山家の習慣になっていた。

「ありがとう」

麻子は苦笑して、その小さな包みを受けとった。

店をでると、ついでに買物をしていくと言う母親と別れて、麻子は車を停めてある路地に急いだ。午後四時。急ぐ必要なんかない、と思おうとするのに気が急《せ》いて、不自然なまでの早足になってしまう。追い越すときに、他人の肩や鞄にぶつかった。

ついさっきの、みちたりた一瞬の感情は跡形もなく消えていた。空にはまだあかるさが残っているのに、冬の街にはすでに街灯がともり始め、軒をつらねたブティックのウインドウも、白くうすっぺらな光をこぼしている。

麻子はほとんど怯えていた。車にたどりついたときには震えていて、悪いことをした子供のように心臓がどきどきした。助手席に鞄を放り、運転席にすべり込むとドアを閉め、両手で顔をおおってしばらくじっとしていた。

よかった。もう大丈夫だ。車の中は家の中とおなじだ。護られている。

顔を上げ、呼吸が落着くまでさらにしばらく待ってから、麻子はキーを差し込んでまわした。すわり慣れたシートの感触と、後部座席に置かれたベージュの膝掛け、余計な音も物もない車内。麻子がサイドブレーキをはずすと、車は滑るように発進した。

夕方から夜にかけての時間に外にいることが苦手になったのはいつからだろう。誰かと一緒にいれば、むしろ一日のうちでもいちばん好きな時間帯なのに、一人で、自宅以外の場所にいるのは苦痛だった。強い不安と、それよりもさらに百倍強い後悔。突然道に迷ったような心細さと、いるべき場所に自分がいない罪悪感とで呼吸が苦しくなる。一刻も早く家に帰りつきたいと思う。それが、帰るというより逃げるという緊迫した心持ちなのでどきどきするのだ。

でも、きょうは電話をかけずにすんだ。

高速にのり、麻子は安堵のため息をつく。もう大丈夫だ。はじめから、急ぐ必要などなかったのだ。

こういうとき、麻子はしばしば夫に電話をしてしまう。用事があるわけではなく、ただ無性に声がききたくなるのだ。

「外からなの」

たとえば麻子は電話でそう口をひらく。何だか不安になってしまって、と、言うこともあれば言わないこともある。あるいはまた、

「元気？」

と、尋ねることもある。いままで母とお茶をのんでたんだけど、と。

いずれにしても、夫の返答はおなじだ。

「はやく帰りなさい。ドアに鍵をかけて」

夫の声は不機嫌で、怒っているように聞こえるが、それを聞くと麻子は心からほっとする。はい、とか、そうします、とかこたえたあとで、泣きたいほど嬉しくなることもある。それでつい脈絡もなく、

「ありがとう」

とか、

「ごめんなさい」

とか口走ってしまうのだ。まるで、叱られて許された子供みたいに。

でもきょうは電話をかけずにすんだ。

麻子は落着きをとり戻し、ハンドルを握る手の力をゆるめた。大丈夫。車の中は家の中とおなじだ、ミスをしない限り、護られている。

多田邦一とは仕事を介して出会った。麻子が短大を卒業し、洋酒メーカーの広報で働いていたころのことだ。大手のPR会社で営業をしていた邦一は、麻子より四つ歳上なだけなので当時まだ若く、高価そうなスーツを身につけてはいたがどこか自信なさげで、不器用そうに見えた。会議の席や広告の制作現場でたびたび顔をあわせているうちに、なんとなく言葉をかわすようになり、やがて食事に誘われた。

邦一を初めて家族に紹介した日のことを、麻子はあまりよく憶えていない。緊張していた

せいかもしれないし、ちょうど両親の離婚直後で、家の中がばたばたしていたせいかもしれない。あとになって妹たちから、

「あの日、麻子ちゃんは赤ワインを一人で一壜のんだ」

とか、

「ママがひさしぶりにヨークシャープディングを作った」

とか、

「ママがお義兄さんにあれこれ質問したら、『いじめないで』と麻子ちゃんが止めた」

とか聞かされて、そういえばそうだったかもしれないと思う程度だ。

そのときにはすでに父親は家をでていたのに、まるでそんなことはなかったかのように自然に、大きな顔をしてそこにいた。母親もまたごく陽気に、依然として父親の妻であるかの如く料理などしていた。

その後実家をマンションに改築してしまったので、あれが「二番町のお家」で家族揃って食事をした最後だった。

記憶は冷凍された食品のようなものだ、と麻子は思う。古いことは古いが、時が経っても現にここにある。腐ることも、成長することもない。

帰宅してガレージに車を入れると、麻子は旅行から戻ったみたいにしみじみとほっとした。家に帰った、と、思う。自分と邦一の家に。

郵便受けに育子からの封筒をみつけ、麻子はにっこりした。しばらく妹たちに会っていない。

おなじ日、育子は朝から大変に忙しかった。かつて半年ほど関係を持ち、その関係が終ったあとも「良好な友人関係」にある男と夕食を共にする約束をしていたのだが、結局、それは延期してもらう羽目になった。

ビネガー味のポテトチップスとビールとあんドーナツ、という、たいていの人が気味悪がるが育子の気に入っている夜食を片手だけで食べながら、一体どうして私はいつもこうとんちんかんなことになるんだろう、と考える。どうして片手だけしか使えないかといえば反対の手を男に握られているからで、男は今夜会う約束をしていた「良好な友人関係にある」男ではなく、最近つきあっている二輪免許の男でもなく、学生時代の友人の光夫なのだった。

育子はいま自分のアパートで、光夫に手を握られたままビデオで『郵便配達は二度ベルを鳴らす』をみているところだ。光夫はあんドーナツには手をださず、片方の手でビールとポテトチップスを交互に口に運びながら、「映画館のようにしよう」と言ってわざわざ電気を消した部屋の中で、脳天気にもすっかり画面に集中している。

事の発端は早朝の電話で、でもそれは光夫からではなく、光夫の彼女である里美からかかってきた。

「一晩話しあってわかったの」

里美の声は静かだが力強く、怒りというより決心のようなものを感じさせた。

「光夫が必要としてるのはあたしじゃなく育子みたい」

最後は弱く笑ったように聞こえた。

「考えてみると昔からそうだったもの。育子は気がつかなかったかもしれないけど」

そう言って、今度はすこしめそめそした声になった。

「いま何時？」

四時、と里美はこたえ、育子はうめいた。部屋の中はまだ夜みたいに暗かった。受話器を持つ手も肩も寒かった。それで育子は要点だけ言った。

「でも、私は光夫くんを必要としてないよ」

一瞬の沈黙のあと、

「それは光夫と育子の問題でしょ」

という一言があり、それきり電話は切れてしまった。

いつものように六時に起き、あんぱんと牛乳の朝食をすませてから里美に電話をかけ直したが、留守番電話になっていた。

午後になって、職場に光夫が現れた。今朝の電話は里美の誤解だ、と言うので、育子は、あたりまえでしょ、と言ってやった。

でも。

でも、と、ジャック・ニコルソンの苦悩にみちた顔のアップをみながら育子は考える。でも、たぶんあのとき、職場の玄関のポインセチアの鉢の脇で、自分は何かを間違えたのだろう。そうでなければ、いまここで光夫とビデオをみているわけがない。

「俺にとって育ちゃんが必要なのは確かなんだ」

光夫は言い、

「俺の人生にって意味だけど」

とつけたした。

「育ちゃんだけじゃなく、松田だって、ときちゃんだって」

学生時代の友人の名前をあげ、光夫が最後についでみたいに、

「勿論里美だって」

と言ったとき、育子はつい笑ってしまった。光夫らしい言い草だ、と思ったのだ。そして育子は、そういう光夫を愉快だと思っている。愉快だしまっとうだ、と。

「良好な友人関係」にある男と阿佐ヶ谷駅前で待ち合わせていた七時には、光夫とベッドにいた。里美に知られたら、三度目だと言って責められるだろう。無論実際には三度目などではなかった。

「里美ちゃんに報告したりしちゃだめだよ」

育子は一応釘をさしておいたが、すこやかな光夫のことなのでわかったものではない。

光夫は育子の部屋から里美に電話をかけ、

「今夜これからとにかく誤解をとかせてほしい」

旨申し入れたのだったが、里美が残業で終電になるというので、それを待つあいだ、ここでこうしてビデオをみているのだった。

「こういうのってべつにたいしたことじゃないと思うけどさ」

映画にあまり興味を持てなかった育子は、ビデオの終るのを待てずにそう口をひらいた。

「でも里美ちゃんとか、他の多くの人たちには、きっと絶対わかってもらえないことだね」

光夫は育子の顔を見てにやりとし、

「きっとと絶対をいっぺんに使うのは変だと思うよ」

と、言った。

この前はサリンジャーだった。その前は麻子の好きな店の紅茶の葉だったし、アイボリー洗剤だったこともある。そしてきょうは婦人雑誌だった。婦人雑誌。夫の選ぶ「おみやげ」は、夫そのものみたいに不器用でやさしく、かつ、非の打ちどころがない。

麻子は微笑むが、同時に得体の知れないかなしみに胸を塞がれてしまう。夫を自分が責め苛んだような気がするのだ。それで、

「そんなことしてくれなくていいのに」

と、言う。邦一は、

「いいじゃないか、ただのおみやげだよ」

とこたえる。

妻に暴力をふるった翌日、邦一はしばしば「おみやげ」を買ってくる。それは決して高価なものではなく、花や小ぎれいな菓子といったありきたりのものでもない。麻子にだけ通じる、あるいは自分にだけわかる、麻子の気に入りのものなのだ。しかもばかげている。麻子はサリンジャーが好きだから、と言って買ってきた「ナイン・ストーリーズ」はすでに麻子の本箱にあるものだし、いつも麻子が読んでいるやつだから、と言って買ってきた婦人雑誌も、おなじものがテーブルの上にある。

「もう買ってしまったわ」

と正直に言っても、邦一はおどろかない。

「なんだ、そうか」

と言うだけだ。がっかりさせてしまった、と思うとき、罪悪感が本来の持ち主から麻子に移動することに、夫が気づいているかどうか麻子にはわからない。

邦一は機嫌がよかった。

「お義母さんは元気だった？」

「せっかくだから、ごはんでも食べてくればよかったのに」

と訊き、
と言ったりした。夕食と風呂をすませ、二人でニュース番組をみた。

邦一は寝つきがいい。ベッドに入って二十分もすれば、気持ちよさそうに寝息をたて始める。麻子は夫の寝顔を眺め、見たことのない動物のようだ、と思う。そして、それはいとおしさだと感じたりする。

それから起きだして皿を洗った。毎晩のことだ。邦一は寝入るまでそばにいてやらないと機嫌が悪い。

夜中の台所はしずかで落着く。家の中の他の場所とは、あきらかに違う空気が流れていると、麻子は思う。

まな板に熱湯をかけて消毒し、ステンレスのシンクを磨く。それから、隅の丸椅子に腰をおろした。

月誕生日おめでとう。

36歳8カ月ですね。

麻子ちゃんがまた1カ月生きのびてくれて、嬉しいです。

お義兄さんによろしく。

夕方届いたカードをもう一度読んだ。麻子は、夫に見られたくないものをみんな台所に置いている。

何もかも遠いことに思えた。育子も、月誕生日を祝うという自分たち家族の奇妙な習慣も、祝われている自分自身さえも。

それらは遠い、なつかしい何かだった。かつてたしかに知っていた、でも「二番町のお家」同様すでにこの世のどこにもない何かだった。

第5章

専門学校時代からそうだったのだが、光夫はいつもいっぷう変った恰好をしている。きょうはハンチング帽をかぶっていた。しま模様のながい衿巻は、里美ちゃんの編んだものに決っている。

深夜、これから誤解を解きに行くという光夫を玄関で見送って、育子は、自分をまるで古い西部劇にでてくる娼婦みたいだと思った。男の子たちはやってきて、帰っていく。コップを洗い、風呂に入り、日記をつける。考えてみれば昔からそうだった、と、育子は思う。一体どうしてそういうことになってしまうのかわからないが、ともかく結果として、自分は西部劇にでてくる娼婦みたいなことをする羽目になってしまうのだ。

乱れたままのベッドの、つめたいシーツの上で育子は身体をまるめ、両手を太腿のあいだにはさむ。その姿勢のまま、チェストの上に飾られた、木彫りのロバだのヨセフだの飼い葉桶だのを眺めた。

「育ちゃんが必要なのは確かなんだ」

と、光夫は言った。ちゃんちゃらおかしい。みんな、なんて子供なんだろう。

育子は布団から片手をのばし、蛍光灯の紐――寝たままひっぱれるように、赤い毛糸を三つ編みにしたものをくくりつけてある――をひっぱる。

余計なことは考えずに、いまは眠ろう。

暗くなった部屋の中で、育子は目をとじる。あしたは父親に会いに行くことになっている。

「のびやかな三女」らしくふるまわなくてはならない。


朝。リビングには、いつものように酒の臭気がこもっている。しょうゆの残った小皿は、前夜熊木が、

「ししゃもは冷凍したまま焼けるから便利だよな」

と言いながら焼いたししゃもの皿だ。起きてすぐ暖房のスイッチを入れておいたので、部屋の中は暖かい。濡れた髪をタオルでぞんざいに拭きながら、治子は窓をあけ、寒さに首をすくめる。

「それは行った方がいいよ」

ゆうべ熊木はそう言った。父親を訪ねるのはやや気の重いことだった。

「行けたら行く」

育子には、そう返事をしてあった。

バスローブの上にナイロンのコートを羽織るという奇妙な恰好で、治子はマンションのエントランスから新聞をとってくる。午前六時。空気はまだ清潔で、濡れたようにつめたい。

内側が羊の毛のような白いウールの、紺色のフードつきナイロンコートは熊木とお揃いで買ったものだ。スポーツ観戦の好きな熊木とつきあい始めたころ、これを着てサッカーだのオートレースだの、競馬だの競輪だのまで観に行った。最近はあまり行かなくなったが、腰までたっぷりおおうそのコートは、依然として軽く暖かく重宝で、普段肩肘の張った服を着ることの多い治子には、何か特別な気のする一着だった。

ごたごたと散らかった台所の片隅で、コーヒーをのみながら新聞を読む。

「何だったら俺も行こうか？」

熊木はそんなことも言った。

「治子さえよかったら、治子の親父さんに一度会ってみたいしさ」

具合よく焼けた、子の無いかわりにたっぷりと脂ののった、熊木に言わせると「通好みの」オスのししゃもを熱いまま咀嚼しながら、治子は眉を持ち上げてみせた。

「どうして？　熊ちゃんは関係ないでしょう？」

熊木の親切に対して、きつい物言いをしすぎたかもしれない。治子はためいきをつく。

「麻子ちゃんも誘ったんだけど駄目だって」

育子はそう言っていた。

「なんだか忙しいみたい」

とも。

忙しい？　治子はつい笑ってしまう。一日じゅう家にいて、子供も無く、仕事はおろか趣味も習い事も持たない麻子が、一体どうすれば忙しくなどなれるというのだろう。

麻子ちゃんはすっかり変ってしまった、と、治子は思う。治子と麻子は年齢が近く、小学校から高校まで一貫教育の、おなじ私立の学校に通った。二人の共通の趣味であった乗馬も、麻子は結婚以来やめてしまった。

「昼間ならいいんだけど」

治子が、酒や食事や芝居や映画やコンサートや、ともかく以前麻子と楽しんだささやかな遊興に誘うたび、麻子はそう言って断った。

「昼間？　昼間は普通、働くのよ」

信じられなかった。犬山家の人間の例にもれずかなりな酒豪であったくせに、麻子は酒さえのまなくなった。違う。のまなくなったのなら構わない。治子を憤慨させたことに、麻子はのめなくなったと言ったのだった。年をとったせいか、最近はちっとものめなくなっちゃって、と。

「お義兄さんも一緒に来ればいいじゃない」

麻子を遊興に誘う際、治子はそうも言ってみたのだが、結果はおなじことだった。

「あのひとがそういうことを苦手なの、知ってるでしょう？」

麻子はひっそりと笑い、そう言った。治子は麻子を誘うのをやめた。麻子ちゃんはフヌケになってしまった。そう思うことはかなしかったが、でもたとえば育子の言うように、

「麻子ちゃんがいいんならそれでいいんだよ、きっと」

と、治子もまた認めるよりないのだった。

新聞をたたみ、マグカップを流しに置く。身仕度を整え、通勤電車の中で読むためのラテン語の教科書が、鞄に入っていることをたしかめる。治子は語学を習得するのが好きだ。英語はほぼ完璧に話せるし、イタリア語とスペイン語も、生活するのに不自由のない程度には喋れる。フランス語はまだたどたどしい旅行者レヴェルだが、いずれ習得したいと思っている。そして、現在話されてはいないがそれらの言語の根幹をなしているというラテン語の、構造を理解するべく目下勉強中なのだった。

「行ってくるね」

顔まで布団に埋めて眠っている熊木の、黒く硬い髪に唇をつける。いまやもうなつかしく親しいものになった、熊木の頭皮の匂いがした。

治子の職場は大手町にある。代々木公園の見えるマンションからは、地下鉄で一本で行かれる。

きょうの治子の憂鬱の種は、父親を訪問するかどうかだけではなかった。恒例のランチミーティングのある日。まだ新しく、広々したオフィスを大きな歩幅で歩きながら、厄介なことだと治子は思う。河野に会わなくてはならない。

パープルがかったグレイのじゅうたんと、八種類の飲み物の選べる無料の機械。ロビーに飾られたツリーだけでは飽き足りないらしく、客の入ってこない奥のブースには、幼稚園じみたデコレーションが施されている。

世界四十四カ国に拠点を持ち、預り資産総額百九十兆円、というこの企業の東端で、治子はほそぼそと自分の仕事を始める。

白ねぎ、ごぼう、大根、にんじん。

スーパーマーケットの銀色のカートに、麻子は次々野菜を入れていく。今夜は豚汁をつくることにしている。豚汁は邦一の好物の一つだ。

「パパのとこに行くの、麻子ちゃんも来ない？」

その誘いを断るのはもう何度目だろう。何度断っても、育子は根気よく誘ってくれる。断れば無理強いはしないし、行かれない理由を尋ねたりもしない。麻子は微笑し、育ちゃんは天使みたいにいい子ね、と、しょっちゅう言っていたもう一人の妹のことを思いだす。麻子に言わせれば、治子も無論育子とおなじくらいに——もしかするとそれ以上に——天使だった。カートを押し、通路を進んで小間切れの豚肉に手をのばす。

行かれない理由。

父親の家に関する限り、それは邦一ではなかった。たしかに邦一は妻の外出を嫌がるが、たまに父親を訪ねたいと言えば、すくなくとも表面的には理解を示し、行っておいでと言うだろう。

豚肉のついでに、鶏のささみもカートに入れる。鶏のささみは便利だ。酒蒸しにすればつめたい前菜に使えるし、小さく切ってフライにするときも、ほんの少しの油ですむ。

父親には会いたくなかった。それはたとえば治子が胸のうちにくすぶらせているらしい、「出ていった」父親への怒りのようなものではなかった。そのことについて、麻子はいっそ穏やかといっていいような感情を持っている。父親に会えない気がするのはだからそれとは全く別の、麻子自身の問題だった。

朝食用のベーコンと、紙粘土を貼ったみたいな質感のケースに入った卵をカートに入れる。ペーパータオルとトイレットペーパーも。麻子はスーパーマーケットが好きだ。スーパーマーケットで買物をしていると、自分が家の中のことをきちんと把握している気持ちになれる。

午後二時。平日のスーパーマーケットは、まだそれほど混んでいない。カンブリーという名前の、レモンバタークッキーを一箱カートに入れる。これは邦一ではなくて、麻子自身のためのものだ。家の中のことをきちんと把握して、居心地よく清潔に保っている自分へのささやかな買物。

パスタの並んでいる棚の前で、麻子はその女に気がついた。おそらく三十すぎと思われる、目の大きな、人形じみた顔つきの華奢な女、人形じみた印象はマスカラのせいかもしれない。長いまつげを、いつもたっぷりのマスカラで際立たせているから。

目が合って、向うも麻子に気がついたことがわかった。そしてそのまますれ違う。言葉をかわすような間柄ではない。ここでときどき見かけるだけの女だ。ただ、彼女がおそらく夫に暴力をふるわれているということは、夏の日に一目見てわかった。転ぶとか事故とかでできる類の痣ではなかった。二の腕の一カ所だけを執拗にひねりあげられた痣。あるときは手の甲の、あるときは頬骨のあたりの。

邦一は注意深いので、滅多に顔は殴らない。それでもたまに何かのはずみで殴られたとき、目のまわりはおもしろいほど腫れることを麻子はすでに知っていた。

多田麻子は、犬山家の長女として生れた。一九六五年、四月のことだ。おとなしい子供だったと自分では思う。何の不自由もなく育ったし、事実「二番町のお家」にたくさんあるアルバムの写真は、麻子の写ったものがいちばん多い。白い柔らかげな布にくるまれた赤ん坊のスナップに始まって、振袖を着て飴をぶらさげた七五三や、入学式や卒業式、運動会、ピアノの発表会。学生時代の乗馬大会で、ベルベットの乗馬服に身を包んで騎乗している写真もある。そして勿論結婚式の写真も。

盛大な挙式だった。両親はすでに離婚していたが、父親がはりきってすべての段取りをつけた。教会で式を挙げ、父親の気に入りの会員制のフレンチレストランで披露宴をした。庭の広いレストランで、最後にはガーデンパーティのようになった。

青いものを身につけると幸運を招く、という言い伝えにのっとって、妹たち二人が贈ってくれた水色のガーターベルトを麻子はその日つけていた。

なにもかも遠いことに思える。父親は上機嫌で豪快に笑い、しきりに邦一に話しかけた。大胆なカットの黒いドレスを着た治子と、私はこのままがいい、と言い張って、ジーンズで出席した育子。母親はイタリアン・グレイハウンドのバンビ――当時まだ生きていた、犬山家の愛犬――を伴って現れた。バンビの首に真珠の首飾りがまかれていたことも、麻子はなつかしく憶えている。

カートを押し、客のいないレジを選ぶ。無意識のうちに「彼女」の姿を探したが、レジ付近にはいなかった。

古本屋だの薬局だの焼肉屋だのがごちゃごちゃと軒をつらねる細い路地を歩きながら、治子は、この街にはどうも馴染めないと思う。改札口で待ち合わせた育子は、会うなり治子の

首にしがみついて頬に唇をつけ、

「治子ちゃんが来てくれて嬉しいっ」

と言った。あいかわらずばさばさの髪をして、古着じみたオーバーコートを着ている。

「毎月一度っていうのを目指してるんだけど、実際には三カ月に二度くらい」父親を訪ねているという育子は、「高校のときの友達が一人江古田に住んでいる」とかで、この街にくわしい。そこのコンビニにかわいいアルバイトの子がいる、とか、北口の御茶屋――それが普通の喫茶店のことなのか、緋毛氈で団子でも出す店のことなのか、あるいは居酒屋か何かの名前なのかさえ、治子には判然としないのだったが――にすごくかわいい猫がいる、とか、飲食店のあかりでにぎやかな路地をならんで歩きながら、育子はいろいろ説明してくれる。

「寒いねえ。いい匂いがしてそそられる」

通りすぎざまに店の中をのぞき、育子はうっとりと言うのだった。

父親の住むマンションは、駅からやや離れた場所にある。ダークグレイのタイル貼りの小ぢんまりとした建物で、父親の部屋は二階の端だ。

呼び鈴を鳴らすとすぐに扉があき、逞しい身体つきの父親が、セーターにトレーニングパンツという恰好で顔をだした。

「こんばんは」

育子が言う。

「ごめんね、遅くなっちゃって」

遅くなったのは、育子ではなく治子の都合だったのだが、ともかく育子がそう言った。

「構うもんか。時間なんて何時でも一緒だ」

入れ入れ、と言われて靴を脱ぐ。独り暮らしにはこれで十分だ、と父親の言う部屋は1LDKで、比較的きれいに片づけられている。一つきりの座椅子と丈の低いテーブル。

「あいかわらず殺風景ねえ」

治子はつとめてあかるい口調で言って、床に直接腰をおろした。

「晩めしまだだろう？」

父親が訊き、

「とき子さんとこ行くの？」

と、育子が訊き返している。とき子さんとこ、とは、父親が「台所がわり」にしている居酒屋のことだ。

父親が独り暮らし――まあはじめは女と一緒だったが――を始めて七年になる。治子に理解できないのはその「ギャップ」だった。かつてたとえばアンティーク家具に凝り、食器棚やテーブルを、わざわざイギリスまで探しにでかけた人間なのだ。それらが現在母親のものであるのは仕方がないとしても、たとえば書斎に敷かれていた美しい絨毯や、稀覯本《きこうぼん》や絵画のコレクション、そして何よりもそのおなじ人間の趣味はどうなってしまったのだろう。

いまここで、あのころの父親を辛うじて思い起こさせる物といえば、しぼったヴォリウムで流れているブラームスだけだ。

気がつくと、テーブルにビール壜がでていた。

「あれ？　とき子さんとこは？」

治子が訊くと、コップを器用に三つ持って台所からでてきた育子が、

「治子ちゃん全然聞いてない」

と言った。

「電話したらいまちょっと混んでるって。だから先にここで飲んでることにしたの」

あらそう、とこたえて立ちあがり、育子のあとについて台所に行く。台所は狭く、やはり整然としており、蛍光灯の白すぎるあかりの下で、父親が牛舌を切っていた。育子は皿をだし箸をだし、冷蔵庫からマヨネーズまでだして運んでいく。隅に置かれた小さな炊飯器が目に入り、治子はなぜだか目をそらした。

治子は所在なくそこに立っていた。リノリウムの床に置かれた裸足の父親の足――いかにも重心の安定した、武骨で何の手入れもされていない、赤黒い肌とひび割れた爪の――をぼんやりみつめて、ほっそりと白い熊木の足と、まるで違うと思ったりした。

「パパそれ昔から好きだったよね」

育子の声がして、見ると父親の手に、缶詰のホワイトアスパラガスが握られていた。

「治子ちゃんそれあけてあげて」

育子に缶切りを渡され、治子はようやく手伝うことができた。

ブラームスはシューマンに変っていた。鰹節をかけたさらし玉ねぎと牛舌、缶詰のホワイトアスパラガス。たったそれだけの肴でビールをのみ白ワインをのみ、ついに日本酒に突入した。

父親は、かつて家族ぐるみでつきあいのあった古い友人の話などをした。父親同様飲食店を経営して成功したその男性は、妻子と共にカリフォルニアに住んでいるという。

「運動神経のいい男だったな」

彼と父親は、テニスもゴルフも一緒にした。

午後十時をまわったころ、おどろいたことにとき子さんが来た。こまごました惣菜と、金目鯛の煮つけとおむすびを持って。

皿だけ置いて、あわただしく帰っていくとき子さんを見ても、父親も妹もおどろいた様子ではなかったので、こういうことはしばしばあるのかもしれない、と、治子は考える。自分には理解できないことだけれども。

惣菜は、からすみと青菜と海老芋だった。テーブルが、一気ににぎやかになる。

「焼酎をもらってもいい？」

治子は言い、台所に立った。

「私、ウイスキーにする」

育子が勢いよく片手を上げて言い、治子は「了解」とこたえた。この家には、酒だけは潤沢にあるのだ。

「麻子はどうしてる？」

父親がそう訊いたのは、料理があらかたなくなったころだった。ここに来るといつもそうであるように、治子は心ならずも寛いでいた。

「ああそうそう、パパによろしくって言ってた」

育子がこたえた。

「元気みたいだよ。元気で幸福だって、すくなくとも本人はそう言ってる」

育子の物言いを、治子は夫べったりの麻子への不満とうけとめたが、父親は顔をほころばせた。

「元気で幸福？　最高じゃないか」

麻子は父親のお気に入りの娘なのだ。無論わけへだてなく愛されはしたが、父親にとって彼女が特別であることは、家族の誰もが知っていた。

姉妹二人が台所に立ち、食器を洗う。

「いい、いい、俺がやるから」

父親もやってきて、結局三人で片づけものをした。それはすぐに終った。

「熊ちゃんに見せてあげたいな」

普段洗い物を熊木任せにしていることを知っている育子が、治子の耳元でささやいた。

もう、午前零時をまわっている。

第6章

「さて。荷物検査をするか」

洗い物のあと、タオルで手を拭きながら父親が言った。

それは姉妹が子供のころからの、父親の趣味というか奇癖だった。

「まるで昔の児童読み物にでてくる寄宿学校の規律検査」

かつて姉妹はそう言って笑ったものだった。父親が興味を示すのは他愛もないもので、たとえばハンカチにきちんとアイロンがあてられていれば満足し、チューインガムをみつければしたり顔で、

「一人で嚙むぶんにはいいが、誰かといるときに嚙んではいけないよ」

と注意したりするのだった。手帖や化粧ポーチの中身まで見ることは決してしない。それで姉妹は三人とも、自分たちが成人したあとも続けられているこの奇妙な「検査」を、微苦

笑とともに黙認しているのだった。

ただし治子はその都度緊張した。見られたくないものは無論あらかじめ鞄から出しておき、

「鞄の中を見てパパが安心するんなら、じゃんじゃん見せてあげましょう」

などと言う育子ほど、たぶん自分は冷静じゃないのだ、と、思う。

いまも治子は緊張していた。

父親はまず育子の鞄を手にとり、ハンカチがタオル地であることに顔をしかめた。定期入れ、財布、超人ハルクのかたちの『ペッツ』、携帯電話、と、順に出してテーブルにならべる。そして、一体どうして妹がそんなものを持ち歩いているのか治子には見当もつかない小さな羊のぬいぐるみについて、

「持っていると安心するのか?」

と尋ねたりしている。

最近のことは知らないが、と、治子は考える。最近のことは知らないが、麻子ちゃんはかつて鞄の中に、「スカートのあげがおりてしまったときのための針と糸」だの、「とげがささったときのためのとげ抜き」だのバンドエイドだの、「外出先で急に淋しくなったときのためのバンビの写真」だのを持ち歩いていて、荷物検査のたびに父親に、

「備えあれば憂いなしだな」

と、言われていた。備えすぎの姉がやがて避妊具まで持ち歩いていたことを、しかし父親

は知らない。

「避妊具なんか男に用意させなさいよ」

治子は何度かそう言ったものだが、いつも麻子の味方をする、と治子の思う育子は、

「でも自分の身は自分で守った方がいいと思う」

などと言って、水玉やどくろ柄のついた派手な避妊具をみつけては買い、自分でも通学鞄にしのばせて持ち歩く始末だった。

「重いな」

治子のバーキンを持ち上げて、父親は言った。書類の束をだし、電卓をだし、手帖をだす。

「いまどんな仕事をしてるんだ？」

さしたる興味があるふうでもなくそう尋ね、治子が、

「まあ、あいかわらず」

とこたえると、それ以上訊こうとはしなかった。携帯電話、化粧ポーチ、昼休みに使う歯ブラシと歯磨き、壜ごと持ち歩いている香水。検査に備え、治子はきょう、新品のハンカチを鞄に入れていた。ストール、ラテン語の教本。

父親は最後に鞄の内ポケットから、マンションの鍵とボールペン、それに目薬をだしてならべた。

「これ、使いにくくないか？」

すらりと細い、銀色のボールペンを手にとった父親は、言うが早いかそばにあった新聞にらせん状のためし書きをする。

「でも、気に入ってるの」

治子は言った。てっぺんからぶらさがった鎖の先に、小さな犬の飾りがついたそのボールペンは、熊木に贈られたものだ。父親の言うとおり、ひどく使いにくいペンだった。犬の飾りが可愛らしいのだが、ぶらぶら揺れて重心がとりにくく、実際とてもじゃまだった。

「やめて」

立ち上がった父親が、台所のひきだしからペンチをだして持ってきたのを見て、治子は抗議した。

「はずしたりしないで」

父親は不思議そうな顔をする。

「なんでだ？　書きにくいじゃないか。これならすぐはずせるし、実用を妨げる装飾は下品だと思うよ」

座椅子に腰をおろし、ペンチを使いながらそう言って、言いおわったときには鎖はもうはずされていた。

「パパ」

治子の声は、ほとんどため息のように聞こえた。

この人はいつもそうだ、と、思う。自分が正しいと信じたら、他人の意見には聞く耳を持たない。

父親は再び新聞にためし書きをして、

「ほらみろ、ずっと書きやすくなった」

と言う。男の人というものは。満足気な父親を見ながら治子は胸の内でつぶやき、諦念と滑稽さの入り混じった気持ちで、

「ありがとう」

と言った。


飲み直そう、と治子が言うであろうことは、育子にははじめからわかっていた。明け方の四時までやっている、壁もカウンターも黒い地下のバーへの階段をおりながら、でもきょう治子ちゃんはがんばった、と、育子は思う。がんばってパパに親孝行をした、と。

育子の世界観の中で、親孝行はとても大事なことだった。

「ここのお酒は私がおごってあげる」

御褒美のつもりで育子がそう言うと、治子はおおげさに眉を持ち上げて、育子の頬を両手――つめたくて、香水くさい両手――ではさみ、

「何言ってるの、小さな妹のくせに」

とこたえた。まあいいか、と育子は思う。治子ちゃんは高給取りだし、きっと姉ぶりたい年頃なのだ。

二人はスツールにならんで腰掛けて、アイリッシュミストをちびちびと啜った。

「ね、河野さんって憶えてる?」

姉妹の中でいちばん目鼻立ちがくっきりしており、最低限の化粧しかしないのに化粧のきつい――もしくは気の強い――印象を与えてしまう風貌の治子は、やや上を向いているときの横顔がいちばんきれいだ、と育子はつねづね思っているのだが、その、いい角度で上を向いた横顔で、治子は育子にそう訊いた。

「河野?」

聞きおぼえのある名前だ。

「治子ちゃんがアメリカで働いていたときにせまってきたオヤジ?」

「お行儀の悪い言い方」

治子は眉根にしわをよせる。

「でもそう、その河野さん」

犬山家の姉妹はこれまで、互いの男女関係を比較的おおっぴらに話しあってきた。

「いま日本に帰ってるの。昼間ひさしぶりに会った」

「せまられた?」

間髪を入れず育子が訊き、治子もまた間髪を入れず、いいえ、とこたえて首をふった。

「ミーティングの席だったもの」

手元のグラスをのぞきこみ、さくさくと音のする、細かく削られた氷の山を指でつついた。

「ただちょっと」

治子は言いかけて口をつぐみ、酒を啜って勢いをつけたあと、

「ただちょっと危険な気がしたの」

と言った。

「危険？　そのオヤジが？」

「まさか」

治子は心底おどろいたように育子の顔を見た。

「全然危険な人じゃないわ。ただちょっと破廉恥でうぬぼれ屋なだけ」

げっ、と、育子は相槌を打った。

「危険なのはあたし、あたしの自制心の方」

「………」

育子は黙り、姉の言葉を整理してみようとした。この人の言うことはときどきわからない、と思う。

「だって、熊ちゃんは？」

「それは全然別」

　きっぱりしたこたえが返った。

「熊ちゃんは別格よ。きまってるでしょう？」

　あんなにやさしい人はいないわ、と言い、同居中の男を思いだしたのか、治子は表情をくつろがせた。

「治子ちゃん、また？」

　いまや育子には物事がわかっていた。

「体だね」

　呆れるというより感心する、と思いながら、育子は端的に指摘した。

「抗えない体なんだ」

　治子は悪びれずにうなずき、

「この前もそれで踏み外しちゃったのよね」

　と、言うのだった。

　抗えない体。

　それは、かつて姉妹のあいだで流行った言いまわしだった。最初に口にしたのは治子で、まだ二十代半ばだった治子が、当時つきあっていた男とは別の男と、肉体関係を持ったときの説明だった。

「だって、すばらしい肉体の持ち主なのよ。あんな肉体を見てしまったら、とても抗えないわ」

それは、治子に言わせれば恋愛とはまるでべつのことであり、単に治子自身の「アキレス腱」なのだった。

「治子ちゃんは分裂してる」

二杯目の酒を二人分注文し、育子は言った。

「私は恋愛なんて信じてないし、麻子ちゃんはほら、愛がすべてみたいな人だから、どっちもそれなりに筋が通ってるけどさ、治子ちゃんは分裂してるもん」

「分裂ねえ」

治子はつぶやき、顔をまたななめ上に向ける。何か考えるときの癖なのだ。

育子はくつくつ笑った。

「そんなに真面目な顔で考え込まなくてもいいよ、大丈夫。治子ちゃんはいい子だと思う」

からかうように言って化粧室に立ち、店内の暗さに比して、ここのトイレは幼稚園みたいに明るい、と思いながら用を足した。外出先でトイレに入るとほっとする、と考える。個室の壁、しゃがんだ姿勢でちょうど目の前に見える位置に、黒いボールペンで男の名前のらくがきがあった。ケンジ大好き。

カウンターに戻ると、治子はすでに三杯目の酒をのんでいた。ごく自然な反応として、育子も急いでグラスを干す。

「だってほら、乗馬とおなじよ」

さっきの話についてまだ考えていたらしい治子が言った。

「いい馬を見れば乗ってみたいと思うじゃない?」

育子は一瞬言葉に詰まり、治子とみつめあう恰好になった。治子がにこりともしなかったので、冗談のつもりではないことがわかった。

「治子ちゃん、お行儀の悪い言い方」

育子は言い、自分が西部劇の娼婦だとするなら、治子はまるでカウボーイだ、と、思うのだった。


普段から掃除には労をいとわずにいるので、十二月といっても、麻子には特別あわただしいことはない。元日は邦一の実家で、二日は麻子の実家で、それぞれ夕食をごちそうになることに決っており、麻子自身は、普段よりむしろ料理をせずにすむ。

台所の隅の丸椅子で、二冊になってしまった雑誌をぱらぱらとめくる。

「これ」

玄関に入るやいなや、邦一はそう言って雑誌をつきだした。薄茶色の袋ごと。

「麻子がいつも読んでいるやつだから」

子供じみた理屈に反論の余地はなく、妻と目を合わせようとしない夫の精一杯の謝罪を、麻子は受け容れるよりなかった。

「いいのに、こんなことしてくれなくても」

脱ぎ散らかされた背広やネクタイを拾いあつめながら言うと、邦一は、

「いいじゃないか。ただのおみやげだよ」

と言った。テーブルには、まったくおなじ雑誌が置かれているというのに。

「これはもう買ってしまったわ」

黙っているのも変だと思ってそう言ってみたが、そうか、とこたえた邦一にはおそらくそれはどうでもいいことだったのだろう。

あの人にとって、大切なのはいつも「気持ち」なのだ。塵一つない台所で、麻子は考える。あの人が私に乱暴をするのは、きまって私があの人の「気持ち」を理解しそこなったときだもの。

邦一の場合、いちばん多いのは首をしめるという行為だった。恐ろしい形相と見幕で、しかし存外コントロールされた力で。もがくと邦一が両手の力を強めるので、もがいてはいけない、と思うのだが苦しくて怖いので、麻子はつい抵抗してしまう。息がつまり、顔がふくらむような気がして物など考えられなくなる。たいていの場合、やがて邦一はにやりとして、

「わかったか」

と言い、麻子を乱暴につきとばす。調子づいて、倒れた麻子の上に食卓の椅子を振りかざすこともあるが、振りおろすことはしない。

もっとも、麻子が恐怖のあまり邦一をひっかきでもすると別で、「飼犬に手をかまれた」とばかり、激怒した邦一は麻子を殴りつける。顔や腹を殴られて、麻子がうずくまると、今度は蹴り上げられる。倒れると馬乗りになり、また首をしめて後頭部で床を打つのだった。

「わかったか」

邦一はくり返す。そのときまって顔につばがかかるのが不快で、そんな状態でもそれを不快がることが我ながら奇妙で、麻子は胸の内で笑う。そのときにはすでに邦一の力も弱まっており、麻子は、もう何も怖くない、という気持ちになっている。

そのような行為のあった夜には、深夜、不気味な嗚咽に眠りを妨げられる。邦一がパジャマ姿で身体をまるめ、眼鏡をかけたまま泣いているのだ。

「泣かないで」

麻子はなぐさめてやらなくてはならない。髪を指で梳き――最初に触れるとき、麻子の手はふるえる――、濡れた頬をぬぐってやる。すると邦一は麻子の痛む身体にしがみつき、とぎれとぎれに謝罪の言葉を吐くのだった。

翌朝はどちらも言葉少なで、麻子は夫のたてる物音の一つ一つに、ばかみたいにびくりとしている自分に気づく。

「大丈夫よ」

言葉の上では自分の方が大人なのに。

邦一の暴力は、結婚後二年ほどたってから始まった。酒を飲まない邦一は、外で暴れたりはしない。そのためにより一層、麻子には、これは邦一の責任というより自分たち夫婦の責任であると思えた。夫婦でつくってしまった状況だと。

麻子はそれを、育子にだけ話した。去年のことだ。育子は目をまるくして話を聞き、

「どうして別れないの？」

と訊いた。

「お互いに必要な者同士なんだもの」

すでに百万遍も自問自答したことだったので、麻子は穏やかに即答した。

「それに、元来とてもやさしい人なの」

心から、そうつけ加えた。邦一ほどやさしい男を、事実麻子は他に見たことがない。

「麻子ちゃんが死んじゃったら、私たちはどうすればいいの？」

育子が訊き、麻子は笑った。

「死んだりしないわ。絶対に大丈夫。そうひどいことをされるわけじゃないのよ。いつも素手だし、手加減をしてくれてるわ。病院に行く羽目になったことさえないのよ。そういう深刻な暴力じゃないの」

育子は疑わしそうな顔で麻子を見た。

「納得がいかない」

と言い、自分が邦一と話をする、とも言った。阿佐谷の、ごちゃごちゃしたアパートの一室で。

あのとき育子はミルクティをいれてくれた。一つとしてセットやペアのもののない、でもちゃんとソーサーのついた紅茶茶碗で。

カウンセラーや「センター」、「シェルター」や「女の家」などのパンフレットを、育子はその翌週にどっさり持ってきてくれた。二、三度足を運んだが、そこで語られることは自分と邦一にはあてはまらない気がした。邦一はそもそも暴力的な人間ではない。それは麻子が誰よりもよく知っていた。

「彼に私がではなくて、私に彼が必要なの」

何度かそうくり返すうち、育子もようやく「別れない理由」を訊かなくなった。

「わかった。つまり、麻子ちゃんはちょっとマゾなんだね」

まったく育子らしいすじ道で、麻子に言わせればすっとんきょうな結論を、しぶしぶ導きだしているのだった。

午後八時。麻子は立ち上がり、テーブルに食器をならべ始める。もうすぐ邦一が帰ってくる。

第7章

やってしまった。

治子はベッドで両膝を立て、立てた膝に片肘をついて頭を支える。指を髪にさし入れ、自分の首のうしろに触れてみる。つめたい指だ。

河野健は隣で缶入りのトマトジュースを飲んでいる。ホテルの部屋は狭く、殺風景だ。

「後悔してるの？」

かつて体を鍛えたことのある人間特有の、嫌味なほど健康的な声で河野が訊いた。

「後悔？」

治子は訊き返し、枕を背に二つあてがって、寛いだ様子で飲み物を啜っている男に向き直った。

「まさか」

自嘲ぎみの声がでた。

「自分のしたことに後悔なんかしないわ」

やってしまった、という胸の内のつぶやきは、後悔ではなく事実認識だった。

「じゃあそんな顔するなよ」

河野は楽しそうに言い、治子の背中におおいかぶさった。首すじに顔を埋め、息をすいながら鼻をこすりつけて、

「いい匂いだ」

と言う。

「やめて」

治子はうんざりした声をだし、河野の腕を振りほどいた。

「あなた変らないわねえ」

昔から身勝手な男だった。身勝手で無邪気で、強引でナルシスティックな。無論、かつての治子は、河野のそういうところに惹かれたのだったが。

河野は小さく笑った。

「変らないと思ってもらえたとすれば、光栄だよ」

治子は目をとじて、

「やめて」

と、もう一度言った。ふいに淋しさに襲われ、そうしないと感傷的になりそうな気がしたのだ。

「あなたは変らないわよ。服をきちんと椅子の背にかけるところも、Tシャツと靴下とブリーフは座面にまとめて置くところも、トマトジュースが好きなところも、一人で枕を二つとも使っちゃうところも、こわいほどゴージャスな体も」

一気に言うと、唇をふさがれた。よろこばせてしまった、と、気づいたときにはもう遅きに失していた。

犬山治子と河野健が出会ったのは一九九四年の夏、ニューヨークでのことだった。治子は大学院を修了後、現地採用でいまの会社とは別の会社に就職したのだったが、当時から河野はいまの会社にいた。何かのパーティで顔を合わせ、日本人同士の気安さから言葉を交わし、親しくなった。

関係は、治子の帰国まで続いた。帰国して、疎遠になった。三年後に、治子がいまの会社に移った。ニューヨークに出張し、河野と再会した。育子の言う「せまってきたオヤジ」というのはこの時のことで、かつて「バツ一で独身」だった河野はこの時には再婚しており、治子は既婚者に興味がないので冷淡にふるまったつもりだったが、結局は寝てしまった。ロビーに猫のいる、治子が常宿にしているクラシックなホテルで。熊木に出会う、数カ月前のことだ。

床に脱ぎ散らした服を拾って身につける。

「言っとくけど、素晴らしかったわ」

正直に言ったが、不機嫌な声になった。河野は笑った。

「ハルコも変らないなあ」

河野は治子を名前で呼ぶ。会社中がそうなのだ。でも、それはローマ字のHARUKOの響きだ、と治子自身は感じている。そして、それはいまのあたしの人格とは別の誰かの名前みたいだ、と。

「鼻っ柱が強くて、仕事熱心で、ベッドでは貪欲で」

「残念でした」

そう言ってコートを取った。

「それだけじゃないのよ。別の人格も獲得したの」

河野の額に唇をつける。早く帰らなくては。熊木が待っている。

「階下《した》まで送るよ」

河野が治子の手首をつかんで言った。

「大丈夫。タクシーくらい一人で乗れるわ」

その気もないくせに、という言葉はのみ込んだ。

「いいフライトをね」

そう言って部屋をでた。河野はあした――正確にはもう今日だが――の飛行機で、ニューヨークに戻ることになっている。

後悔はしていない。治子は半ば自分に言いきかせるようにそう考える。セックスなんて所詮レクリエーションだ。

おもてにでると、細かい雨が降っていた。タクシーに乗り、行き先を告げるとシートにもたれて窓の外を見る。香水を変えよう、と思った。無意識のうちに、指輪をひねっていた。

雪になるかもしれないな。

曇った窓ガラスについた水滴を見ながら、熊木圭介は思った。暖房がきいているので部屋の中は暖かく、熊木は機嫌がいい。昼間、原稿を送っておいた出版社から電話があった。引退を余儀なくされたレーサーの、インタビューを基にした伝記的読み物を、気に入ったという連絡だった。しかも、当初熊木が考えていたようなマニア向けの単行本にする前に、その出版社の看板雑誌とも言うべきスポーツ誌に、抜粋の形でまず掲載したいとまで言われた。

熊木はひとり笑いをもらす。原稿料は安いものだろうが、無論問題はそういうことじゃない。テレビでは、プレミアリーグのサッカーが中継されている。熊木はイギリスの芝の緑を眺めながらビールを啜り、目の前に散らかっている写真に注意を戻す。アルバムの整理をしているところなのだった。

熊木は細かい雑用が好きだ。使い切りカメラを買って写真を撮るだけ撮り、現像に出すのも忘れて放っておく治子と暮らし始めてから、アルバム整理は料理や洗濯同様熊木の分担になった。

治子が姉の麻子と母親と三人で笑っている一枚を手にとって眺める。この正月の、犬山家でのスナップだ。妹の育子の撮ったものだろう、と考えて、熊木は微笑した。四人がかわるがわる残りの三人を撮っているので、その場にいなかった自分にも、誰が撮った写真なのか一目でわかる。それを熊木は微笑ましいと思った。

熊木の見るところ、犬山家の三姉妹は外見的にあまり似ていない。長女の麻子は母親似で、美しいがやや温かみに欠ける。三女の育子は風貌が個性的すぎる（育子はこの日、古くさいオーバーオールジーンズに赤いセーターを着て写真に写っている）し、身体つきが子供じみていて痛々しい。治子がいちばん健康的で、いちばん魅力的だ。自分の結論に満足し、熊木はビデオデッキを見て時間を確かめた。午前一時二分。そろそろ治子が帰ってくるだろう。熊木には想像もできない大企業で、熊木には理解のできない仕事を了え、くたびれて、大急ぎで――。ばたばたと騒々しく、靴を脱ぐのももどかしげに、熊木の首に腕をまわして頬をつけ、「ただいま」と言うだろう。

おなじ日、育子は早番の仕事が退けてから、一人で横浜にでかけた。MISIAのコンサートりがあったからだ。育子は音楽が好きだ。MISIAは、聴いていると体温が上がり、気持ちばかりか内臓まで活発に働きだすような感じがするところが気に入っていた。

コンサートの始まる前に、ファストフード店で夕食をすませた。ハンバーガーでもと思って入った店だったが、いざカウンターに立つと「たいやき」という文字に目を奪われて、三つで二百五十円というそれとコーヒーを買った。ひとり暮らしをするようになってからの自分の食生活が模範的とは言えないことに、育子は気づいていたが気にはしていなかった。たいやきはどちらかというと揚げ饅頭みたいな味がしたが、小ぶりで端がかりかりしていておいしかった。

店の中は明るかった。みんなテーブルの足元に傘を立てかけて、黙々と食事をしていた。夕方から夜にかけてのファストフード店には、一人でいる女性客が多い。育子はそれを以前から興味深いことだと思っていた。

お正月はたのしかったな。

たいやきを食べながら、育子はそう思った。麻子が嫁ぎ先の実家に行かなくてはならなかったり、治子が正月休みを旅行に充てたりで、ここ数年姉妹は日程を合わせることができなかった。三人ともそれぞれに、二番町のマンションに住む母親を正月のあいだに訪ねてはいたのだが、姉二人はいつもすれ違っていた。

育子自身は、仕事納めの日から三が日まで、毎年必ず二番町で過ごす。玄関に注連《しめ》飾りをさげるのは育子の役目だし、正月用の食料の買出しにもお伴をする。

今年はひさしぶりに三姉妹が揃った。一緒に雑煮を食べ、テレビで古い映画をみた。ママも嬉しそうだった、と、育子は思う。たくさん喋ってたくさん笑った。

三人が揃ったのは一月二日のみだったが、その日は深夜まで騒いだ。麻子を除いて母親を含めた三人は、果てしなく酒をのんだ。朝から日本酒をのみ、それは母親が好きで取り寄せている香露という酒で、すっきりして涼しい味なのでついのみすぎてしまい、のみすぎて喉が渇いた、と言ってみんなてんでにビールをのんだ。夕食には肉を焼いたのでワインをのみ、深夜にはこれもまた母親の秘蔵の、グラッパを美しいグラスに注いでは何杯ものんだ。麻子は夕食時のワインだけのんだ。あとは炭酸水にいちいち――と育子には思えるのだが――レモンを切って浮かべたものをのみながら、他の三人につきあった。

母親のいるマンションは、江古田の父親の部屋とは全く趣きが違う。広いリビングルームは日あたりがよく、かつて父親の集めた重厚なアンティーク家具が、磨き込まれてしずかな輝きを放っている。クリーム色の壁には「ほんもののフジタ」――その絵は、育子が子供のころからそう呼ばれていた――がかかっている。

姉妹にとって親しく懐かしい「二番町のお家」の空気と、それはすこし似ている。「二番町のお家」は庭の広い日本家屋だったので、間取りや空間の広さは雲泥の差だったが、置いてあるものや絵の一つ一つが同じなので気配が似る。

マンションの狭い玄関にさえ、かつての家の玄関同様李朝の焼きものと、父親が手ずから墨をすって家訓を書いた額が飾られている。

「パパに電話してみる?」

育子が一度ならず提案したが、母親も麻子も治子も気乗りしない様子だった。

「あたしはこの間会ったからいい」

と治子は言い、

「かけたいんなら、あんたが一人でかけなさい」

と母親は言った。

ママはまたすこし年をとった、と育子は思う。料理の腕はおちていなかったし、家の中は掃除がいきとどいていたけれど、それでもやっぱり年をとった気がする、と。背も小さくなったみたいだった。肉の脂を残していたし、深夜映画をみながら居眠りをした。好きな映画や小説の話をしていても、話のポイントとなる人名や題名は、みんな「喉元まででかかって」消えてしまうらしかった。

それでも本人は意に介さない様子で、娘たち三人にまざって笑ったり酒をのんだりし、さらに一人でときどきいかにもおいしそうに、甘いお香みたいな匂いのする煙草をふかしたりしていた。

深夜に、育子は麻子と二人で風呂に入った。育子が、麻ちゃんと入りたいと主張したのだ。

麻子はかまわないとこたえた。

夫にときどき殴られる、という麻子の体にどの程度損傷があるのか確かめたいと育子は思っていた。確かめなくてはならない、と。

麻子はわざわざタオルや石けんを持参していた。自分のじゃないと落着かないのだと言った。長い髪を手早く無造作にまとめ、ためらうふうもなく服を脱いだ。

「育ちゃんのブラジャー、かわいいわ」

と言った。育子は下着は白と決めていて、その日も、小さな胸にふさわしく小さな、白い木綿の子供じみたブラジャーをつけていた。

麻子の体には傷も痣もなかった。すくなくとも育子の見る限り、なかった。

育子の気持ちを見透かしたのか、それとも無躾な視線に気づいたのか、麻子は湯舟につかりながらにっこりして、

「大丈夫よ」

と、言った。育子はなんとなく気が咎めて、

「麻子ちゃん、色が白いね」

と、関係のないことを口にした。母親のマンションの、二人で入るにはやや狭いが設備の整った、ジャクジー機能だの顔にスチームをあてる器具だののある風呂場で。

「育ちゃん恋人はいないの？」

麻子に尋ねられたとき、育子は足の先を洗っていた。腰掛けに掛け、前傾姿勢で泡立ったスポンジを持って。

「いない」

手を休めずに即答し、

「いらない」

と言い足した。

「恋人じゃない男の人は欲しいんだけど」

説明のつもりでさらにつけ足すと、麻子は首をかしげ、

「むずかしいのねぇ」

と言った。

「麻ちゃんはどうして結婚したの？」

育子が訊くと、麻子はしばらく考えて、

「あの人が好きだったから。一緒にいたいと思ったから」

と、随分ゆっくりの口調でこたえた。遠いことを思いだすみたいに。

風呂から上がってみると、リビングのソファベッドをひっぱりだして、治子が一人で先に寝ていた。そばに布団が二組積んであり、育子と麻子は顔を見合わせた。

「ついでに敷いといてくれればいいのにねえ」

「治子ちゃんらしいわね」

「肉体労働は性に合わないの」

まだ眠っていなかったのか、目をさましたのか、治子が寝たまま低い声で言い、姉妹は結局そのあとも、布団の中で小声で喋り続けた。昔みたいだ、と育子は思った。時間がたっても、「二番町のお家」がなくなってしまっても、私たちって昔みたいだ、と。

たいやきを食べ終り、育子はファストフード店をでてコンサート会場へ歩いた。途中から、まわりじゅう同じ目的地へ向かう人ばかりになった。寒い夜で、育子は一人ぼっちだった。お正月はたのしかったな。そう思い、もしかして私はすごく孤独なのかもしれない、と思った。育子は意識的に姿勢を正し、足を速めた。

はやく音楽をチャージしたかった。


治子は、熊木が想像していたよりしずかなやり方で帰ってきた。鍵もしずかに回し、ドアもしずかに開けて。

いつもならばまず鞄を落とすように置き、熊木に駆けよって首に腕をまわす治子だったが、今夜は違っていた。

「あったかい」

部屋に入ってくるとまずそう言い、それから熊木を見ていとおしそうに微笑んで、

「ただいま」

と、告げた。寝室で着替えをし、白地に紺色のストライプの入ったバスローブ姿になると、風呂場にいって自分でバスタブに湯をためた。

いつもなら熊木に、

「熊ちゃんお風呂いれて」

と言うところなのだ。しかし、熊木が不審に思っていると、

「雨降ってきたの、知ってる?」

という声と共に部屋に入ってきた治子は、テレビの前に胡坐《あぐら》をかいて坐っている熊木の背中にぺたりと抱きついて、熊木の頬につめたい頬をくっつけた。

「ああ、やっと会えた」

いつものように、そう言った。

その姿勢になったときのいつもの癖で、熊木は身体をやや前に倒したり戻したりした。背中におぶさった形の治子がゆらゆら揺れるように。

「写真の整理してたの?」

目の前に散らかっているものを見て、気づくのがいささか遅い、と熊木の思うタイミングで、さしたる興味もなさそうに治子は言い、なおも熊木の背中に貼りついて、そのままゆらゆら揺れている。

「ビールのむ？」

熊木は訊き、手元に置いてあった自分の缶ビールを持ち上げてみせた。

「いい」

治子は短くこたえ、背中から離れなかった。仕方なく熊木もじっとしていた。そして、

「何してるの？」

と、訊いてみた。

「味わってるの」

治子は即答した。

「熊ちゃんの背中を味わってるの」

小さな、何かひっかかる、でも幸せそうな声だった。

治子はそれから風呂に入った。風呂から上がると冷蔵庫から缶ビールをだしてのみ、そのときにはいつもの調子を取り戻していて、

「もう眠りたいから熊ちゃんも早くお風呂に入って」

と言った。でもまだサッカーをみているから、と熊木が反論すると、

「じゃあここで待ってる」

と言って横にすわって熊木にもたれかかるのだった。目をつぶっているので、このまま寝てしまうようにも思える。熊木は落着かず、もともとそう熱心にみていたわけでもないサッ

カーにはもう集中できなかった。

「寝るか」

ぼそりと言った。治子は途端に目をあけて身を起こし、先に立って寝室にひきあげる。熊木の方をふり返りもせずに、

「熊ちゃんって、すぐ根負けするのね」

と言った。

熊木は風呂には入らなかった。セックスもせず、でもぴったりと抱きあって眠った。治子の身体は温かく、いい匂いがした。熊木は、原稿の掲載が決った、という本日のビッグニュースを、言いだしそびれたことに気づいた。窓の外で、雨の降り続いている気配がする。治子は熊木の胸に顔を埋め、こんなに淋しい雨の夜に、くっついて眠ってくれる人がいてよかった、と思っていた。

第8章

一日ごとに、日がのびていく。夕闇に不安をかきたてられる麻子にとって、それはささやかな救いだった。

スーパーマーケットで夕食の買物をするついでに花を買い、まだうすあかるい住宅地を車で抜けて、家に帰る。細く開けた窓から、沈丁花の匂いの風が流れ込んでくる。

数時間後に邦一が帰ってくる、と、考えるだけで嬉しくなった。自分には邦一が必要なのだ。邦一がいなくなったら、掃除をしても料理をしても、花を買っても誰も喜んでくれない。麻子には、それは耐えがたいことに思える。ほとんど、自分に存在価値がなくなってしまうことのように。

学生時代、裕福な家の娘が多かった学校友達の中でも多額の小遣いをもらっていた麻子は、いまよりもずっと自由に服だの靴だの化粧品だのを買っていた。買物は、麻子の娯楽の一つだった。その点では下の妹の育子とより、上の妹の治子と断然気が合った。年齢が近かったせいかもしれない。青山や銀座を、二人でよく歩いたものだった。

邦一と結婚した直後に、治子と二人ででかけた銀座のことを、麻子はよく憶えている。天気のいい春の日曜日で、空気は乾いていて、あかるかった。昼すぎに気に入りのケーキ屋で待ち合わせをして、姉妹は午後じゅう買物をした。セルッティで治子がパンツスーツを、ギンザ・コマツで麻子が傘を、それぞれ買ったことまで記憶している。いまはもうなくなってしまった、アンジェラ・カミングスの店ものぞいた。そこは、麻子が邦一との結婚指輪を誂えた店でもあった。

その日も、麻子は勿論その指輪をしていた。邦一は麻子に暴力をふるったことなどまだ一度もなく、新しい指輪が気恥かしく、でも誇らしく、幸福で愉しく、街全体が麻子を祝福してくれているような気持ちさえした。夕方になるまでは。

日ざしが斜めになり、最後の力をふり絞るように一瞬その輝きを強めたとき、姉妹は銀座通りにいた。銀座での買物の最後は、ダロワイヨでパンを買うと決っているのだ。いつものように、二人でどっさりのパンを買った。くるみ入りのパンは焼きたてだったので、店をでてすぐ、路上で食べた。姉妹には、そういうことに抵抗はなかった。おいしいものはおいしいうちに味わう、というのが、犬山家では当然のことだったのだ。

夕方の銀座通りで温かいパンをちぎって食べながら、麻子はふいに理由のない恐怖にとらえられた。それはいまでも説明のつかないことだ。子供のころから見慣れた街の、何もかもから自分が遠く隔てられてしまう気がした。予感などではなく、何かもっとはっきりとした感覚、いっそ知覚だったと麻子は思う。隣でおなじように歩きながらパンを食べている治子に、いま何か言わなくては手遅れになる、という感じ、いまならばまだ間に合う、という、最後の瞬間なのがわかった。

「ねえ」

治子に呼びかけた途端に泣きそうになった。パンがのみ下せず、立ち止まった。

「なに?」

頭にサングラスをのせ、大きな歩幅で歩いていた治子は振り返ったが、自分が何を言おうとしているのか、何が言いたいのか、麻子には判然としなかった。それで、

「なんでもないわ」

と、言った。

「ちょっと感傷的になっただけだと思う」

なんとか冷静さを保とうとして、そう言ってみた。

「私、パンを買いすぎちゃったみたい。邦一さんはごはんの方が好きなの。パンは食べないのよ」

治子は呆れ顔をした。アメリカで暮らしたことのあるせいだろうと麻子は思っているのだ

が、この妹は表情や仕草が大げさというかあからさまだ。

「なあに？　それ。麻子ちゃんが自分で食べればいいじゃないの」

それに、と、麻子は胸の内で続けた。路上で物を食べるという行為も、邦一は嫌うに決っている。きょう治子とでかけることはずっと前に言ってあったが、それにもかかわらず「聞いていない」と言い、「行きたいなら行けばいい」と言って不機嫌に新聞を読んでいた朝の邦一を思いだす。

「もう帰らなくちゃ」

麻子が言うと、治子は口をあんぐりとあけた。

「嘘でしょう？」

治子と買物をしたのは、結局あれが最後になった。地下鉄の入口で、別れ際に、

「たのしかったわ」

と言ったとき、何かが決定的に変ったのだ。

ガレージに車を入れ、麻子は遠い記憶を追い払うように大きく息を吐いた。

服だの化粧品だのを買うことがなぜそんなに楽しかったのか、麻子にはもうよく思いだせない。

もうすぐここに邦一が帰ってくる。

大切なのは、そのことだけだった。

部屋の中でも衿巻を巻いているのは、寒いからではなくそういう気分だからだ。紺色のセーターにブルージーンズ、紫の靴下。育子はそこに、赤い衿巻を巻きつけて日記を書いている。育子は赤が好きだ。キリスト教的に言うと、赤は聖霊の炎、殉教者の血、それに情熱を意味する。青は聖母マリアや希望や真実を、紫は悔い改めや苦行や節制、それに悲しみも意味する色だ。

プレイヤーから流れてくるMISIAに合わせて首をふりながら、二時間も書いている日記は死についてで、なんだか遺書みたいになってしまった、と、育子は思う。暗い気持ちで書いたわけではは無論なく、むしろ開放的な、陽気な気持ちで書いたというのに。

青いボールペンで書かれたそれは、こんなふうに始まる。

『死。それが私にいつ、どんな形で訪れるにせよ、私はそのときそれまでの人生を、至福だったと思うと思う。この世に生を受けたことに感謝する。その生を与えてくれた両親に、そばにいてくれた姉たちに、小学校の音楽の先生に、近所の豆腐屋のおばあちゃんに、中学と高校の同級生たちに、島尾さんや谷口さんや佐伯さんに……』

名前の羅列は一頁続く。他に聖書からの引用や、「夜と霧」という本からの引用、かつて友人と交した会話の断片などが綴られ、最後は、

『だからいつか私が死んでも、私のまわりの人たちは、ちっとも悲しむ必要がない』

と、唐突に結ばれている。

書き終り、育子は満足気にノートを閉じて、のびをした。ミルクティをいれ、ゆっくり味わう。

昼間、勤務先の自動車教習所に、里美と光夫が揃って遊びに来た。

「めずらしい。どうしたの？」

受付にすわっている自分の方に、まっすぐに歩いてくる二人を認めて育子は言った。光夫はときどきやって来るが、里美は職場に来たりしない。

ロビーは、夜間クラスの生徒のやってくる時間で混雑している。

「光夫から聞いた話を信じることにするから」

怒った、硬い口調と表情で、里美が言った。

「何の話？」

訊き返したが、無意味な会話だと思った。光夫のしたのがどんな話であれ、里美の言い方から、彼女がそれを信じていないことがわかった。でも信じることにする、と宣言しているのだ。里美ちゃんもばかだなあ、と、育子は思う。光夫くんはいい子だけれど、だからって、信じられないものを信じることにするなんてばかだなあ、と。

里美の横で、光夫は居心地悪そうに沈黙している。

「私たち、一緒に住むことにしたの」

依然として怒ったような顔と調子で里美は言い、言い終るとほっとしたらしく、やや表情の力を抜いて、

「落着いたらパーティをするから育子も来て」

と、結んだ。

「おめでとう。よかったねえ」

つとめて無邪気に育子は言い、仕事中であるにもかかわらず、ぱちぱちと手をたたいてみせた。くすんだピンクの制服姿で。

あのときの、あの感じは何だったのだろう。赤い衿巻にあごを埋め、ミルクティを啜りながら育子は考える。里美をうらやましいと思った、あの感じは。

育子は光夫と暮らしたくなどない。ただ、暮らすことに決めたりできる里美が、うらやましかった。

帰宅した邦一は、機嫌がよかった。

「見て。かわいいでしょう?」

玄関に生けた水仙とフリージアを示して麻子が言うと、

「うん」

と穏やかにうなずいた。寝室で着替えをするあいだ、麻子はそばについていて、邦一の脱

いだものを受けとる。ワイシャツと靴下は洗濯物入れに入れ、スーツはブラシをあてて、クロゼットに吊るす。

「豚の角煮をつくったの」

「うん」

「車屋さんとお義姉さんから電話があったわ。車屋さんは車検のこと。来週車をとりに来ますって。月曜日でいい？」

「うん」

邦一の返事は「うん」ばかりだが、麻子はかまわず喋り続ける。

「お義姉さんは、たっくんの入学祝いが届きましたって、お礼」

「うん」

「私喋りすぎてうるさい？」

いや、と言って、邦一は微笑んだ。

「いや、そんなことはない」

眼鏡の奥の目がやさしい。麻子は満足して、

「よかった」

と、言った。台所に戻って料理の仕上げをする。狭いが、この家の中でいちばん落着く、と、麻子の思う台所だ。育子から届くたくさんのカードや、母親から教わってメモしたレシ

ピの束、つい最近治子から送られてきた正月の写真――あの治子が、撮った写真をきちんと現像し、焼き増しまでして送ってくれるなんてはじめてのことだ――、といった物たちは、みんな台所に置いてある。結婚前に邦一に買ってもらったロイヤル コペンハーゲンの犬の置物も。

食事中も、邦一は言葉数こそ少かったが機嫌がよかった。少くとも麻子にはそう思えたし、邦一の機嫌のよしあしを見極めることにおいてだけは、誰にも負けない自信が麻子にはある。

それでつい油断してしまったのだ、と、麻子はあとから考えることになる。まず、二つ続けて失敗をした。一つは料理をほめられたときで、

「料亭ででるみたいな角煮だな」

と言われて気をよくした麻子は、

「母直伝なの」

と、つい口を滑らせた。邦一はじろりと麻子を見たが、何も言わなかった。

以前、

「結婚して何年になると思ってるんだ。お義母さんに訊かなきゃ料理もできないのか、お前は。いつまであの家の娘でいるつもりなんだ」

と、叱られた。いちいちもっともだと思ったので謝ると、汚らわしいものでも見るような目で、にらまれた。

そんな経緯があったので、気をつけていたのだ。邦一が今回は怒らなかったのでほっとしたが、怒らせてしまった、という事実は変らないので、動揺した。

二つ目の失敗は水だった。酒ののめない邦一は氷水をのみながら食事をするのだが、麻子はそのコップがあいたことに気づかなかった。目の前にすわっているというのに。

邦一は大げさにため息をついて立ち上がった。コップを持って台所に行く。

「この家では、俺は水ももらえないのか」

待って、と言って立ち上がって追ったが、待ってはもらえなかった。乱暴な足どりから、邦一の苛立ちが手にとるようにわかった。

「ごめんなさい、気がつかなかったの。すわってて、いま持っていくから」

背中に声をかけたが邦一はこたえず、冷蔵庫をあけて、自分で氷水をつくる。麻子はただ立って眺めていた。

仕方なくテーブルに戻りかけると、

「麻子」

と、名を呼ばれた。怒りではなく憎しみのこもった声だった。ふりむくと、邦一と目が合った。邦一は微笑んでいたが、それは悲しみと憎しみの入り混じった微笑みだった。

「すぐ持っていくって言ったよな、私がやるからすわってて、って言ったな。じゃあどうしてしなかったんだ?」

これは何だ、と言って、邦一は手に持ったコップを持ち上げてみせ、麻子が、

「水」

とこたえると、いきなりその氷入りの水を麻子めがけてぶちまけた。

「誰がついだ水かって訊いてるんだ」

水は麻子の髪と肩を少し濡らしたが、ほとんどは二人のあいだの床にこぼれた。

無理にでもつぐべきだったのだ、コップを夫の手からもぎ取ってでも、私がつぐべきだったのだ、この人はそれを望んでいたのだ。

そう気づいたときには壁におしつけられ、首をしめられていた。大きな手で、ゆっくり。背中が電気のスイッチにぶつかっていて痛んだが、それはすぐに気にならなくなった。邦一の頭ごしに反対側の壁や天井や、フィルターつきのレンジフードが見える。邦一の手は温かい。徐々に徐々にしめあげるので、我慢できなくなるまでに時間がかかる。

まさかほんとうに首をしめるはずがない。

麻子はいつも、そう思う。そう思っていれば夢から覚めて、なにもかも元に戻るはずだ、とでもいうように。

恐怖は突然せり上がってくる。いますぐ息を吸い込みたい、吸い込みたい、吸い込みたい、と身体中が訴えるので矢も楯もたまらず、邦一の手をつかんでひきはがそうとするがそれはびくともせず、その瞬間、苦痛と恐怖以上に屈辱を感じる。屈辱は、きまって麻子にパニッ

クをひきおこす。

屈辱だ、と思った途端、恐怖が一気にリアルになるのだ。これは夢ではない。私はいま息を止められかけている。呼吸と共に言葉も奪われ、訴えることも叫ぶことも説明することもできない、ということに戦《おのの》く。やみくもに足を蹴り上げたり邦一の手をたたいたり皮膚に爪をたてたり、頭を振ったり背中を壁から離そうとしてみたりする。何一つ役に立たない。抵抗すればするだけ、邦一は手に力を込めるのだ。

苦しくてもう物は考えられない。身体中の臓器という臓器、血液という血液、感情という感情、言葉という言葉がすべて、酸素を求めて皮膚をつき破って飛びだそうとしている。

麻子が感じるのは、もう恐怖だけだ。自分の内側にも外側にも、この家の中にあるのは恐怖だけだ。

ふいに邦一が手を離す。麻子は酸素を貪る。貪っても上手く入ってこないので、苦しくて喘ぐ。セーターの衿をひきちぎりそうになる。どうやって息を吸えばいいのか思いだせない、と感じる。はあはあとかぜいぜいではなく、しゅしゅしゅっという音が口からもれて、それは息を吸おうとする音なのだが十分に吸えず、おまけにその少量の空気がつかえていて上手く吐けない。

「わかったか」

勝ち誇ったように邦一が言ったが、その言葉は麻子の耳に物理的に届くだけだ。床に両膝をつき、片手で流し台の縁につかまっている姿勢の麻子は、倒れ込むまいと、それだけで必死になった。いま倒れるのだけはいやだった。邦一のそばではいやだった。

涙はでなかった。いまの麻子にとって、泣くというのは優雅で贅沢な行為だ。

両手がしびれている。

第9章

お祝いをしましょう、と言いだしたのは治子だったし、二人掛けのソファにならんで食事をする設えの、ゴージャスだが落着かない、と熊木の思うレストランを予約したのもまた、治子だった。

「ほんとうに素敵」

熊木の文章が名のあるスポーツ雑誌に掲載されると決ったことについて、治子は何度もそう言った。

「こんなに嬉しいことはないわ」

とも。そう言うときの治子は思いきり大きな笑顔で輝かしい表情で、熊木をほとんど崇拝しているかのようにうっとりとみつめる。

「見る目のある編集者って、ちゃんといるのね」

などと言われれば、無論熊木も悪い気はしない。

「Leapて何かな」

テーブルに置かれたワインボトルを眺めながら、熊木は治子に尋ねた。今夜の料理に合わせて治子の選んだその赤ワインには、「Frog's Leap」という名がついている。

「跳躍」

治子はこたえ、グラスに手をのばす。ここには接待でよく来る、という治子は店の人間と親しげで、料理やワインの選び方も手慣れていた。

「ここの鴨はすばらしいの。ごく軽くスモークしてあるんだけど、夢のようにおいしいの」

いっそ無邪気とも言うべき熱心さですすめられ、すすめられるままに注文したその鴨は、たしかに上品な味がした。

こういう場所は苦手だ、と、しかし熊木は正直なところ思う。ソファというのがまず落着かないし、複雑な間接照明のせいでグラスがきらめきすぎる。飲み物のリストがすべてフランス語で書かれている(Frog's Leapは治子が特別に注文した、リストに載っていないナパヴァレイのワインだ)ことも気に入らなかった。

もっとも、隣でいかにも幸福そうに、旺盛な食欲を見せている治子が満足であるのなら、自分もまた満足なのだ、と、胸の内で苦笑しながら熊木は考える。とくに、今夜のような特別な夜には。

熊木圭介は今夜、隣にいる女に、三度目のプロポーズをするつもりだ。

犬山治子は、熊木がこれまでに出会ったどんな女にも似ていない。高価なスーツやハイヒールで武装してはいるが、部屋に帰って化粧をおとし、おでこがむきだしになっても構わずに髪を留め、スウェットの上下を着てチョコレートバーなど齧りながら、台所で勉強や仕事をする姿はまるで学生だ。ベッドでは奔放。家事はちっともしないが、一人暮らしの長かった熊木にとって、それは口うるさくされることよりずっとましだ。そして何よりも大事な点は、治子が自分をまっすぐに愛し、信頼してくれている点だ。

「気持ちなんて、いつどう変るかわからない」

などと口では気の強そうなことを言っているが、治子が自分に夢中であること、そうなれば他の男になど見向きもしない女であることは、普段の治子を見ていればはっきりとわかる。実際、治子くらいまじめな女を、熊木は他に知らない。

「食べないのね」

いつのまにか皿の上のものをたいらげ、二本目のワインをほぼ一人で半分のんでいる治子が言った。

「あんまり好きな味じゃなかった？」

「いや、おいしいよ」

熊木はこたえ、目の前の肉にフォークをつきさす。

「治子」

「はい？」

真横を向き、次の言葉を待って熊木をみつめる治子を、熊木はかわいいと思った。

「結婚しないか？」

一瞬の沈黙のあと、治子は驚きとも軽蔑ともとれる表情で眉を上げ、両目を見ひらいてみせた。

「なんのために？」

熊木は返事に窮する。

「なんのためにっていうか、俺たち一緒に暮らしてみて上手くいってると思うしさ」

鴨がのみ込めない、と思った。その薄甘く弾力のある肉片は、チューインガムのような気にさわる塊と化して熊木の口蓋や頰の内側にぶつかる。

「そうでしょう？」

我が意を得たり、という勢いで、治子は言った。

「私たちすごく幸福で過不足がないでしょう？」

ソファから身を半分のりだし、片手を熊木の太腿にあてがっている。

「せっかくこんなに上手くいっているのに、なんだって結婚なんて言いだすの？　びっくりしちゃうわ。熊ちゃんはこのままのどこが不満なの？」

治子はほとんど憤慨していると言ってよかった。

「いや、不満っていうわけじゃないさ。ただ」

ただ、の続きは言わせてもらえなかった。

「だったら」

語気強く遮った治子は、

「妙なことを言いださないで」

と、しめくくった。この話はこれでおしまい、というしるしに、両手を軽く上にあげて。

熊木は黙る。そして、仕方なく苦笑する。鴨が、まだ口に残っている。


春。

育子は部屋の掃除をし、キリストやロバや羊や、聖母マリアの像も一つずつ埃を払った。窓から隣家の庭が見え、借景だがとりどりの花が咲いていて美しい。遅咲きの梅に早咲きの雪柳、ならべられたプランターや植木鉢には、パンジーやデイジーがぎっしり植わっている。垣根の赤い葉っぱは何という名前だろう。

近所づきあいというものはしていないので、育子は隣家にどういう人が住んでいるのか知らない。ガレージにグレイのセダンが停めてあり、その横にスポーツタイプの自転車もあるから、大きめの息子のいる四人家族、というところかもしれない。植木鉢の数と状態からみて、母親はきっと働き者なのだろう。

雑巾を手に、育子は窓辺でため息をつく。恋愛を省いて、いきなり家族をつくれたら素敵なのに。家族を慈しみ、愛し、守る母親になれたら素敵なのに。

電話が鳴ったのは、そのときだった。

呼出音五回で、育子がでた。

電話を手に、台所をうろうろと歩きまわっていた麻子は、

「育ちゃん？　ああよかった、いてくれて」

と言ってスツールにどさりと腰をおろした。片手で自分の頭を支える。

「麻子ちゃん？　どうしたの？」

訊かれても、すぐには返事ができなかった。電話の向うで騒々しい音楽が鳴っている。

「お友達が来てるの？」

自分と違い、妹の育子には昔から友達が多かった。そう思いながら麻子は尋ねた。ついさっきまでの不安とパニックは、電話が通じると同時に身体の外へ抜けていった。熱をだし、その熱が引いた翌朝のような、ぐったりした感じといっそ清々しいまでの安堵とが全身にひろがる。それで、

「育ちゃんがいてくれてよかったわ」

と、もう一度言った。

「誰も来てないよ。音楽を聴きながら掃除をしてたの。どうしたの？　声がへんだよ。大丈夫？」

くすくすと、麻子は笑っていた。可笑しくもないのに、ヒステリックに笑いがこみあげてくるのだった。

「麻子ちゃん⁉」

びっくりした声で、育子に名を呼ばれた。くすくす笑いは収まらず、両手がふるえる。

「泣いてるの？　笑ってるの？　どうしたのよ」

育子の声は、ほとんど怯えていた。

「大丈夫」

とか、

「なんでもないわ」

とか、きれぎれにこたえながら、麻子は自宅の台所を、何か奇妙な見知らぬ場所のように眺めた。模造大理石の白いカウンタートップ、文字盤の大きなタイマー、コップにさした花、クリーム色の布巾とうす茶色のハンドタオル、食器洗い機。

ついさっきまでの不安と恐怖は収まっていた。かわりに笑いがこみあげてくる。しゃっくりみたいに。

きのう、麻子はかけるつもりだったアイロンをかけ忘れた。アイロンかけは好きな作業なのに。邦一はそのパジャマを着たかったのだ。あれがいちばん気に入っていることを、無論麻子は知っていた。ネルの、無地の、貝ボタンのついたパジャマ。

まだアイロンをかけていない、と言うと邦一は顔をしかめて、あれを着ようと思ってたのに、と言い、昼じゅう一体何してたんだ、と、言った。でも、それだけだった。眠かったのか、それ以上怒ることはせずにベッドに入った。不機嫌な様子で。

今朝はほとんど口をきいてくれなかった。ただ、ゆうべ一晩中寝苦しく、そのせいで全身が怠い、とだけ言った。たしかに顔色が悪かったようにも思う。

麻子は気が咎めた。邦一が暴力をふるわずに我慢したためになおさら。

それでさっき、もう一度謝りたくて携帯電話に電話をかけた。

「もういい」

とか、

「わかった」

とか、たとえ不機嫌にでもうるさそうにでも言ってほしかったのだ。邦一の声をきき、そしてすくなくとも自分が反省していることを邦一に伝えられたら、落着くと思った。

邦一は電話のスイッチを切っていた。

十五分おきにかけてみたが、何度かけてもおなじことだった。麻子の中で、どんどん恐怖がふくらんだ。捨てられた子供のように心細く、叱られた子供のように惨めだった。麻子は電話をかけ続けた。このままでは邦一を失うような気がした。すぐに声をきき、ひき止めなくてはいけないと感じた。恐怖はパニックになり、パニックは波に似ていて、高まる瞬間はとても制御できない。口を手で押さえなければ、悲鳴となって口からとびだしてしまう。部屋じゅうを歩きまわりながら、つながらない番号に何度も何度も何度も電話をかけ、不安のあまり自分がどうかしてしまいそうで、育子に電話をしてみたのだった。

邦一さんが電話にでないの。

でも、たとえば正直にそう言ってみたところで、育子に何がわかってもらえるだろう。

「ごめんなさい、ほんとうになんでもないの。もう大丈夫よ」

それで、麻子はそう言った。しゃっくりみたいな笑いの発作も、もう治まっている。

「だめよ、そんなの」

育子は怒ったように言った。

「すぐそこにいく。ちょうど退屈してたの。お掃除も終ったし」

だめ、と、反射的にこたえた。

「絶対にそれはだめ。つまり、きょうはってことだけど」

不機嫌な邦一を、余計に怒らせるようなことはしたくない。

「来週はどう？ 来週遊びに来て。昼間に」

昼間は普通、働くのよ。

いつだったか治子にそう言われた。でも、麻子は夜働くのだ、邦一のそばで。

「いいけど」

不承不承、育子は言った。

電話を切ると、麻子は気持ちが晴れたように感じた。妹の訪問を断ったことで、自分の立場がはっきりし、居場所を確立できたように。

朝、邦一を見送ってすぐ、アイロンはかけておいた。家の中は清潔に保たれている。麻子は財布と鍵と携帯電話——邦一からかかってくるときのためだ——を持ち、車でスーパーマーケットにでかける。何か春らしい食卓にしよう。そう考えながら。

無論、育子には麻子を放っておくつもりはなかった。電話口でいきなり笑いだすなんてどうかしている。それに、もしほんとうになんでもなくたって、結婚した姉の家に妹が遊びにいって悪い理由はない。仕事が休みの水曜日なのだし。

鏡を見ると、中途半端に伸びてしまった髪がばさばさに広がっていた。育子は自分に向かって呆れ顔をし、貼ってある聖母マリアの印刷画に触った。治子ちゃんは怒るけど、髪なんて、きっと麻子ちゃんは気にしない。コートを羽織り、外にでる。

モッツァレラチーズ、トマト、たけのこ、木の芽、粕に漬けた鰆が二枚、里芋。カートを押し、通路をゆっくりと歩く。そうだ、スポンジも買っておこう。特設屋台で売っているうぐいす餅も。

休日はカップルや家族づれの多いこのスーパーマーケットも、平日の夕方は女たちばかりだ。比較的年齢の高い女たちが多い。

ハーブ入りの飴――邦一は風邪をひきやすく、すぐに喉を痛める――、バナナ――ヨーグルトに切って入れると、邦一は喜ぶ――。通路を往きつ戻りつし、麻子は徐々にカートを一杯にしてゆく。

邦一のために一つずつ品物を選んでいると、自分が守られているように思える。

裸足につっかけたモスグリーンのモカシンは、邦一とお揃いの靴だ。左手には常につけている結婚指輪。麻子は、こうして買物をしている自分が幸福な女に見えることを自覚していた。その自覚が麻子を満足させ、幸福にさせる。

支払いをして、おもてにでた。

車に戻ってもう一度邦一に電話をしたが、やはり電源は切られたままだった。

仕方ない。

住宅地をゆっくり走り抜けながら、麻子は気持ちを切り換えようと努めた。もうすぐ邦一が帰ってくる。そうすれば、きっといつもとおなじ日々に戻れる。

玄関ベルが鳴ったとき、それはまだ六時だったのだが、麻子は邦一だと思った。邦一が、なぜだかわからないが早く帰ってくれたのだ、と。

ドアをあけると、しかしそこには育子が立っていた。男物みたいに見えるベージュのトレンチコートを着て、赤い手提げを持ち、ばさばさの髪をして。

「来ちゃった」

わずかに遠慮がちな笑みを浮かべ、育子は言った。

「麻子ちゃん、私を追い返す？」

と。それは、育子にしかできないやり方だった。育子にしかできない、そしてそのせいで麻子には拒めない――。

「なんでもなかったのに」

そう言いながら、来客用のスリッパをだした。

「でも嬉しいわ、育ちゃんに会えて」

本心だった。旅先で偶然知り合いに会ったみたいに、会うまですっかり忘れていた相手が、でも会ってみるとおそろしく懐かしい相手だったみたいに。

「いい匂い。ごはんつくってたの？」

「そう。いまお茶をいれるわね」

コートを脱ぐと、育子は七十年代ふうのプリントの、ミニ丈のワンピースを着ていた。母親のお古だ。麻子はそれを、どういうわけか好もしくないことのように思った。育子が家族にとらわれすぎているように。

「あ、お茶はいいよ。ビール持参だから」

育子は言い、赤い手提げの中から缶ビールと袋菓子をとりだした。麻子は笑う。

「麻ちゃん、お料理を続けて。私も台所でのむから。そのスツールにすわってもいい？」

育子は音楽も持参していた。

「これはきっと麻ちゃんも気に入ると思うの」

そう言って、リサ・ロープのCDをさしだした。

かつて、三姉妹はそれぞれ自分の好きな音楽を、他の二人に聴かせあったものだった。

「育ちゃん趣味がへん」

とか。

「治子ちゃんの好みってわかんない」

とか言いながら。

台所を中心に、居間も和室も玄関も廊下も、まるで賑やかな家族の住む家みたいにあかるかった。すこし暑くて窓をあけたのは、料理のせいではないと麻子には思えた。

リサ・ロープはリピートにして流されていた。育子の持ってきた袋菓子は「星型ベビースター」と「チートス」で、育子は缶ビールを、麻子はグアバネクター——それも育子が買ってきたものだ——をのみながら、きりもなくつまんだ。手伝いたがる育子に木の芽のすりつぶし方を教え、料理をしながら喋ったり笑ったり、のんだり食べたりした。

ほとんどは育子が喋っていた。半分が育子の近況で、残りのうちの半分は、自動車教習所にやってくる人々や教官の奇矯なふるまい、噂話、残りの半分は姉妹にだけわかる思い出話だった。

麻子はたくさん笑った。正月に母親を訪ねたときも楽しかったが、あのときは、しかし邦一を放っているという罪悪感と、自分の家にいないことの不安がつきまとっていた。

「育ちゃんってばおもしろいのね」

笑いながら、麻子は何度もそう言った。

二時間は、あっという間にすぎた。玄関ベルが鳴り、邦一が帰宅したとき、麻子はすっかりリラックスした、昔みたいな顔で出迎えてしまった。

「おかえりなさい。育ちゃんが来ているの」

そう告げる声まで普段よりも弾ませて。

第10章

「やあ、いらっしゃい」

邦一は上機嫌ともいえる声音で育子に挨拶をした。感じのいい笑顔は麻子にとってひどくなつかしい、独身時代を思いださせるものだった。そして、その瞬間に恐怖した。一気に体温が下がったように思えた。現実が戻ってくる。

今夜育子が帰ったら邦一は荒れるだろう。それはもう確信だった。すでにいま、邦一はあの笑顔の下で怒りを渦巻かせているのだ。

「ちょっと失礼して、着替えてくるかな」

邦一が言い、麻子は足がすくんだ。いつものように着替えを手伝いにいくことがためらわれた。いかなければ、かつて自分のいた場所に戻れるような気が一瞬だけしたが、それは無論虫のいい錯覚であり、麻子はほとんど慌てて邦一の後を追う。

階段をのぼるうしろ姿だけで、邦一は怒りを十分麻子に伝えた。寝室に入ってあかりもつけず、暗闇の中で黙って服を脱ぎ始める。

「電気」

麻子は言い、スイッチを入れた。邦一は麻子をにらみつけたが、何も言わなかった。全身で、傷ついた空気を発散させている。麻子は謝りたい衝動に駆られたが、気をとり直し、つとめて何気ない口調で、

「どうして暗いところで着替えたりするの？」

と訊いた。邦一は返事をせず、ずぼんを脱ぎながら、恨みがましい目つきで麻子をじっとみつめた。人間ではない——ということはつまり言語を持たない——動物みたいだ、と、麻子は思った。

とても純粋なものを傷つけてしまった、あるいは理解しそこない、信頼を裏切ってしまった。麻子がそう思うのは、いつもこういうときだ。

言語を介さない信頼。この世でたった一人、麻子だけが邦一からそれを求められているというのに。

「ごめんなさい」

謝った途端に、ずぼんで顔をはたかれた。痛くはなかったが、埃を吸った布の重たい感触とつめたさにたじろぐ。かがんでずぼんを拾った。ワイシャツも背広も、靴下もネクタイも。

電話をすればよかったのだ。たしかに麻子は一日じゅう邦一に電話をかけ続けていたし、邦一はその電話にでなかった。でも麻子が電話をかけ続けていることを、邦一は着信表示を見て知っていたに違いない。きっと満足していたはずだ。それが邦一にとってのコミュニケートなのだ。その電話が夕方途切れ、育子といた二時間、麻子は邦一のことをほとんど考えていなかった。邦一が怒るのも当然かもしれない。突然やって来た育子のことにしても、たとえば留守番電話にメッセージを入れて、邦一に知らせておくこともできたではないか。

衣服を拾い集める麻子の頭に、邦一は大げさな音をたててつばを吐くと、電気を消して、寝室をでていった。

階段をおりると、居間のあかりや料理の匂いが廊下までこぼれ、邦一の笑い声がきこえた。ともかく育子が帰るまではきちんとしなくては。麻子は思い、顔を上げてドアをあける。

「麻ちゃん、おしょうゆつぎはどこ?」

箸や皿をテーブルにならべ終えた育子が訊き、邦一はにこやかにすわっていた。こまごまと色どりよく並んだ春の料理は、しかし麻子にはもう食べられそうもなかった。

男のひとというのはほんとうに軟弱だ。

タクシーの後部座席で指輪をひねり回しながら、治子はそう考える。熊木は隣ですっかり意気消沈していた。「お祝い」のために治子が予約した、「フランスの、ブルジョワ系プチホテルの匂いがする」と治子自身は考えているレストランをでて、せっかくいいバー——熊木の好きな焼酎が揃っている——をみつけておいたのに、もう一軒いこう、と誘うと、熊木は浮かない顔つきで、飲むならうちで飲みたい、と主張した。タクシーに乗ると座席にもたれ、ぼんやり窓の外を見ている。

「疲れちゃったの?」

甘い声をつくって治子は訊いた。「怒ったの?」と訊いてはいけないことを、治子は無論経験から知っている。男のひとというものは、実際に機嫌をそこねたとき、「怒ったの?」と訊かれると調子に乗って、さらに機嫌を悪くするのだ。

「いや」

短くこたえ、熊木は足を組み替える。

じゃあもっとたのしそうにしなさい。別れ話をしたわけじゃないんだから。

治子は胸の内で言った。反対側の窓から外を眺め、沈黙が十分にいきわたるのを待つ。

「永遠不変のものってないのかなあ」

ひとりごとめかせて言ってみる。

「約束とか制度とかじゃなく、ただ永遠のもの」

熊木は何も言わなかったが、間違いなく聞こえたはずだった。

いまできることはここまでだ。

治子は考える。治子の経験では、男のひとに何か伝えようと思ったら、説明してはいけないのだ。彼らには説明は聞こえない。どういうわけか。手間がかかるのだ。でもまたどういうわけか、男のひとというのは治子にとって、手間をかけるに値する生き物なのだ。ことに熊木のようないい男は。

そのとき携帯電話が鳴った。

電話にでようと鞄をあける瞬間、治子はいつも不思議な気持ちになる。それまでくぐもっていた音がふいに鋭くなり、鞄という小さな闇の中で、さらに小さな機械が緑色に発光している。生命を持ったみたいに。

「もしもし?」

電話は育子からだった。麻子の家で食事をしたところなのだと言う。治子ちゃんもおいでよ、と。

「いかれないわ」

躊躇なく、そうこたえた。

「きょうはお祝いなの。そう、熊ちゃんと一緒よ。熊ちゃんの文章が売れたの。いつもみたいな変な頼まれ仕事じゃないのよ。そうなの。素敵でしょう? 遅くなってからもだめよ。これから飲み直すんだもの。うん、麻ちゃんによろしく伝えて。邦一さんにじゃなく、麻ちゃんにだから、ちゃんとそう伝えてね」

笑いながら言って、電話を切った。いけばよかった、と、あとから百回も思い返すことになるとは想像だにせずに。

部屋に帰ると治子はまず着替え、熊木はまずテレビをつける。熊木が酒の準備をし、治子はメールと郵便物をチェックする。阿吽《あうん》の呼吸とまではいかないが、互いに快適なリズムができあがっている。

熊木は湯をわかし、治子が熊木のために取り寄せた梅干を、耐熱ガラスのコップに入れる。自分のコップの方にだけだ。

『インカム・ストラテジー・ポートフォリオ』『USインヴェストメント・グレード・ポートフォリオ』『グローバルバリュー』『グローバルアロケーションF』。テーブルに積み上げられたファイルには、それぞれきちんとラベルが貼ってある。治子の仕事部屋と化した狭い台所で、熊木は冷蔵庫をあけ、ひからびたサラミをみつけだす。

熊木には、治子がなぜ頑なに独身でいたがるのか理解できなかった。一昔前ならば、女性にとって——職業を持ち続けたいと望む女性にとって——結婚はたしかに枷《かせ》だったかもしれない。しかしいまやそんな時代ではないはずだし、自分のように相手を束縛せず、家事も好んでこなす人間ならばなおのこと、治子にとっていいはずではないか。

やはり収入の問題だろうか。熊木は焼酎を啜り、居間の床に腰をおろす。

「ドラゴンズ、勝ったよ」

どういうわけか中日ドラゴンズの好きな治子に、教えてやる。

返ってきた声は、それだけだった。熊木は靴下を脱ぎ、片足のかかとでもう一方の足の甲をかく。

「よかった！」

収入。たしかに熊木の収入は少い。熊木にしてみれば、それを痛感しているからこそ責任を回避したくないのだった。きちんと入籍し、治子や治子の両親を安心させてやりたかった。永遠不変のもの。

タクシーの中で治子はそう言った。ロマンティストの治子らしい。熊木は苦笑する。「約束とか制度とかじゃなく」愛情だけを、治子は信じたいのだろう。

白いTシャツにグレイのスウェットパンツ、という恰好で隣に腰をおろした治子に訊かれ、

「ピッチャーは誰だった？」

とこたえて熊木は焼酎のコップを手渡した。

「山本昌広」

梅干なしの、温かい、匂いのいい――。それを唇のあいだから滑り込ませて、

「おいしい」

と言った治子の横顔は、ひどく可憐だった。片手の指を熊木の手にからめ、

「まだスポーツニュースをみたいの?」

と、からかうような口調で訊く。寝室で、求婚拒否の埋め合わせをしようという魂胆なのだろう。約束とか制度とかではなく――。

熊木は喜んでその魂胆に乗ることにした。

深夜。

風呂場の窓には鉄柵がついていて、麻子はそれを眺めている。夜風が顔にだけあたる。麻子は、自分がやすらかな、いっそ満ちたりているといってもいい気持ちであることに気づく。夫が暴れたあとがいちばんやすらかだ、と、思う。そうでないときは、いつそれが来るかと怯えなくてはならない。済んでしまえばたいしたことはないのだ。麻子は微笑み、湯舟の湯を手のひらですくってこぼす。夫は気に入りのパジャマを着て、すでに眠っている。両肩にあざが一つずつ。邦一の親指の跡だ。片方のそれは喉に近い位置で、そっちの方が苦しかった。しかしどちらも二、三日で消える程度のあざだった。強く押さない限り痛みもない。

一度だけ、邦一から逃れようとして鏡に突進し、割れた鏡の上に倒れてあちこち切ったことがある。病院にいき、太腿と腕に埋まったガラス片を取りだしてもらわなければならなかった。しかしあれはいわば事故だった。麻子が混乱し、自分で鏡に突進したのだ。キャスターつきの、全身の映る大きな鏡。短大時代の友人が、結婚祝いにくれたものだった。病院沙汰になったのはあの一度きりだし、あのときはむしろ邦一の方が、麻子の血を見てうろたえていた。医師の処置が済むまで、ずっと病院の廊下で待っていてくれた。

邦一には、麻子を傷つけようという意図はないのだ。麻子にはそれが、はっきりとわかっている。

子供みたいだ。麻子は考え、また微笑んだ。邦一はすぐかんしゃくを起こし、すぐ後悔して不安に陥る。陥ったあげく疑心暗鬼になり、またかんしゃくを起こすのだ。

「大丈夫だから眠って」

大きな図体をまるめ、麻子に背を向けている夫に、麻子は声をかけてやらなくてはならない。

「大丈夫よ」

辛抱強く、何度も。それは特別な瞬間だ。説明しなくても二人ともすべてわかっている。相手がわかっているということも。

育子には気に入らなかった。

邦一が帰ってからの麻子は、あきらかに元気がなかった。にこやかに振舞おうとはしていたし、普段あまり果物を食べない育子のために、食後にキルシュ入りの生クリームをかけた苺を、山のようにだしてくれた。それでも口数が少く、なんとなくうわの空だった。それまでの二時間とは別人のようだった。

「泊っていこうかな」

育子が言うと、麻子は表情を硬くして、

「何を言いだすの?」

と、非難と哀願のこもった強い視線を、育子にまっすぐに注いだ。邦一は誠意のある口調で、むしろ熱心に、

「そうだよ、泊っていくといい」

とすすめてくれたというのに。

「ときどき暴力的になるの」

いつだったか、麻子は邦一についてそう言った。それでいていそいで、

「そうひどいことはしないの。ただ力を誇示したがるだけ。たぶんたいしたことじゃないのよ。昔から、そういうことはいっぱいあったんだと思うわ」

と言い足した。育子にはわからない。

誰にも言わないでほしい、という麻子の意思を尊重して黙っていたが、それは育子には気に入らないことだ。麻子はそんなふうに暮らしているべきではない、と思う。たとえそれが、そうひどくない暴力だとしても。

ひさしぶりに掃除をしたので狭いが気持ちのいい自分のアパートで、日記を書き、風呂に

入り——風呂場にはピンク色のアヒルの玩具が置いてある——、ベッドに横になって、育子は眠ろうと努める。いつかパパやママが死んでしまったらどうしよう、というかねてからの心配に加え、いつか、もし麻ちゃんが、という心配も頭から消えない。

育子は布団から棒のように細い腕をだし、顔の上にのせる。石けんの匂いだ。「二番町のお家」で昔から使っている、白い大きな浴用石けん。子供のころ、育子はよくこうして自分の腕の匂いをかぎながら眠った。そうすると安心なのだった。

「育ちゃんってば、ほんとに変ってるんだもの」

行為のあと、快適そうにシーツの中で姿勢を変えながら、ときどき焼酎のグラスに口をつけつつ治子は言った。裸のままでいることに何の躊躇もないらしいところを、熊木は「のびやかでいい」と思っている。

「だってね、あの子、高校生のときに一度踏みはずしちゃったの。大変だったのよ」

初耳だった。

「踏みはずしたって?」

姿勢を変え、熊木は枕を抱くようにしてうつぶせになった。床に置いた腕時計をちらりと見る。十二時十五分すぎ。

「いま考えると育ちゃんらしい話なの。でも麻ちゃんは、いまだに後悔しているわ。自分を責めてるの」

熊木に合わせ、自分もうつぶせの姿勢をとる。

「ちょっと暑いわね」

と言って、黄色いカヴァーのかけられた羽根布団を蹴りあげる。布団はめくれ、四本の足がでた。

「ほら、私と麻ちゃんは歳が近いから、ほとんど一緒に育ってるでしょう? 試験のための勉強とか、ボーイフレンドの話とか、学校帰りの寄り道とか、全部一緒にできたのね」

治子は話し始める。仕事の話にせよ家族の話にせよ、治子はいつも、ひどく熱心に話す。熊木にすべてを知らせたいと思っているみたいに。熊木はそこも気に入っていた。

「べつにのけ者にしようとしたわけじゃないんだけど、育ちゃんはまだ小さかったから、私も麻ちゃんも気にしてなかったの。『男の子とつきあうってどういうこと?』とか、『恋ってどんなもの? どうやって始めるの?』とか訊かれても、何ていうか、きちんと取り合わなかったのね」

治子は言い、焼酎をまた一口啜った。

「それでね、あるとき育ちゃんは決心したの。『よし、恋をするぞ』って」

熊木は笑った。

「勇ましいね」

治子も微笑む。

「そうなの」

と言って、熊木の肩に頬をこすりつけた。

「でね、彼女がどうしたと思う？　毎朝通学するときに駅のホームで会う、肉体労働者ふうのおじさんに声をかけたの」

その人は毎朝駅のベンチでパンと牛乳の朝食を摂る習慣になっていて、と、治子は説明した。

「育ちゃんはそれを興味深く思っていたのね。何日か声をかけ続けて、お友達になっちゃったの」

「恋をしたの？」

信じ難い気持ちで、熊木は訊いた。治子が、

「いいえ」

とこたえたので理由もなくほっとしたが、

「でも関係を持ったの」

という治子の次のひとことで、その安堵は跡かたもなくなった。

「島尾さんっていう名前だったわ、そのひと」

治子は、その男の名前に何か意味でもあるみたいにそう言った。

「島尾さんを通じて、育ちゃんはいろんなおじさんと知り合うようになったの。たいていは肉体労働者で、でも中には仕事のないひともいたし、ホームレスのひともいたみたい。『男のひとのことがすこしわかった』って、育ちゃんは言ったわ。『力が強くて、やさしいけど子供じみていて、臆病だ』って。でも私と麻ちゃんがそれを聞いたのは後のことなの。そのときにはもう、育ちゃんは彼らのうちの多くと仲よくなりすぎていた」

熊木はあ然とした。治子から聞く姉妹話はいつも奇妙だが、この話はとりわけ奇妙だ。

「言っとくけど、援助交際なんていう言葉もなかったころのことよ。そういうんじゃなかったの。校則の厳しい女子校だったし、育ちゃんは成績は悪くても真面目な生徒だった。結局おじさんたちとの関係が噂になって自宅謹慎だか停学だかになっちゃったけど、退学にはならずにすんだ。父が介入したの。育ちゃんはおじさんたちと、ただ単に気が合ったんだと思う。いまも何人かの人たちと連絡をとりあってるくらいだもの」

熊木は返事に窮して治子の横顔をみつめた。妹について話す治子の声は穏やかで、いとおしげでさえあるのだが、表情はかなしそうだった。

第11章

自動車教習所の受付の、五台あるコンピューターの一つの前に坐った育子は、くすんだピンク色のやぼったい制服姿で、ひっきりなしにピーナツを食べている。仕事中の飲食は禁止されているが、こっそり食べているぶんには、誰もおもてだって注意したりしない。育子は視点をフロアの低い場所に定め、そこを通る人々の足だけをじっと見ている。無表情に。ジーンズにスニーカーをはいた「生徒さん」の足。だぶついてくたびれたずぼん姿の教官の足。育子とおなじ制服を着て、でも足元は個性を主張するぞとばかり、黒い網タイツをはいてヒールの靴音を響かせている同僚の足。

いろんな人がいる。

育子は思う。知らない人ばかりがうようよしている世の中について考え始めると、育子はときどき恐怖にとらわれる。料金体系や教習システムについて、おずおずと質問に来る「生徒さん」に対してさえ、恐怖を感じて萎縮してしまいそうになる。相手の顔の見えない電話にでることも、身体がくっつくほどたくさんの数の他人が、狭い場所に押し込まれている電車に乗ることも、考えただけで息苦しく汗をかいてしまう。

「ギャバが足りないんだよ」

いつか、友達になって肉体関係を持ったおじさんの一人が、そう教えてくれた。

「人間の脳の中にはギャバという物質があってね、これが冷静さを保たせるんだ。ギャバの少い人は、パニックに陥りやすい」

物識りなおじさんだった。物腰も穏やかで酒を飲んでも態度が変らない、めずらしい人だった。

「育ちゃん、まるでうわばみだな。こりゃ、将来旦那は苦労するな」

愉しそうに笑って、そう言った。

ギャバか。

育子は考える。もしおじさんの言うことが本当なら、私にはそれが足りないのではなくそもそも無いのかもしれない、と。

たとえば家族といるときには問題はない。おじさんたちといるときにも、学生時代の友人たちといるときにも、そして、自分の部屋で、キリストや聖母マリアや、十二使徒や天使やロバや羊に囲まれているときにも。でもそれ以外のとき、育子は自分をほんとうに無力だと感じる。知らない人の前では、どうしていいのかまるでわからなくなるのだ。

そのことは、今度日記に書いてゆっくり考察する必要がある。育子は考え、そう決めるとすこし落着いた。

「りすみたいだね」

背後で声がして、ふりむくと古参の教官が立っていた。

「すみません」

あわててピーナツの袋をまるめ、ひきだしに押し込む。

「いや」

教官は困ったような顔をした。

「俺も、ほら」

そう言って、ワイシャツの胸ポケットをたたいた。ハイライトのパックが見える。教官は共犯者めいた顔をつくり、あごをしゃくって、

「あっこでさ」

と、声を低めた。

「はい？」

訊き返したが、ほんとうはわかっていた。職員用の喫煙室で、一緒に休憩をしようと言っているのだ。育子は前にもこの教官に、昼食や夕食に誘われている。

「ごめんなさい。キャンセル待ちの人たちに連絡をしないと」

そらぞらしい、と自分でも思う勢いでキャスターつきの椅子を前にだし、キーボードをたたく。指先にピーナツの脂気と塩が残っていて不快だった。

教官はしばらく後ろに立っていたが、やがていなくなった。

育子は安堵のため息を吐く。私が西部劇にでてくる娼婦みたいな人間だということが、一体どうして彼らにわかってしまうのだろうと訝りながら。


たいしたことではない。

ブティックのショウウインドウを眺めながら、麻子はそう考える。医者もそう言ったではないか。安静にしていれば自然に治癒します、と。

LANVINのコットンシャツの上からでは、胴体に巻かれた包帯も見えない。

たいしたことではない。

麻子はまた考える。通院の必要さえないのだ。肋骨が二本折れただけ。きつくテープを巻かれ、痛み止めをもらって、それでおしまいだった。嘘だってつかなかった。麻子は苦く微笑む。

「転んだひょうしにドアノブにぶつかって」

そう医師に説明した。ほんとうのことだった。なぜ転んだか、を言わなかっただけだ。

育子のやって来た夜、邦一は麻子の予想どおり暴れた。夫をコケにしておもしろいか、とか、コソコソして、とか、不明瞭な口跡で聞くに耐えないことをつぶやきながら、麻子の髪をつかんで部屋の中をひきずった。

背中からつきとばされたとき、たまたまそこにドアがあった。麻子はドアノブに思うさまぶつかった。

声はださなかった。一瞬呼吸ができなくなったので、声もでなかったのだ。

でも、折れているとは思わなかった。その夜は風呂にも入り、湿布薬を貼って眠った。

いましがた見せられたレントゲン写真を思いだし、麻子は身ぶるいする。暴力に対してではなく、自分の肉体の不甲斐なさに。

「どうぞ。中にもいろいろありますから」

ブティックの店員が、入口から顔をだして言った。

ぎょっとして、麻子は店員を見つめる。そして思う。どうしてこの人は私をじろじろ見ているのかしら。顔には痣も傷もないはずなのに。不安気な店員の表情が、麻子には非難のそれに思えた。

逃げるように店を離れる。

蒸し暑い夕方だ。麻子は足を速める。ドラッグストア、定食屋、靴屋、そしてまた別のブティック。歩きながら鞄の中を探り、携帯電話をとりだして、三桁の番号を押す。メモリー登録してある唯一の番号だ。

「はい」

無愛想な、でもなつかしい、邦一の声がきこえた。麻子はほっとして、身体の力が抜けるのを感じる。

「もしもし？　麻子です。用事はないの」

用事はなかったのでそう言った。速めていた歩調をゆるめ、普通のペースで信号を渡る。

「どこにいるんだ？」

あいかわらず不機嫌そうな、邦一の声が叱るように尋ねる。

「外なの。でももう帰るところ」

麻子は自分が微笑んでいることに気づいた。よかった、と思う。よかった、落着きを取り戻した、と。夕方の街もそこを行き交う人々も、それに店員も、もう脅威ではなかった。

「早く帰りなさい」

邦一に言われ、麻子はほとんど嬉しさを感じる。

「はい」

とこたえて電話を切った。早く帰りたい、と心から思う。自分の家に、邦一の帰ってくる場所に。

ロッカールームで私服に着替え、髪をとかしている育子の横で、くすくす笑う声がきこえた。

「なあに？　どうして笑うの？」

振り向いて、育子は尋ねる。笑ったのは後輩の林たえだった。

「ごめんなさい。でも犬山さん、可笑しすぎる」

たえは小柄な、快活な印象の後輩で、育子は好感を持っている。

「どこが？」

髪になおブラシをあてながら、育子は訊いた。時間がない。でも髪がちっともまとまらない。

「だって、ものすごい静電気。そんなにむきになってとかしたら、ますます傷んじゃいますよ、髪の毛」

たえは育子に近づくと、思うさまひろがって収拾のつかなくなっている髪を不遠慮に見つめながらそう言った。

「それに、犬山さんさっきから鏡をじっとにらんで髪をとかしているでしょう？」

「鏡を見るでしょ、普通」

「でもその鏡じゃ役に立たないですよ」

そう言われてみればそのとおりだった。育子はさっきからずっと、ロッカーの扉の裏についた、小さな鏡に向かっていた。膝を少しまげて。映っているのは目と鼻と口だけで、髪はまるで見えなかった。

「可笑しすぎますよ。寄り目になってるし」

たえは言い、でもそれは愉しそうな、何の他意も感じさせない言い方だった。

育子は数秒間考えた後に、

「そうね」

と言ってブラシをロッカーにしまった。扉を閉め、向き直ってまじめに礼を言った。

「教えてくれて、どうもありがとう」

林たえが表情をこわばらせたのがわかったが、なぜこわばらせたのかはわからなかった。

「行かなくちゃ。お疲れさま。また明日ね」

それでそう言った。でて行こうとして、呼び止められた。

「犬山さん」

振り向くと、半ば困惑し、半ば悲しそうな林たえと目が合った。

「犬山さんは怒りっぽいですね」

育子には、たえの反応がまるで理解できなかった。

「怒ってないわ」

そう言って、ロッカールームをでる。さっぱりわからない、と思いながら。

「鳥天」の引き戸をあけると、香ばしい匂いの奥で、育子がすでにカウンター席にすわっていた。

「こんばんは」

治子は店の主人夫婦に声をかけ、育子の隣の椅子にすわる。

「何杯目？」

ビールのジョッキを大事そうに持っている妹に、挨拶がわりに声をかけた。

「二杯目」

育子はにっこりしてこたえる。

どうしても話したいことがある、とゆうべ育子に電話で言われ、治子はいまここにいるのだった。

「あのね」

何の前置きもなく、育子は切りだした。

「これは麻ちゃんには口止めされていることなの」

うん、と言って、先を促す。

「でも言った方がいいと、私は思ったの」

「うん」

ビールが運ばれ、治子は話に集中しようとしていたのだが、育子が自分のジョッキを持ち上げたので、小さくジョッキを合わせる。この子はどんなときでも乾杯を忘れない。治子は思い、微笑んだ。

「邦一さん、ときどき麻ちゃんに暴力をふるうんだって」

ふいに言われ、治子は言葉の意味を——もしくは妹の真意を——計りかねた。

「治子ちゃん、どう思う?」

問いただされ、育子の顔を見る。目が合ったまま、見つめ合う恰好になった。

「どう思うって育ちゃん、それ、どういう意味なの?」

暴力? 治子は不安を認めまいとしてみた。いわゆる「暴力」とは、きっと違う話だ、と、思おうとした。

育子は首をかしげ、

「そういう意味だと思うよ」

と、言う。

「そういうってどういう? わからないわよ、それじゃあ」

知らないうちに声が大きくなっていた。もしそれがそういう意味ならば、一体なぜ育子がこんなに落着いていられるのかわからなかった。

「暴力ってまさか、邦一さんが麻ちゃんを殴ったり蹴ったりするってこと? それとももっと、やっと、言った。邦一の顔を思い浮かべる。細面で無愛想な、でもむしろ物静かな――。

「そういう意味なの？」

育子に訊き返され、信じられない気持ちで、

「別な暴力ってどういうの？」

語尾は考えつかなかった。

と別な……」

「嘘でしょう？」

育子が嘘をつくはずがないことはわかっていた。とても信じられなかったし、麻子に直接会って事情を訊けば――だからつまり二、三時間後には――笑い話にできるはずだと思った。

治子はすでに立ち上がっていた。

焼き鳥を食べている場合ではなかった。「いま行ってもゆっくり話せないから、邦一さんのいない昼間に行く方がいいよ」とか、「麻ちゃんを逆に困らせるかもしれない」とか、育子が言うのなどまるで意に介さず、治子は勘定をすませておもてにでる。

まだ八時前だった。ようやく夜になった空に、星がでている。「鳥天」と書かれた大きな赤いちょうちんを見たとき、治子は頭で信じていない事実を、自分の身体のどこかが信じた――あるいは知っていた――ように感じて、すでに取りかえしがつかないという、恐怖にか

られた。

「治子ちゃん、ちょっと待ってよ」

うしろで育子が言っていたが、治子は構わずタクシーをとめる。

タクシーの中で育子から聞いた話は、治子をひたすら憤慨させた。

「具体的なことはわからないよ」

育子は何度もそう言った。

「おとといも、麻ちゃんは途中までだけど元気そうだったし、今朝電話したときも元気だって言ってた」

育子に言わせると――無論それは「麻ちゃんが言うには」なのだから麻子に言わせると、でもあるのだが――、それは「力を誇示するだけ」の「ちょっとした暴力」なのだそうだ。

「信じられない」

治子は、邦一にというより麻子と育子の行動に対して、何度もそうつぶやいた。

「信じられない」

そして、苛立たしげに指輪をひねる。

玄関にでてきた麻子は、たしかにいつもと変りなく見えた。

「おどろいた。どうしたの？」

家の中から食欲をそそる匂いがしている。

「ごめん、また来ちゃった」

育子が言った。

水色のシャツにベージュのパンツ、という服装の麻子は、首をかしげて目を細め、それからいかにも幸福そうに微笑んだ。

「嬉しいわ」

邦一がうしろから顔をだした。

「おや、いらっしゃい」

二人は食事中らしかった。

結局、四人で夕食ということになった。邦一は育子と治子が要らないと言うのも聞かず近所の酒屋に酒を買いに行った。

「姉妹の宴会用に」

と言って。

「ごはんは二合しか炊いてないけど、高野豆腐をたくさん作ったの。好きでしょう？　二人とも」

麻子は言い、育子が手伝おうと台所に入る。

「暴力ってどういうこと？」

治子が尋ねた。詰問、という口調で。

「ごめん」

育子が首をすくめる。

「どういうこと?」

治子には、一歩も引くつもりはなかった。表情の読みとれない顔で麻子が、

「育ちゃんってば、治子ちゃんに何を言ったの? 誤解されちゃうじゃないの、暴力だなんて」

と言ったとき、治子には、姉が本当に問題を抱えていることがわかった。それはもう確信だった。ごまかされる余地もなかった。

「冗談でしょう?」

麻子の腕をつかんで言った。

「どうかしてるんじゃないの? 行くわよ」

どこへ、と訊いたのは、麻子ではなく育子だった。麻子は無言のまま、腕をつかまれたまま、治子を見ている。

「どこでもいいわよ、あたしの部屋でも、ママのとこでも。どうしてこんなとこにいるのよ」

麻子が奇妙に表情を歪め、それが微笑もうとする努力だったことに、治子はしばらくして

気付く。

「へんなことを言うのなら帰って」

麻子はぴしゃりと言った。

「どこにでもある夫婦喧嘩を、育ちゃんが大げさに言っただけだわ。そうでしょう？　育ちゃん」

ほとんど責めるような口調だった。育子は怯えたように麻子を見て、それからゆっくり首を横にふった。

「ごめん。でも麻ちゃん、もう隠せないよ。麻ちゃんの気持ちは尊重したいけど、でもその前に説明してくれなきゃ。麻ちゃんは大丈夫って言うけど、どう大丈夫なのか言ってくれなきゃ」

おとといだって、と育子が言いかけたとき、治子はそれに気づいた。いちばん上のボタンまできっちりとめてシャツを着ている麻子の首の横に、小さな、しかし目立って暗く不穏な、内出血のしるしがあった。

第12章

「冗談じゃないわ」

家をでようと言う治子に、麻子はそうこたえた。普段に似ず語気強く、二人の妹に、

「でて行って」

と言い、

「口をださないで」

とも言った。それらの言葉のあいまあいまに、

「冗談じゃないわ」

は何度もくり返され、育子の目にそれは可笑しなこととして映ったのだが、治子もまた、
姉と競うように何度も、

「冗談じゃないわ」

とくり返すのだった。

「一体どういうことよ、どうしてこんなところにいるの、冗談じゃないわ」

とか、

「階段から落ちたとか自転車で転んだとか、下らないことを言ってもだめよ、首の両側に痣ができるなんてあり得ないでしょ、冗談じゃないわ」

とか。育子は、二人の姉のやりとりを、奇妙な気持ちで眺める。なつかしい、おもしろい気持ちで。そして、そういう自分を不謹慎だと思った。

一緒に住んでいたころ、麻子と治子はときどき喧嘩をした。もっとも、感情を昂ぶらせるのはいつも治子で、そういうとき、麻子は黙って妹をにらみ、それが治子を余計に怒らせるのだった。

「似た者同士なのよ、ほっときなさい」

母親は言ったが、育子にはとてもそうは思えなかった。二人の姉は、つねに正反対であるように見えた。

たとえば大学の乗馬クラブで、麻子が厩舎の掃除を誰かと替ってやるたびに――実際、麻子はしょっちゅう早朝の学校にでかけた――、治子は怒った。そんなの相手のためにならない、というのが治子の言い分で、そこまで相手のことを考えてあげる必要はない、というのが麻子の言い分だった。

たとえば父親が家をでたときも、

「ときどき遊びに来てね」

と父親に言った麻子に、治子はくってかかった。そんなのママがかわいそうだ、というのが治子の言い分で、かわいそうかどうかはまだわからない、というのが麻子の言い分だった。『ちょっとした暴力』および結婚生活をめぐる麻子と治子の口論を聞きながら、育子はそんなことを思いだしていた。

食事を中断された恰好の、麻子と邦一の夕食がテーブルにならんでいる。藍染のランチョンマットの上に。

「お願いだから、もう帰ってちょうだい」

そう言った麻子の口調は、断固としていた。そして、治子をあ然とさせたことには、玄関で物音がしたとき、麻子は瞬時に目に涙を浮かべた。

邦一は、ビールの六缶パックを一つと、ワインの二本入った袋を抱えて帰ってきた。

「この子たちを追い返して」

目に涙をため、麻子は邦一に言った。

「どうして？　せっかく来てくれたのに」

酒を抱えたままつっ立っている邦一は、妻に暴力をふるう男のようには見えなかった。

「いいから追い返して」

ヒステリックといっていい声音で、麻子はくり返した。

「喧嘩？」

邦一は、治子と育子に向かって訊いた。治子は視線さえ合わせなかったが、育子は一応うなずいた。

「違うでしょ」

ぴしゃりと言い、治子は育子をにらんだあと、ゆっくりと邦一に向き直った。

「きょう、麻子ちゃんをうちに泊めてもいい？　話があるから」

そりゃいいけど、とこたえかけた邦一の声は、今夜何度目だかわからない、麻子の、

「冗談じゃないわ」

にさえぎられた。

「私はどこへも行きたくないの。だから早く帰して」

そう言って一人で二階にひきあげる麻子をなす術もなく見送りながら、なぜ麻子ちゃんは「帰して」と言うんだろう、と、育子は考えていた。私たちがここにいるのに、なぜ「帰って」と直接言わないで、邦一さんを介して喋ろうとするんだろう。

「僕にはどうしようもない」

邦一は首をすくめた。

この状況をおもしろがっているみたいだ、と、治子は思った。麻子ちゃんはこの凡庸な外

見の男のどこに惹かれたんだろう、と、育子は思った。

「麻子ちゃんにもし何かしたら」

低い声で、邦一の顔は見ずに治子は言った。殺してやる、と言いたいのはこらえた。

「え？」

訊き返した邦一は、眼鏡の奥の目をわずかに細め、わけがわからないというジェスチャーのつもりか、治子をじっとみつめる。

「もし何かしたら」

治子はくり返す。

「絶対に許さない」


むし暑い夜気の中を、治子と育子は駅に向けて歩き、途中のファミリーレストランに入った。姉に拒絶されたことも、義兄と姉の両方に追い出された——と二人は感じていた——ことも、また、治子にとっては、そもそも麻子が夫の暴力にさらされつつ生きているということ自体をも含めて、信じられない思いだった。自分たち二人がこんな辺鄙な住宅地を歩き、家族づれやらテニス帰りらしい中年女性の集団やらで混みあったファミリーレストランに、ぐったり腰をおろしている現状も。

ついさっきでてきた家に、二度電話をかけたが二度とも留守番電話になっていた。二人はそれぞれ軽食を注文し、セルフサービスのカウンターから冷たい飲み物を取る。

「痣って青いものかと思ってたけど」

育子が言った。

「黄色いのもあるんだね。はじめて見た」

治子は首をふり、微笑もうとしたが上手くいかず、微笑みは短いためいきのようになる。

「黄色いのも、赤紫みたいなのも、あるわ。育ちゃんは変なことを言うのね」

暗澹とした気持ちだった。そして、治子は邦一よりむしろ麻子に、ひどく腹が立つのだった。

マンションのドアをあけるまで、熊木に会いたいと思ってはいなかった。今夜妹に聞かされた事実にどう対処すればいいのか、それを考えるだけで手一杯だった。

部屋の中はあかるく、自分と熊木の生活の匂いがした。

「ただいま」

わずらわしいと思っていたテレビの音や画面さえ、なつかしく思えた。

「おかえり。早かったんだね。育ちゃんと飲んで来るんじゃなかったの?」

うしろにおぶさるようにくっついた治子を習慣上上体を前後させて揺らしてやりながら熊木は言う。

「会いたかったわ」

治子は心から言った。さっきまでのことはすべて嘘だったような気がした。現実はこの部屋のようになつかしく普段どおりで、何の問題もないのだ、と。

「飲む？」

焼酎のグラスを持ち上げて、熊木が訊いた。熊木は、治子がつねづね捨てた方がいいと主張している、衿の伸びたTシャツを着ていた。

「うん。でも先にシャワーを浴びてくる。待ってて」

治子は言い、ひっぱったら破れそうに生地の薄くなっている熊木の白いTシャツの、衿と喉の境い目あたりにキスをする。

郵便物や書類でごった返した台所――テーブルにはビニールのギンガムクロスがかけられている――を通って風呂場に行く。二枚のバスタオル、二本の歯ブラシ、ドアの裏にぶらさがったバスローブ。あけるたびにきしむ風呂場のドアや、かたく冷たいタイルの感触。治子はほっとして、思うさまたっぷりとシャワーを浴びた。

それはお姉さんの口からきちんと話を聞くまで何もしない方がいい、というのが、熊木の意見だった。治子にしても、ここに戻るまでは離婚や裁判や、両親に話すことや邦一への直談判や、あれこれ「行動を起こす」ことを考えていたのだが、ここでこうして熊木に話し終えてみると、それらはいずれもあまりにも性急な、いっそ突飛といってもいいような考えに思われる。

「だって、くわしいことは妹さんにもわからないんでしょ」

熊木の言葉に治子はうなずく。ソファを背もたれにし、ならんで床に坐って足を投げだしている。爪先が四つ、ならんでいる。

「恋愛結婚でしょ」

治子はまた、うなずく。

「お姉さんだって子供じゃないわけだしね」

熊木の肩に頭をのせ、治子は焼酎を啜った。別れさせるにはどうすればいいか、ばかり考えた自分の子供じみた軽率さを反省する。

「あした、昼間に麻ちゃんに電話してみる」

それがいいよ、と、熊木は言った。治子のとこは姉妹の仲がいいから気になるんだろうけど、夫婦のことなんて当人たちにしかわからないんだから、とも。

「それで話を聞いてみて、もしほんとうに家をでるってことにでもなれば、勿論いつだってここに来てもらってかまわないしね」

治子はうっとりする。熊ちゃんは何て頼りになるのだろう。優しいし、冷静だ。

「そうする」

甘ったれた声をだし、熊木の足に、足をからめる。テレビの音は、でもやっぱりうるさい、と思いながら。

おなじころ、育子は窓枠に肘をついて、隣の家を眺めていた。あるいは、家というものの不思議を。

すでに十二時をまわっているが、台所の出窓には電気がついていて、鍋を洗うような音がきこえた。隣家の主婦は働き者だ。

風が、街路樹の匂いを運んでくる。さっき長い日記を書いたので、麻子の家での出来事については、気持ちが整理できていた。

麻ちゃんが邦一さんを好きだと言い張るのなら、
育子は日記にそう綴った。

誰にも口出しはできない。麻ちゃんがマゾなら、やっぱり誰にもそれを非難できない。でももし万が一（万が一、の下に、育子は波状のアンダーラインをひいたのだが）、そうじゃなかったときのために、私と治子ちゃんがそばにいることを麻ちゃんに伝えられたから、きょうはいい日だった。

育子には、それは正しい論法に思えた。そして、物事は正しい論法で考えない限り、考えても意味のないことだ、というのが育子の考えなのだった。

麻子には、たしかに複数の痣があった。それに、治子には言わなかったが、麻子はシャツの下に何か——包帯だかさらしだかわからないが——巻いているようでもあった。洗面台のキャビネットには、きょうの日付で医師に処方された、薬の袋が二つ、あった。

恐怖というのはまさにこれだ、と、多田邦一は思った。その証拠に自分はずっと震えている。

騒々しい義妹たちが帰ったあと、邦一は二階に上がり、妻に事情を問いただそうとした。もっとも、問いただすまでもなく事態は明白で、妻が自分を裏切って、夫婦の秘密を口外したに決っていた。それは衝撃的なことだった。邦一は、怒りよりもかなしみに胸をふさがれた。妻を、信頼していたのだ。

麻子は寝室にいた。邦一はノックをし、返事を待たずにドアをあけた。麻子を責めるつもりだった。責めて当然ではないか？　自分のしたことの罪深さに気づかせるためなら、多少暴力をふるうのもやむを得ない。

「治子ちゃんたち、帰った？」

麻子が言い、その声を聞いた途端に邦一は震えだしたのだった。

「麻子」

暴力はおろか、責めることも、何か尋ねることもできなかった。やっと発した言葉が妻の名前で、その声は自分の耳にさえ弱々しく響いた。弱々しく、そしてひどく傷ついたように。

義妹たちに責められても罵られても恐くなかった。ただ、麻子を失うことだけが恐ろしかった。ひき止めるためならば土下座も厭わない、と思ったが、

「ごめんなさい」

と言ったのは麻子の方だった。

「でも大丈夫だから心配しないで」

つっ立ったまま、邦一は一瞬混乱した。もしかすると怒鳴るべきなのかもしれない、と、思った。たしかに麻子が裏切ったのだ。

気づくと同時に、怒りが爆発した。力が湧き、奇声と共にそれを麻子にぶつけた。髪をつかんでひき回し、息がきれるまで続けた。きのうやりすぎたことは憶えていた。だから肋骨を蹴ったり肋骨が家具にぶつかったりしないように気をつけた。

麻子は片手で髪の根元をおさえ、片手を床につけて何とかひきずられないように無駄な抵抗をしながら、やめて、とか、お願い、とか、覇気のない言葉を切れ切れに涙声でくり返した。

手を放すと、邦一はいつものように軽蔑のしるしにつばを吐きかけようとして、自分の顔が濡れていることに気づいた。奇声だけじゃなく、涙も流していたらしい。

息ぎれと嗚咽と、怒りとかなしみと、そして何よりも恐怖が、邦一の身体じゅうを支配していた。

足元で、麻子がおなじような声を押し殺し、うずくまっていた。

一体どうすればいいのか、邦一にはもうさっぱりわからなくなってしまった。わかるのは、いま自分と麻子のいるこの部屋の中に、恐怖以外の感情が一つも存在していない、ということだけだった。

翌日、治子が台所でコーヒーを飲んでいるときに、その電話はかかった。前夜熊木とたっぷり愛を交わしたので、全身が心地よく怠く、首すじや唇や胸や足首や、ともかくそこらじゅうに熊木の感触が残っている。

「治子ちゃん？　おはよう、朝早くにごめんなさい」

それは穏やかであかるい、普段と変らない麻子だった。治子は安堵のためいきをつく。

「よかった」

指先を髪にさし入れて天井を仰いだ。

「ゆうべはごめんなさい」

麻子は笑みさえ含んだ声でまずそう言って、

「でもあなたたちってばとんちんかんなんだもの」

と、続けた。治子は身構える。

「だめよ、育ちゃんはだませても、私のことはだませないわ」

今度は麻子がため息をついた。

「わかってるわよ。正直に言うから。でもいやなことを言わせるのね」

ちょっと派手な喧嘩をして、あちこちに痣をつくったのは事実よ、と、麻子は言った。

「前にも一度そういうことがあって、そのとき笑い話として育ちゃんに話したの。育ちゃんはほら、昔から何でも深刻に受けとめちゃうところがあるでしょう？」

片手に受話器を、片手にマグカップを持ったまま、治子は寝室に移動して、ベッドの、眠っている熊木の横に腰をおろした。

「それだけ？」

熊木が目をさまし、治子の腿に触れる。

「じゃあどうしてゆうべそう言ってくれなかったの？」

「家庭の恥だからよ」

何か重々しいことを告白する口調で、はっきりと、麻子はこたえた。

「家庭の何？」

治子はあきれて訊き返した。熊木の手は、下着の縁までかかっている。

「麻ちゃん気はたしか？　何時代の人よ。喧嘩がどうして家庭の恥なの？」

その言葉に反応し、熊木が小さく噴きだした。治子は送話口を離し、小声の早口で、

「麻ちゃんってそういう人なの、古風なのよ」

と説明した。

「もしもし？　違うの、大丈夫よ。ともかくアビューズだったら許さないし、今度ちゃんと聞かせてもらうわよ。もうびっくりしたんだから」

熊木に腰を抱き寄せられ、治子はあやうく笑い声をたてるところだった。

「麻ちゃん」

はい？　と、麻子は落着いてこたえた。

「もしもう一度喧嘩をするときは、私も呼んでね。ジャッジでも助人でもするから」

電話を切ったとき、治子はこらえていた笑い声をたてて熊木にとびかかり、麻子はこらえていた涙をぐしゃぐしゃとこぼした。

第13章

育子にしてみれば、自分が男性に興味を持ったとき、たまたま身近にいて、相手をしてくれそうな男性が彼らだった、ということに過ぎない。クラスの女の子たちが憧れるような小ぎれいな大学生や、学校の近くのカフェ——犬連れでもOKの、当時としては珍しい店だった——のウェイターより逞しくて魅力的に見えたし、正直に言えば、ライヴァルがいそうもないことも、多少計算したような気がする。見ず知らずの高校生の女に誘われることなど、彼らの日常にはあまりないことだろうと思えたし、そうであるならば、おもしろがって相手をしてくれないとも限らない。大切なのは、自分をまず受け容れてもらうことだった。

最初のおじさんについては、よく憶えている。毎朝JRの駅のホームで、ベンチに腰掛けてパンと牛乳の朝食——間食かもしれないが——を摂っている、五十がらみのおじさんだった。

「おはようございます」

目が合うまで待って、育子はそう挨拶した。両手で鞄をさげ、できるだけ感じのいい笑顔をつくって。

おじさんは返事をしなかった。居心地が悪そうに、目をそらした。育子は気にせず通りすぎて、ベンチからすこし離れた場所から電車に乗った。

翌朝、おじさんは小さな会釈を返してくれた。数日後には、隣に腰掛けて電車を待てるようになった。

おじさんは、名を訊くと「島尾」とこたえた。見事な赤銅色に日やけしており、目黒の駅前で工事の仕事をしていると言った。住んでいる場所は「千駄木」で、アパートにひとり暮らしだと言った。育子は自分でもコンビニエンスストアでパンを買い、ベンチで一緒に食べたりした。

二時から五時が、「島尾さん」の自由になる時間だった。夜中も働いているので、遅くとも五時には部屋に帰って眠らなければならないのだ。それは、育子には想像のつかない生活だった。早い時間からあいている飲み屋がたくさんあることも、育子は島尾に教わった。

島尾は不遇な人間だった。たくさん働いていたのに、金持ちにはなれそうもなかった。郷里の母親に仕送りをしていたが、他に仕送りをするべき相手はいなかった。若い頃にはしばらく結婚していたが、その奥さんには逃げられたのだと説明した。

島尾はテレビと酒が好きだった。酒をのみながらワイドショーの類をみて、事件や事故の被害者をしきりに気の毒がった。ビールでも日本酒でも焼酎でも、育子はつきあうことができた。島尾はそれを喜んだ。育子が、家では食事時に子供たちも毎晩ワインを飲んで育った、と話すと、島尾は、へええ、と妙な声をだして感心していた。

島尾は育子に、なかなか手を触れようとしなかった。なにしろ初めてのキスは育子からした。するとそのままセックスまですることになった。だから初めてだったので勝手がわからず、育子はただじっとしていた。部屋が狭かったので、途中で島尾の頭がこたつの脚や茶だんすにぶつかりそうになり、そのたびにすばやく手をだしてクッションにしてやったことだけ憶えている。力強くて滑稽だ、というのが、男性の肉体に対する育子の感想だった。テレビでは、ワイドショーが流れていた。

育子は島尾を好きになっていた。ちっとも愛してはいない、とわかっていたが、構わなかった。島尾のシンプルな暮らしぶりや服装、笑うと顔じゅうに刻まれる皺や、日にやけてざらついた皮膚、言葉数が少いだけに余計しみるように思える素朴で遠慮がちな物言い、熱心に黙々と仕事をする様子――育子は工事現場にも遊びに行った――、それに、くっついたときに感じる煙草のみのおじいさんみたいな匂いも、気に入っていた。

島尾には友達がたくさんいた。たいてい同じ仕事をするおじさんたちで、住んでいる場所がばらばらなので家に往き来することはなく、仕事帰りに居酒屋にいくか、道端で井戸端会議と宴会の中間みたいなことをするかのどちらかだった。育子は彼らとも仲良くなった。

いろんな人がいた。若い人もいたが、育子は年の上の人との方が話が合った。「佐伯さん」は物識りで、「ギャバ」という脳内物質のことや政治家のこと、日本の歴史上の人物のことやインフレとデフレのシステム、中上健次の小説のことから恐しい性病のことまで、育子にいろいろ教えてくれた。「渡辺さん」は説教好きで涙もろく、働き者の奥さんと二人暮らしだった。「谷口さん」は一見強面《こわもて》で、酔って機嫌をそこねると乱暴になったが、それ以外のときは大人しく、駄洒落好きで楽しかった。他に、たとえば「レンちゃん」と呼ばれていたおじさんは、ポルノヴィデオをみるのが趣味で、育子にも何本かみせてくれた。

自分を受け容れてもらう、という当初の目的はとっくに達成されていた。高校二年生の終りから三年生の終りにかけての一年間、おじさんたちとの交流は、育子の生活の中心だった。誰一人として、一緒に住もうとか結婚しようとか言いださなかった。肉体関係はあっても、そこに恋愛感情はなかった。あったのはたぶん、友情だけだった。

とはいえ、育子は誰はばかることなく彼らと交流を持っていたので、学校には噂がひろまりきっていた。訊かれれば、育子も否定しなかった。そして、おせっかいな匿名の電話が決定打となって、育子は厳重注意および自宅謹慎処分を受けた。

その後も育子は友情を維持しようとしたが、それは難しいことがわかった。第一に彼らは入れ替りが激しく、もともと住所も名前も正確に知らなかったこともあり、姿が見えなくなれば探すのは不可能だった。育子の存在を疎ましく思っているらしいおじさんたちもいた。もし警察沙汰になれば非難されるのは彼らで、そのせいでおじさんたちがよそよそしくなったことを、無論育子は責めるわけにいかなかった。

「佐伯さん」は何年かに一度年賀状をくれる。その後郷里に帰ったらしい「島尾さん」からは、二番町の家に年に一度りんごが届く。届くと母親が電話で知らせてくれるので、育子は嬉しい気持ちでそれを幾つか取りに帰る。残りは母親がジャムにしている。

育子はシャンパンのグラスを手に、おじさんたちを思いだしている。陳腐なまでに模範的なアジアンテイストでまとめられた、新築マンションの窓辺に立って。

十五人もの友人が集っているので、「広々十一畳」のリビングも狭く息苦しい。夏の終りの、むし暑い夜だ。入籍はしていないにしても、これは光夫と里美ちゃんの結婚披露パーティのようなものだ、と、育子は考える。その証拠にシャンパン――紙コップでだけれど――がふるまわれたし、みんな「おめでとう」と言っている。音楽とスナックとお酒。手作り好きの里美ちゃんは、どの部屋のカーテンも、すべて自分で縫ったという。

引越し&同居祝い、というのが葉書きに書かれていた名目だ。その名目のもとに、専門学校時代の友人が集った。

「里美のことは大切に思ってるんだ」

数日前に、光夫は電話でそう言った。

「でも育子との関係は変らないから」

とも。そりゃあそうだろう、と育子は思う。自分と光夫との関係も、自分と里美との関係も、光夫と里美が同居（もしくは実質的に結婚）するからといって変る道理はない。

でも、それでは恋愛関係に一体どういう意味があるんだろう、と、育子は考えてしまう。両親にしても麻ちゃんと邦一さんにしても、治子ちゃんと熊ちゃんにしても、光夫くんと里美ちゃんにしても、彼らはどんな特別なつながり――恋愛は特別だ、と言う治子ちゃんの言葉が真実だとすれば――でつながっているのだろう。

いまのところ、育子に理解できる他人とのつながりは、友情と信頼、それに肉体関係だけなのだった。

おなじころ、麻子は寝室でビーチボールを投げ上げては受け止めることを繰り返していた。邦一は風呂に入っている。

いちばん最近、というのは一週間ほど前、妹たちが遊びに来た翌日のことだが、邦一が麻子に買ってきた「おみやげ」がビーチボールだった。全体が、スイカの柄になっている。麻子自身すっかり忘れていたのだが、邦一はかつて二番町の家でみたアルバムの中に、小学生の麻子がそれと同じボールを抱えて砂浜に立っている写真が一枚あったことを憶えていて、

「なつかしがるだろうと思って買ってきた」

と言った。しかも邦一はそれをどこかで買ったあと、家に着く前にふくらませ、麻子が玄関の戸をあけると同時に投げてよこした。とっさに受け止め、受け止めたあとでしげしげ眺め、ようやく状況を理解すると、麻子はつい微笑んでしまった。

「どうしたの？　これ」

その瞬間、邦一の顔に嬉しそうな表情が浮かんだ。安堵の、そして満足の。

「おみやげだよ。なつかしがるだろうと思って買ってきた」

靴を脱ぎ、ネクタイをゆるめた。

「投げてごらん」

廊下の奥まで行き、麻子をみてそう言った。

「いま？　ここで？」

ビーチボールに触ること自体ひどく久しぶりだった。新しいそれはビニール特有の甘く安っぽい匂いがした。

「ほら、投げて」

促され、麻子は投げた。投げ返され、両手ではさんで受け止めるときの、ばん、と両手のひらに伝わる音と感触を味わう。くり返すうち、気持ちが奇妙に高揚し、麻子は声をたてて笑った。自分が可笑しがっているのか怯えているのか、嬉しいのか悲しいのかわからなかった。その全部であるような気がした。笑うと肋骨が痛んだ。さらしをきつく巻いているので息苦しくもあった。

「好きなんだな、ビーチボールが」

嬉しそうに邦一が言い、麻子はさらしのせいというわけではなく胸がしめつけられる気がした。

「好きよ、子供のころは幾つも買ってもらった。これと同じスイカ柄のや、派手な色の花柄のや、バレーボール柄のものもあった」

ふいに記憶が蘇り、麻子は説明した。

「ぶつかっても痛くないし、家の中で遊んでも物を壊さずに済んだ」

なんて突飛な贈り物だろう、と思った。なんてばかげた、そしてなんと温かい——。

思い立ってサンダルをつっかけ、門の外にでてみると、案の定そこにパッケージが落ちていた。粗末な紙の袋と、スイカの絵のついた厚紙、それにビニール袋。乱暴にあけたらしく、厚紙にはホチキスがひっかかったままだ。麻子はそれらを拾い集めた。邦一はきれい好きなのに、公共の場を汚すことは平気なのだ。しつけられていない子供とおなじだ。麻子はため息をつき、ボールと邦一の待つ家にひき返したのだった。

そのボールを、麻子はいま寝室で、一人で投げ上げては受け止めている。単純な動作は、心を落着けてくれる。

あしただ、と麻子は考える。あしたは、先週のような失敗をするわけにはいかない。

セミの声がしている。白いクロスのかけられたテーブルに片腕をのせ、治子は指輪をひねりながら姉を待っている。下町とはいえ緑の多い静かな一角にあるこの洋食屋は、姉妹にとって子供の時分から親しい店だ。

平日の昼間にしか会えない、と言う姉のために、治子は無理をして一日休みをとった。来週遅い夏休みをとって熊木と長野に行く予定なので、ほんとうは休みたくなかったのだが。

「ビールですよね」

店の主人に言われるまま、壜ビールだけ先にもらった。

「お母様はお元気ですか?」

犬山家の人間の中でも、母親がいちばんよくこの店を利用する。

「ええ、元気です」

とこたえたが、治子は正月以来母親に会いに行っていない。ビールの入ったゴブレットは、たちまち汗をかいた。セミはあいかわらず鳴きたてている。

入ってきた麻子は、ざっくりした白いサマーニット――紺色のボーダー――に、白いジーンズをはいていた。しゃくにさわるほどほっそりした体型だ。茶色く染めた髪が、肩の下あたりにふわふわと落ちている。

「早かったのね」

そう言って、麻子は治子の向い側に腰を掛けた。

「お水を」

メニューを受けとりながら、店の主人に微笑んで言う。表情も物腰も声音も、いつもの麻子だった。麻ちゃんは昔から華やかで優雅だった、と、治子は思う。それに、昔から白が似合った。基本的に、麻子の着る服は白とベージュが多く、治子の着る服は黒とグレイ、それになぜかオレンジが多い。育子の着る服については、治子には分析不可能だった。彼女は赤も青も着る。クリーム色もモスグリーンも紫も辛子色も。

「どうぞ、始めて」

からかうような目つきと口調で、麻子が言った。水が運ばれ、ビールと水——同じ大きさのゴブレットに入っている——で乾杯をする。

「事情聴取なんでしょ？　私と邦一さんの」

ごく小さな手さげから、麻子はハンカチをだして額をおさえ、首すじと手首をぬぐった。

「暑いわね。ちょっとしか歩いていないのに、時計やブレスレットの下にすぐ汗をかいちゃうの」

ハンカチにアイロンがきちんとあてられていたので、治子は、

「パパがみたら喜ぶわね」

と、言った。

「車で来たの？」

普段から大きな鞄ばかり持っている治子には、麻子のように小さな手さげ一つで行動することが信じられなかった。

「そうよ」

麻子は言い、手さげからキーホルダーをとりだして、顔の横に持ち上げてみせた。カルティエのキーリングは、かつて治子が麻子の誕生日に贈ったものだ。

コロッケとトマトサラダ、ビーフシチュウとパンをとって、二人で分けて食べた。

「いつからなの？」

事情聴取を、治子はまずそこから始めた。

「それは質問が正しくないわ」

麻子はむしろ楽しんでいるようにみえた。

「殴られたのは先週一度だけよ。誓うわ。それもはずみみたいなものだったの」

「でも育ちゃんは……」

治子が言おうとしたことを遮って、

「それはまた別の話なの」

と、麻子は言った。

「結婚して最初に夫婦喧嘩をしたときにね、いつも私を麻子って呼ぶ邦一さんが、『お前』って言ったのね、すごくこわい乱暴な声で」

思いだしたのか、麻子は顔をしかめる。

「私、そんなふうに呼ばれたことがなかったからショックで、つい育ちゃんに話しちゃったのね、思っていたほど物静かな男じゃないのかもしれないって」

「お前って言われただけで？」

信じられない気持ちで訊き返すと、麻子は眉を上げ、

「じゃあ治子ちゃん熊ちゃんにそんなふうに言われたことある？　親しみを込めたふうにじゃなく、すごく侮蔑的によ」

と、詰問した。

「ないわ」

治子はこたえた。

「でしょう？　ショックよ、ほんとうに」

まるで、いまだに憤慨しているかのような口ぶりだった。治子はなつかしい気持ちになった。それは、治子のよく知っている姉だった。結婚して「フヌケ」になる前の。

「でも、先週のことはどうなるの？　はずみで殴るってどういうのなの？」

さらに訊くと、麻子は驚いたように、

「そういうこと、あるでしょう?」

と言った。

「パパとママもあったじゃないの?」

と。

「あれはママが叩いたのよ」

治子は言い、言った途端に麻子にぴしゃりと、

「おなじことよ」

と言い返された。

「何でもないのね?」

最後に念を押すと、麻子はまっすぐに治子をみて、

「勿論何でもないわ」

と、こたえた。

「だいたいね、もし邦一さんが私を殴ったり蹴ったりしてるんだったら、私がおしんみたいに耐えてると思う?」

「おしん?」

ふいをつかれ、治子は間の抜けた顔になり、それから笑った。

「思わないわ」

すくなくともそれは信じられた。子供のころから両親にたっぷりと甘やかされ、学生時代には男の子にももてて、自由に贅沢に育った麻子は、おしんとはかけ離れている。

「思わないわ」

おなじ言葉をくり返し、治子はいつまでもくつくつ笑っていた。

まったく不思議なことだった。

車を発進させ、麻子はあかるい気持ちで家に向かった。ここに来るまでは怯えていた。治子の前で泣きだしてしまうかもしれないと思っていた。

それなのにいざ話し始めると、自分の話していることが真実だと感じられて、心から、自信を持って話せた。いくつか事実と違う点もあるが、それは真実——自分と邦一が互いに上手くやっているという真実——をわかってもらうために、仕方のない小さな嘘だ。

カーラジオをつけて、感じのよさそうな音楽を流している局に合わせた。

家の中では久しく感じたことのない、力と誇らしさが体に湧いてくる。麻子は自分をしっかりした人間だと感じる。しっかりしていて満ち足りた、夫を守れる幸福な人間だと感じる。

第14章

その年の秋は雨が多く、麻子の印象では「陰鬱な」、治子の印象では「小気味いい」、そして育子の印象では「気に入りの長靴の出番が多くて嬉しい」秋だった。

熊木圭介にとっては衝撃の秋となった。熊木あてに、差出人不明の手紙が届くようになったのだ。全部で三通届いたその手紙には、品のない文章で、治子の性生活が連綿と綴られていた。五人の男性の名前が書かれており、名前はどれも、熊木の聞いたことのないものだった。

「まったくの事実無根よ」

治子ははっきり否定したし、社内の人間のいやがらせだと断じ、絶対犯人をつかまえてやる、と言って、熊木から手紙をとりあげた。その怒りようは熊木の目に、まるでレース直後の競走馬みたいな鼻息だ、と映ったし、治子のストレートさを知っている熊木は、治子の言い分を信じた。大学をでて二年間だけ清掃器具のセールスマンをしたことがあるが、治子の勤め先のような大きな会社組織に属したことのない熊木は、会社内の人間関係のいざこざが、こういう形であらわれることもあるのかもしれない、と思った。

「気にしない方がいいよ」

それで治子にそう言った。

「差出人の名前もないような手紙を、俺は信じたりしないから」

治子は感に堪えたような目で熊木を見て、素直に礼を言ったあと、

「でもあたりまえよ。事実無根なんだから」

と、くり返した。それなのに、と熊木圭介は考える。それなのに治子の留守中に彼女のパソコンをこっそり盗み見たのは、どこかで疑いを捨てきれなかったということだろう。

その日も雨が降っていた。治子が仕事部屋がわりにしている台所のテーブルには、コーヒーが少量残ったままのマグカップが置いてあった。雨の日特有の湿った匂いと、台所特有の郷愁を誘う匂いがしていた。誰が見ているわけでもないのに、熊木はくわえ煙草でいかにも「他意はありません」というふうに、気持ちの上で装って立っていた。

閉じたパソコンの上に積み上げられた、ファイルと紙束とヘアブラシと肩凝り用の磁気パッチの箱を注意深くどける。冷蔵庫が低くうなった。ふたをあけて電源を入れる。治子は音を消しているので、無音のまま画面が立ち現れた。

面倒くさがりの治子は、熊木の予想どおり、いちいちパスワードの入力をしなくてもすむ自動接続にしていた。煙草を流しに捨て、熊木は微笑んだ。もし見られたくないものがあるのなら、こうまで無防備なはずがない。

五百件近い受信メール——治子は海外にも友人が多く、頻繁にメールのやりとりをしていることを熊木も知っている——のうち、手紙に書かれていた名前の男からのものは一通だけだった。その一通は短く、そっけないとさえいえる文面だったが、熊木にはそれで十分だった。台所につっ立って、呆けたように画面をみつめた。

親愛なる治子

さっきNYに戻った。ゆうべは（そっちの時間ではもうゆうべじゃないな）すばらしかった。いつも思うけれど、俺たちの肉体的相性はAMAZINGかつFABULOUSだな。NYに来るときは連絡してほしい。じゃあ、元気で。

熊木はFABULOUSという単語を知らなかったが、あえて知りたくもなかった。

パソコンの電源を切り、ふたを閉める。ファイルや紙束やヘアブラシや磁気パッチの箱を元に戻す。注意深く、しかしのろのろと。

「どうすんだよ」

熊木は声にだしてつぶやいた。窓を打つ雨の音が、ひときわ大きくなったように思えた。

実際、この秋は熊木にとって芳しくないことが続いた。引退したレーサーをめぐるルポルタージュは、三百枚の原稿を八枚に要約するという、熊木の想像を絶するかたちで雑誌に掲載され、来年の春に予定されている単行本は、初版部数が千七百だときかされた。千七百！これは熊木の苦難にみちたライター生活の中で二冊目となる単行本だが、六年前にだした一冊目でさえも、初版部数は三千だった。

「千七百？　千七百人もの人に読んでもらえるなら立派だと思うわ」

治子はそう言ったが、初版部数は無論刷り部数であって、それだけの人に読まれるとか買われるとかいうことでは全然ない。熊木には、しかしそれを治子に説明する気力は湧かなかった。

とどめは、神戸に住む父親からの電話だった。母親が、腰を痛めて入院したのだという。見舞いに行かなければならないが、治子と暮らしていることは話してあるので、今度こそ連れて行かなくてはならないだろう。

犬山家の家訓は家訓で尊重するとしても、現実は厳しいのだ。

犬山育子は機嫌がよかった。

そしてそれは、隣で眠っている男のせいではない。ベッドの中で両膝を立てているので、薄い布団が山のかたちに盛り上がっている。これを自分以外の生き物だと思い込み、大さわぎする間抜けなフクロウの話を、いつか絵本で読んだっけ。

「日頃のご愛顧に感謝して、増量パッケージでお届けします」と書かれたアーモンドチョコレートの箱は、ほとんど空になっている。行為のあと、すぐに寝息をたて始める男の太平楽ぶりにあきれながら、壁にかけたキリストの絵——といってもプリントだが——をにらみつつつまんでいるうちに、全部一人で食べてしまった。機嫌のいい夜とはいえ、こういうときに育子は淋しいと思う。ぽっかりと一人ぼっちだと思う。いままでも一人ぼっちだったし、これからもおそらく一人ぼっちだろう、と考える。

「起きて」

寝ている男に声をかけた。

「もうじき十二時だよ。電車なくなっちゃうよ」

男が飛び起きたので、育子はますます孤独になる。

「そんなに里美ちゃんが恐いんなら、来なければいいのに」

好きな女と実質的に結婚したくせに、それ以前とおなじように部屋に遊びに来る男に、育子は意地悪を言ってみる。

「それはそれ、これはこれ、って言うんなら、里美ちゃんにもそう説明すればいいのに」

衣服を拾って身につけながら、

「そりゃあそうだけどさ」

と、光夫は言った。

「そりゃあそうだけど、そんな理屈はフツー通用しないんだよな。現実は厳しいからさ」

裸のままの育子の頭のてっぺんに、そそくさとキスをする。

「弱っちい」

育子は感想を述べた。

「男の子って、ほんとに弱っちい」

「すげえ。これ、みんな食ったの？」

チョコレートの空き箱をふり、光夫は言った。

「一箱130グラムのカロリー772キロだぜ。ここに書いてあるところによると」

育子はにやりとした。里美は、夜八時を過ぎたら何も食べない。光夫を玄関まで見送るために、下着とブラウスを身につけた。

育子は光夫が好きだった。専門学校時代から気が合って、「昆虫採集および観察の会」や、「レトロ映画同好会」、「焼肉研究会」などを二人だけで立ち上げて——他に誰も参加しなかっただけとはいえ——、活動にいそしんだ。肉体的結合に関しては、おじさんたちの場合とは違って、光夫の方から行動を起こした。

「どうして拒絶しなかったのよ」

発覚するたびに里美になじられたが、育子は自分が胸の内で、

「だって、望まれるのが嬉しいんだもん」

と即答することを知っていた。声にだしてそう言えばばかのように響くこともわかっていたので、

「だって、拒絶する理由がないもの」

とこたえるか、それも面倒なときは、

「ごめん」

とだけ言うかしていた。どちらの返答も、それなりに真実ではあった。育子は嘘が嫌いだ。

光夫が帰ってしまうと、アパートの中は急にがらんとした。育子は毎日の習慣である日記と、毎週月曜日の習慣である「月誕生日カード」を書くべく机に向かう。書き終るころには光夫は里美の待つ部屋に着いて、例のアジアンテイストの家具の中にまぎれてしまう、と考える。構わない、きょうの私は機嫌がいいんだから、と。

育子のその機嫌のよさは、しかしきょうに始まったことではなかった。話は五日前にさかのぼる。朝、気に入りの長靴をはいて仕事に行こうとして、一本しか持っていない傘を、その前日仕事場に置き忘れてきたことに気づいた。ないものはないので、そのまま出掛けた。

「あら、傘は？」

アパートの前で、ゴミをだしていた隣家の主婦に呼びとめられた。五十代前半らしい、髪の短い女だった。

「会社に置いてきちゃって」

雨足は思ったより強く、立ち止まってそう説明するあいだにも、育子はみるみる濡れていった。主婦は自分のさしていた傘を貸してくれた。それは透明なビニール傘で、返さなくてもいいと言われた。その家にはどういうわけかビニール傘がいっぱいあって、「じゃまっけ」なくらいだから、と。

育子はそのときはじめて隣家の表札を見た。岸、と書かれていた。

「ほんとにいいんですか、お借りしても」

岸夫人は――夫人も育子も、そのときには岸家のドアの前、雨に濡れない場所に立っていたのだが――、手を顔の前で振りながら、同時に頭も左右に振る、という大げさな仕草で、

「持って行きなさい、持って行きなさい」

と言った。ゴールデン・レトリーヴァのプリントされたトレーナーとギンガムチェックのギャザースカート、という組み合わせはいかにもちぐはぐだったが、それがかえって育子のイメージする良妻賢母にぴったりに思えた。育子は、岸夫人を憧れのまなざしで見つめた。これが夜おそくまで台所仕事をする、数えきれないほどたくさんの鉢植えに花を咲かせる、窓という窓を常に磨いている、隣家の主婦なのだ。

土曜日の午後、傘を返しに行った。返さなくていいとは言われたが、そのままもらってしまうわけにもいかなかった。岸家は夫婦揃って在宅で、ちょうど紅茶をいれたところだから、

と、育子を招じ入れてくれた。

育子は昔から他人の家を、一歩入ったときの匂いで判断する癖があるのだが、岸家は複雑な匂いがした。玄関のつくりは洋風なのに、和風の墨のような匂いや、いなりずしのような匂いが混ざっていた。ウールっぽい匂いは、敷き物とスリッパラックから漂ってくるのだろう。古い教会にも似た湿った木の匂いは階段のあたりから、ひんやりした土の匂いは三和土の隅の巨大な傘立てあたりから、それぞれ漂ってくるように思われた。人工的なオレンジの匂いは、家具磨き剤かガラス磨き剤の類だろう。

無論、その他に台所から流れてくる紅茶の匂いもした。紅茶は、匂いが強すぎるので育子が苦手にしている、アップルティだった。

育子は岸家が気に入った。出されたスリッパをはき、廊下の左側の部屋に進んだ。

「どうぞ、すわって」

奥の台所から、夫人がせわしげな高い声で言った。

「おじゃまします」

玄関でも口にした言葉を、育子はまた口にした。そして、夫人の運んできた浅い形の紅茶茶碗から紅茶をのんだ。ということはたぶん、コーヒーのときには別な茶碗を使うのだろう、と想像し、育子はまた夫人を尊敬した。そこはリビングで、床にゴルフの練習セットが置いてあった。テーブルの中央に置かれたガラスの灰皿に、カントリークラブの名前が印刷されていることと合わせて考えると、かなりなゴルフ好きらしい。

「おいしいです」

アップルティは好きではないが、そう言った。

「よかった」

夫人は言ったが、夫の方は何も言わなかった。突然の訪問者に、あきらかに迷惑している。紅茶茶碗を手に、つまらなそうにテレビをみつめていた。大人がテレビをみているのを見ると、育子はいつも不思議な気持ちがする。犬山家では、テレビは子供のみたがるものだった。

「素敵なおうちですね」

育子は言った。

「とてもきれいにお掃除されているし、物がいっぱいあって、しかも全部違う趣きを持ってる。あのお人形とか、このブドウとか」

人形はガラスケースに入って窓辺に置かれており、緑色のゴム製のブドウは、紫の色ガラスに盛ってテーブルにのせてあった。岸夫人はほがらかに笑った。

「またいつでも遊びに来てね。うちはもう子供が大きくなっちゃったから、夫婦二人でつまらなくて」

ほんの十分間の訪問だった。しかし育子はそれ以来機嫌がいい。窓から眺めては憧れていた主婦の、実物に会えたのだ。岸ちゃん。自分の中で、隣家の主婦をそう呼ぶことにした。

帰り際に、育子は夫人からアップルティの缶を手渡された。

「いただきものなの。うちはみんなあんまり好きじゃないから、幾つもあってじゃまっけで」

育子はもらうことにした。その缶はいま、布でおおったテレビの上に、キリスト関連の人形と一緒に飾ってある。


この一週間ずっと、治子は機嫌が悪かった。匿名の手紙の差出人をみつけてやる、と熊木には息まいたものの、それが難しいことはわかっていた。手紙の内容から社内の人間だろうという見当はついたが、内容が内容なので訊いてまわる訳にもいかない。

十月。ひさしぶりの青空だが、オフィスの窓はグレイがかっているので、せっかくの青さをたのしむことができない。

手紙は、治子に言わせれば全くの誹謗中傷だった。声高な調子で列挙された五人の男性たちのうち、治子が寝たことがあるのは二人だけだ。その二人にしても、それは手紙に書かれていたような「長期にわたる不倫関係」とか、「人目もはばからない態度」などとは似ても似つかないものだ。治子は苛立ち、きょうかけるべき電話のリストをわきへ押しやる。

おまけに週末には神戸に行くことになっている。嫁でもないのに熊木の母親の見舞いとは。手紙の件で多少引けめがあったせいと、熊木と旅行ができるならまあいいか、と思ったせいで、つい行くと言ってしまった。そのせいで、育子の恒例行事である父親訪問にはつきあえないことになったが、熊木の母親と違ってうちの父親は健康なのだし、そうしょっちゅう訪ねなくても構わないだろう、と治子は自分を納得させる。

そもそもあの人は昔から、娘たちに寛大だったではないか。物事を自分で決めるよう、決めたら責任を持つように、娘たちは教育されてきた。

「犬山さん、回覧です」

声がして、フロアでいちばん年若いFCがクリップボードを机に置いた。

「ありがとう」

FCはファイナンシャル・コンサルタントの略語だが、治子は、社内のFCの数人に関して、こんな子のコンサルテーションをあてにする顧客の気が知れない、と、思っている。

「ハロウィン?」

クリップボードのいちばん上にとめられた紙には、ジャック・オ・ランタンの絵がかかれていた。

「はい」

年若いFCはにっこり微笑む。治子の会社では、毎年ハロウィンの季節に、家族参加型のパーティが開かれる。回覧は、その日時の告知だった。

手紙を書いたのがこの子だということはあり得るだろうか。

何の根拠もなかったが、治子は漫然とそう考える。この一週間、治子はほとんど誰を見てもそう考えてしまう。そして、そんな自分に苛立った。いやな考えは心を醜くする。

「どうもありがとう」

もう一度言い、FCをさがらせた。

すくなくとも、熊木は自分を信じてくれたのだ。治子は化粧室に行き、香水を吹きつけた。膝の裏側と髪に、たっぷり。こうすると落着く。戻りがけにコーヒーを紙コップに注いだ。いったん脇によけたリストを手にとって、端から電話をかける。午後には二件、顧客との面談があり、夕食にはかなり大きな取引の相手と、上司つきででかける予定になっている。やり甲斐のある仕事と、愛し愛される男性。人生に、これ以上何が必要だろう。手紙を書いた人間は許せないが、事実無根なのだから気にすることはない。他の誰が何と言おうと、あたしと熊ちゃんさえわかっていればそれでいい。

グレイのガラス越しに青い（はずの）空を見ながら、治子はそう考える。

第15章

日曜日、麻子は邦一の希望でロールキャベツを作った。邦一はひき肉料理が好きだ。夕方で、おもては雨が降っている。いまこの瞬間に限っていえば、麻子は邦一が満足していることに自信があった。きょうは、朝からすべてが上手くいっている。普段の掃除の他に、下駄箱の整理と洗面台の下の戸棚の整理をした。午後には邦一の好きなバナナ入りのカップケーキも焼いた。邦一は嬉しそうにそれを二つ食べた。そして、ついさっき、麻子が玄関の電球を替えようとして脚立を持ちだすと、

「俺がやるよ」

と言ったのだった。無論、電球を替えることくらい麻子にも造作ないことだった。現に、いつも麻子が替えているのだ。

「気をつけてね」

不馴れな様子で脚立にのぼり、ぎこちない手つきで電球をとり外そうとしている邦一の横に立ち、しかし麻子は嬉しさで胸が一杯になる。たとえばママや育ちゃんみたいに一人暮らしだったら、一体誰に電球を替えてもらえばいいのだろう。

「どうもありがとう」

麻子は心から言った。

「ワット数はおなじなのに、私が替えたときより玄関があかるいわ」

と。

いま、麻子は台所に立ち、小さくハミングをしている。曲名も正確な歌詞も思いだせないが、昔好きだったカーペンターズのアルバムの中の曲だ。リビングでは邦一がクロスワードパズルを解いている。おもては雨の音がしているが、家の中はあたたかく、あかるく、煮込まれていくひき肉やキャベツや玉ねぎの、甘い匂いがたちこめている。私たちは満ちたりている、と、麻子は思う。育ちゃんの誘いを断ってよかった。結局のところ、邦一の上機嫌は、麻子が父親のマンションを訪ねるのを、自らの意志で断ったことに起因しているのかもしれなかったから。

「行けばよかったじゃないか。ずっと会ってないだろう、お義父さんと」

麻子が断ってしまったあとになって、にやにやしながらそう言ったにしても。

「ごめんね、治子ちゃんはいま神戸だから仕方ないけど、麻ちゃんは連れてこられると思ったんだけど」

おなじころ、育子は江古田に住む父親のマンションで酒をのんでいた。

「いいさ。みんなそれぞれ忙しいんだろう」

父親は、おおらかに笑ってそう言った。

しかし育子には育子の目論見があった。治子のいない場所でなら、麻子が麻子の抱えている問題――それはもはや疑いようのないものだと育子には思えた――について、もうすこし正直に話してくれるはずだというのがその目論見だった。

「うん、みんな忙しいんだね、きっと」

仕方なく育子はそうこたえる。一人だけ年の離れた、小さな、世間知らずの妹らしく。

「育子は忙しくないのか？」

父親が訊き、

「忙しくないよ」

と、育子はこたえる。そのことが不満であるみたいに、やや口をとがらせて。

父親は愉快そうに笑った。育子のコップに焼酎をつぎ足しながら、

「そのうち忙しくなるさ」

と、言った。

「そうかな」

育子は持ち上げたコップに口をつける。お湯割りにしてのんでいたはずなのに、さっきから父親が酒ばかりつぎ足すので、生ぬるいストレートみたいになってしまった焼酎を味わう。実際には、育子は十分忙しかった。今夜も、父親を訪ね終ったら新しいボーイフレンドとデートの約束をしている。正確にはデートの約束ではなく、家まで送ってもらう約束、だったが、育子には大差がない。

「ママに会ってるか？」

そう訊いた父親の額のしわを、育子はなつかしくみつめる。考えてみれば、このひとは若いころから額にしわがあったな。ゴルフやテニスが好きなために年中日にやけている、と思っていた皮膚は、いまも赤銅色だがそれはおそらく酒やけだろう。

「会ってないけど、毎朝電話で話してる。元気そうだよ」

そうか、と言って、父親は満足気な微笑を浮かべる。

両親が離婚を決めたとき、娘たちは全員成人に達していた。だから彼らは自分たちの離婚について、すくなくとも親子関係においては何の負い目も責任もない、と、育子は思う。夫婦関係においては別かもしれなかったけれども。

育子の想像するところ、麻子も、おそらく同じ考えを持っているようだ。離婚はパパとママの問題だ、というふうに、割りきっているはずだ。治子だけがその考え方に馴染めずにいる。

現在、父親に女性はいるのだろうか。父親が「台所がわり」にしているという小料理屋の女将が、やっぱりそれなんだろうか。育子は思いをめぐらせたが、訊くことはできなかった。

「荷物検査は?」

約束の時間が近づいていたので、育子は自分からそう言ってみた。

「しよう」

父親は応じたが、育子の目に、それはなんとなく熱意のない、単に習慣を守ろうとしているだけのような、応じ方に見えた。

「鞄をだしてごらん」

はい、とこたえてそれをさしだす。育子の「はい」は、明朗快活だ。子供のころ、家でも学校でも返事のよさをほめられた。

ハンカチ、携帯電話、手帖、鍵、定期券、「おやつカンパニー」のココアクッキー、財布、小さな羊のぬいぐるみ。

「何だ、これは」

父親がいぶかしげに取りだしたのは、育子がここに来る途中で拾ったレースの切れ端だった。変色した、五センチ四方ほどの。

「ああ、レース」

育子自身、拾ったことを忘れていたが、そうこたえた。

「何に使うんだ？」

「べつに。ただ、きれいだなと思って」

部屋にたくさんあるキリストや動物の置き物の、どれかの下に敷こうと考えていた。ただ、育子には、父親にそこまで説明しないだけの分別があった。

「そうか」

父親もまた、それ以上問い質したりしないだけの分別を、備えているようだった。

きょうは治子ちゃんもいないし、電車があるうちに帰る、というのが、育子があらかじめ考えておいた辞去の弁だったが、荷物検査のあと、育子がそう言うと父親は破顔一笑した。

「つつましやかだな」

と言う。

「タクシーで帰ればいいさ。そのくらいの金はだしてやるよ」

断ろうとしたが、感謝しつつ断ったので、遠慮のようにしか響かなかった。それで、育子は結局のところ、待ち合わせ場所である江古田駅に、約束に四十分遅れて、父親の呼んだタクシーで乗りつけることになった。

新しいボーイフレンドはそこに立って待っていた。きょうがはじめてのデートで、互いのことをまだ何も知らないというのに。

麻子の満ちたりた気持ちは翌日も続いた。

「きょうは早く帰れると思う」

邦一はでがけにそう言ったし、ゆうべの雨も上がり、空はぴかぴかに晴れている。家の前を掃いていると、どこからかキンモクセイの匂いが漂った。

浮き浮きといってもいい心持ちで、麻子は掃除をし、洗濯をする。邦一のクロゼットをあけて、冬物の衣類を整える。

週末を邦一と過ごしたあとの月曜日は、いつも邦一が恋しい。邦一の不在は麻子を淋しく心許ない気持ちにさせる。そうしてそれでいて、邦一のいない平日の始まりである月曜日は、どういうわけか身も心も軽い。

気がつくと正午をとっくに過ぎていて、麻子は自分が昼食も忘れて家の中の仕事に没頭していたことに満足を覚える。もともとそういう仕事が好きなのだ、と考える。

麻子は毎朝邦一より一時間早く起きる。朝食の仕度をするためだが、その前に無論身仕度を整え、薄く化粧をする。独身だったころは、化粧は外出時にだけするものだと思っていた。いまの麻子には、そのころの自分はとても思いだせない遠い人間だ。

麻子には、自分がきちんとしていると思えることが大切だった。いつ誰に見られてもいいように、ではなく、いつ誰に見られてもいいと思えて、誇らしく安心できるように。実際には、誰も見ていないとしても。

暗くなる前に買物をすませたかったので、麻子は車でスーパーマーケットにでかけた。気に入りの、輸入品を多く扱う小綺麗なスーパーマーケットで、駐車場で働いている人とも、麻子はすっかり顔馴染みになっている。

カートをとり、野菜売場に足を踏みだした途端、彼女の姿が目に入った。うしろ姿だけで、麻子には一目で彼女だとわかった。痛々しく痩せた背中も、丁寧に毛先をはねさせた人形じみた茶色い髪も、質がよさそうではあるがいかんせん流行遅れの、彼女の年齢にしては可愛らしすぎる服装も、見紛いようがない。

夫に暴力をふるわれているに違いない、と麻子が確信している女だった。

ほんの数メートル先を、カートを押しながら、ひどくのろのろ歩いていく。麻子の目をひいたのは、彼女の両手にはめられた奇妙な手袋だった。白いしっかりした手袋で、彼女の細い腕の先で、それだけがミッキーマウスの手みたいに目立っている。

麻子が足を速めてうしろから近づくと、彼女は手袋をはめた右手で、つきあたりの冷蔵棚から豆腐を一つとろうとした。麻子は自分の目を疑った。手袋の内側で、彼女の指はほとんど動かないように見えたのだ。指を全て根元から曲げて、くの字にして豆腐のパックをそろそろと持ち上げていく。

十秒ほどかけて彼女はそれを持ち上げて、そのあとは素早い動作でカートの中に落とした。ばたん、と耳障りな音をたてて。

麻子は息をつめてそれを見守った。

手袋をした女はつきあたりの通路を左に進み、同じ方法でヨーグルトをカートに落とし、牛乳に手をのばした。

麻子は先にその牛乳をとり、彼女のカートに入れた。考えてしたことではなかった。考える前にそうしていた。

麻子が危害を加えたかのように、女はぎょっとした顔でふり返った。

「ごめんなさい」

驚かせたことを咄嗟に詫び、それでも相手が何も言わないので、麻子はどうしていいかわからなくなった。

「だって、牛乳は重いでしょう?」

それで、そんなことを言った。自分の頬がこわばり、声がわずかに震えていることに気づいた。麻子は怯えていた。

「ありがとうございます」

女はようやく小声で言い、

「でも、大丈夫ですから」

と言い足して買物に戻った。彼女の声も、震えていた。

それ以上、なすすべはなかった。麻子は通路に立ちつくし、手袋をした小柄な女が先に進むのを見送った。寒気がするのは、冷蔵棚のせいではないことがわかっていた。さっきまでの満ちたりた気分は、跡形もなかった。


秋は日々さくさくと深くなってゆく。五センチヒールの靴で枯れ葉を踏みしだきながら、治子はそう考える。さくさくしているのは枯れ葉ばかりじゃない。空気も、秋にはやっぱりさくさくしている。

神戸は、想像していたほど厄介な旅ではなかった。入院中の熊木の母親は、入院中であるにもかかわらず陽気によく喋ったし、お見舞に持って行った巨峰を、その場でつまんだ。熊木のことを圭ちゃんと呼び、治子のことは治子さんと呼んだ。自分について、熊木が両親にどう説明しているのか治子にはよくわからなかったし、なぜ入籍しないのか問い質されたりしたら嫌だなと思っていたのだが、そんなことはなかった。

泊ったのはホテルだった。夕食には、熊木と熊木の父親と三人で中華料理屋に行った。定年まで高校の教師をしていたという熊木の父親は、定年後のいまも週に一度、講師として歴史の授業を持っているそうだ。関ヶ原の戦いの「裏話」とか、イギリスの、南海泡沫事件の「裏話」とか、「裏話」が得意で愉しそうに喋った。治子はそれを愉しく聴いた。熊木はあまり喋らなかった。三人とも紹興酒をたくさんのんだ。

だからたしかに、神戸は想像していたほど厄介な旅ではなかったのだが、治子には気がかりなことがあった。最近の熊木の態度が、どことなく普段と違うように思えることだ。旅のあいだそれが顕著で、治子が熊木をみつめても、熊木は目を合わせてくれなかった。治子にとって、これは由々しきことだった。周りに人がいるとき、治子は自分の愛する男の存在をたしかめたくて、全身で熊木の気配に耳をそばだてている。普段は熊木もそうであるらしく、必然的に、片方が片方に視線を送ると目が合うのだ。目を合わせて何をするというわけでもないのだが、それは重要なことだった。重要で幸福な、そして基本的なことだった。

さらに、その夜ホテルでやっと二人きりになったとき、熊木は治子にキス一つしようとしなかった。治子がしたので結果的にはおなじことだったが、唇を押しあてた一瞬、熊木がひるんだように思えて、治子は胸が不安にざわめくのを感じた。

旅先で、熊木はいつも情熱的だった。神戸で、まちがいなく熊木はどこかがいつもと違っていた。

通勤電車に乗り、治子はため息をつく。秋らしくきれいに晴れた月曜日なのに、気持ちが晴れていない。

手紙は、あれ以来届いていていない。

「差出人の名前もないような手紙を、俺は信じないから」

熊木はそう断言したし、治子はその言葉を信じた。たぶん、信じるべきではなかったのだ。治子はつり革につかまった恰好の、ガラス窓に映った自分の顔を見る。そして、すこし年をとったみたいだ、と考える。

会社に着くと、にこやかに挨拶をしながら、速い足どりで自分の席に向かった。鞄を置き、いちばんに熊木に電話をかける。恋愛における齟齬《そご》や誤解を、そのままにしておくことは治子の性に合わなかった。携帯電話ではなく、席の電話からかけた。こそこそしたくはなかった。

「熊ちゃん?」

朗らかな声で言った。

「きょう、外で会うのはどうかしら」

すぐそばで何か動くものがあり、びくりとしたが、それは窓の外で、上から下へ、ロープが二本降りたところだった。業者が窓を拭く日なのだろう。

「そう言わずに、前向きに検討してよ」

案の定、熊木はでてくるのを嫌がった。仕事をしたいのだと言った。夜はいつもテレビをみているくせに。

「随分つれないのね」

冗談めかせてさらに押してみたが、はかばかしいこたえが返らなかったので、

「きちんとして」

と言ってみた。

「きちんと?」

熊木はようやく反応した。

「物事がよくわからないのは嫌なの。きちんとしたいし、してほしいのよ。わかるでしょう?」

ややあって、熊木は「わかるよ」とこたえた。続きを待ったが、それ以上何も言わない。

治子は苛立ちが声にでないよう、努力しなくてはならなかった。

「ちょっと遅い時間になっちゃうんだけど、八時半には行かれると思うから」

同僚の一人が、書類を手に近づいてくるのが見えた。

「ちょっと待ってね」

熊木に言い、送話口を手でふさいで、電話が終ったらこちらから行くから、と同僚に告げる。彼の用事は、だいたい見当がついていた。先週最後の努力をしたにも拘らず、上手く進まなかった契約のことだ。手放さなければならない顧客もいる。

「熊ちゃん? ごめんなさい、大丈夫よ。場所はどこにする?」

治子の意識はすでに半分熊木から離れていた。仕事は、つねに治子の第一優先事項だった。

「ほんとうにきちんとしたいの?」

熊木の言葉は、治子の予期したものと、まるで似ていなかった。

「もちろんよ」

そうこたえたが、自信はなかった。熊木が何をきちんとするつもりなのか訊きたかったが、自分で言いだしておいて、訊くわけにもいかない。携帯電話からかけるべきだったかもしれない。

「わかった。それなら、たしかに外の方がいいかもしれないな。お互いに自制心が働いて」

「自制心？」

治子は、すでにそれを失いそうな気がした。グレイのガラス窓の外を、ロープがあいかわらずぶらぶら揺れている。仕事は、治子の頭からすっかり消えていた。

「場所は治子に任せる」

熊木圭介は、やさしいといってもいい口調で、そう言った。

第16章

育子は父親の呼んだタクシーで、江古田駅を通って男を拾い、そのまま阿佐谷のアパートに帰った。約束の時間に四十分遅れたにも拘らず、男は自動券売機の横の壁にもたれて一人で待っていた。古ぼけたピーコートを着て、途方に暮れたような顔で。

育子は、自分より幾つか年の若いこの男とごく最近知りあった。隣家の主婦が紹介してくれたのだ。

「息子なの」

隣家の主婦はそう言った。育子はすぐさま自転車を思い浮かべた。いつも窓から眺めていた、隣家のガレージにある自転車。

「ときどきおなじ電車に乗ってますよね」

いかにも育ちのよさそうな、垢抜けないが心根のやさしそうな、隣家の息子はそう言った。

すすめられるままに、育子はその日隣家で夕食をごちそうになり、普段みることのないテレビのクイズ番組や、普段のむことのない食後のほうじ茶や、その他家族にまつわるおそらくありふれた、しかし同時に特殊で新鮮な、物事を存分に味わった。

「ごめんね。もう帰っちゃったかと思った。寒かったでしょ」

タクシーの中で、育子は男の手をとり、両手ではさんでさすった。

「待ちあわせしてるって、パパに言えなくて」

夜道は暗く、タクシーの中もまた暗い。

「ええと」

言いにくそうに男が口をひらいたとき、育子は笑ってしまった。

「ええと、それって、ほんとうのお父さんのことだよね」

男はそう言ったのだった。育子は笑いながら肯定した。

「そうだよ。犬山道造六十二歳。うちのママと結婚して三人の娘を儲け、離婚して、いまは江古田に一人で住んでるの」

よかった、と言って、岸正彰――というのが隣家の息子の名前なのだが――は微笑んだ。心から安堵したらしい微笑み方で、同時にため息のようなものもこぼしたため、車の中の空気があたたかくほどけた。

すてき、と思ったので、育子は、

「すてき」

と声にだして言った。この人、いま私のことで不安になって息をつめ、安心して力を抜いた。なんてすてき。

そして、いま、アパートの自分の部屋で、育子は紅茶をいれている。丁寧にミルクをわかし、ティーバッグの紅茶ではあるが時間をかけて。

「住んでる場所がお隣っていうのは便利ね」

台所からそう声をかけた。

「どこから帰るのにも一緒に帰れるし、ここから帰るのにも近いし」

岸正彰は、うん、とか、そうだね、とか、あまり熱心でない返事を寄越す。

「映画、おもしろかったね」

それで話題を変えてみた。きょうはそもそも、前売券が二枚あるから二人で行ったら、という隣家の主婦の提案で、夕方映画をみたのだった。そのあと食事に誘われたが断って育子は父親を訪ねた。

「岸くんは、八人のうち誰が好きだった?」

紅茶を手渡しながら訊いた。

「ありがとう。送るだけのつもりだったのに、あがり込んじゃってごめん。すごく、なんていうか、すごく個性的な部屋だね」

岸正彰は一気に言った。

「キリスト教徒なの？」

いいえ、と、育子はこたえる。いいえ、でもこういうものが好きなの。モチーフとか、色とか、落着くのね。

なるほど。岸正彰は言い、あらためて室内を見まわした。不思議だ、と育子は考える。私たちはいま部屋の中で立ち話をしていて、それは普通キスの前触れなのにこの人はそんなこと考えてもいないみたいだ。すわることさえ思いつかないのだろうか。

「で、誰が好きだった？　きょうの映画のなかで」

手本を示すべく壁際に足を投げだしてすわり、育子は再び尋ねた。

「え？　ああ、叔母さん役の人かな。途中で美女に変身する」

「イザベル・ユペール！」

育子はつい興奮した口調になる。

「きれいだよね、あの女優さん。私は変身前の方が美女だと思ったけど。『ピアニスト』はみた？」

その映画を、育子は最近ビデオで光夫とみたのだった。

「みてない。くわしいんだね」

育子は素直にうなずいた。

「くわしいわ。でも映画館では滅多にみないの。最近はビデオばっかり。ここでみる方が落着くんだもの」

岸正彰はにっこりした。

「落着くっていうことが、とても重要なんだね」

考えてもみないことだったが、育子はそれについてしばらく心の中で検証し、

「そのとおりよ」

と、認めた。悪くない気持ちだった。

「ね、いいもの見せてあげる」

育子は言い、窓辺に行ってカーテンをあけた。

「見て」

そう言って、窓自体もあける。乾いてつめたい夜気が流れた。かがみ込んだ恰好の育子のうしろに、岸正彰は立った。

「見える？」

隣家の台所の窓には、まだあかりがともっていた。暗いガレージにはいつものセダンと、正彰のものだといまは知っている自転車。

「あなたのママって働き者ね。こんな時間に何してるの？」

さあ、と、岸正彰はこたえた。

「洗い物か、あしたの朝食の仕度か。婦人雑誌とか読んでる可能性もあるな。親父が早寝で、寝室では読めないから」

「ふうん、そうなの」

育子はうっとりと言った。岸ちゃんは、やっぱり立派な主婦だ、と思う。

「なんか変な感じだな、よその家から自分の家を見るのって」

正彰が言い、それをしおに育子が窓を閉めると、それをしおに正彰が、そろそろ失礼しなきゃと言った。紅茶茶碗を二つ手に持ち、台所に運んでくれたので育子は感心した。いまどきめずらしい男の子ではないか。

顔見知りのウェイターは、治子がテーブルにつくと、いつものように、メニューにない料理について小声で説明した。軍鶏《しやも》の首肉をローストし、はちみつを添えたものがどうとか――。治子はろくに聞きもせず、

「おいしそうだわ」

と言った。

「ね、そう思わない？」

ソファ席にならんで腰掛けている熊木の、太腿に触れながら陽気な声で同意を求める。

「そうだね」

熊木が穏やかに言い、治子はウェイターに、

「じゃあ、コースの中にそれを入れていただける？」

と、注文した。テーブルに置かれたメニューを、ひらくことさえしなかった。

「緊張してるんだね」

ウェイターがさがると、熊木が小さく微笑んで言った。華やかな内装の、磨かれたグラスの、客の年齢層の高い、治子の気に入りのレストランの一隅で。

「いつもなら、目を皿のようにしてメニューを見るのに」

そう言った熊木の口調は、ほとんどなつかしそうというべきものだった。その瞬間に治子は悟った。今夜、あたしはここで、この前熊ちゃんにプロポーズされたこのおなじ店で、熊ちゃんにふられるのだ。


熊木圭介にしてみれば、ふる、という気持ちではなかった。むしろ自分はすでに治子に放擲されているのだ。軽んじられるのは、捨てられるよりなお悪い。

「河野って誰？」

前菜も運ばれないうちに、熊木は単刀直入にきりだした。店は混んでいて、ナイフやフォークが皿にあたるひそやかな音や、会話と食事を愉しむ人々のたてる幸福そうな声や気配がたちこめている。

「ニューヨークにいる仕事仲間よ」

熊木の顔を見ずに治子はこたえた。中指の指輪をひねりながら、

「やっぱりその話なの」

と言ってため息をつき、やおら身体ごと熊木に向きなおると、

「ショックだわ」

と、言った。

「ショック？」

思わず両腕を横に上げた。外国人みたいな仕草が、いつのまにか治子から伝染したのだ。

「ショックなのは俺だろ？」

治子も負けじと両腕を上げる。

「冗談じゃないわ。言ったはずよ、あの手紙はでたらめだって。熊ちゃんは信じてくれてると思ってた」

さっきまでの緊張した様子からは想像もつかない強い語調に、熊木は一瞬ひるんだ。すべて自分の誤解かもしれない、と思ったほどだ。

そこに前菜が運ばれた。治子はいまやリラックスしているようにさえ見えた。背もたれにもたれて、パンをちぎっては口に入れている。

「気を揉んで損したわ」

心ならずも、熊木はほっとしそうになった。治子の言ったことが本当ならどんなにいいだろう。

「じゃあ、肉体的相性っていうのは？　ゆうべはすばらしかったっていうのはどういう意味だ？」

治子がパンをちぎる手を止めた。

「なあに、それ」

思いきり眉を上げている。

「eメールだよ、治子の」

信じられない、と言った治子の声は、吐き捨てるようなつぶやきになった。

「そんなものを見るなんて信じられない。今度こそほんとうにショックだわ」

熊木はつい小さく笑ってしまう。

「今度こそって、じゃあさっきは何だったんだよ」

「さっきはちょっと嘘だったけど」

治子は臆せずそう言った。そのあいだも、熊木の顔から視線をはずさない。この表情には見憶えがある、と熊木は思った。いつだったか電車に乗っていて、治子が痴漢にあった。何するの、と言ってそいつの手首をつかみ、にらみつけた、あのときの表情だ。呆れた、という表情。熊木は混乱する。治子にも欠点はいろいろある。しかし咄嗟に嘘のつけない女であることは、自分がいちばんよく知っている。

「さっきまで、あたしは熊ちゃんにふられるんだと思ってた」

感情を押し殺したような声で、治子は言った。ワイングラスをとり、一口啜った。

「訊かれたから言うけど河野とは寝たわ。でもあの手紙にでてきた五人のうち、寝たのは二人だけよ。どうでもいいことだけど」

それを告げてもなお、治子は怒りにみちた顔をしており、そのことが熊木を「信じられない」気持ちにさせた。自分が腹を立てているのが治子の浮気に対してなのか態度に対してなのか、もはや判然としない。

「でもあたしは熊ちゃんに会ってから、熊ちゃん以外の人を好きになったことは一度もないわ」

気圧されてはいけない、と熊木は思った。問題をすり替えさせるべきではない。冷静になろう。

「じゃあどうして寝たんだ?」

「寝たかったからよ。人は全部違うんだもの。試しに寝てみたくなることもあるでしょ」

「俺はない」

気がつくと断言していた。

「俺は治子以外の女としたいと思ったことはない」

治子はしばらく考える顔になり、

「嘘だわ」

と、きっぱり言った。そして黒服のウェイターに片手を上げて合図をし、料理がまだ手つかずであることには頓着せずクレジットカードを渡した。

「ごめんなさい、用事ができたの。これ、先に切ってもらえるかしら。サインをしておくから」

それは熊木に、一人で残って食事をしていけと言っているのだったが、熊木はまるで気づかなかった。一緒に帰るものだと思っていた。ウェイターは心得顔でうなずいた。

「嘘じゃない」

一体なぜ自分が抗弁しているのかわからなかったが、熊木は言った。

「俺は治子以外の女に興味はない」

治子はひっそり微笑んだ。

「わかるわ。あたしだって熊ちゃん以外の男に興味なんてないもの」

伝票を手にウェイターが戻るまで、あとは二人とも無言だった。

おなじ夜、麻子は横浜のホテルにいた。自分のしていることが信じられなかった。後戻りできるものならしたい、と思っていた。そしてまた一方では、絶対にしたくない、とも思っていた。それにしても一体全体何だって、私はこんなところにいるのだろう。

午後までは、すべて上手くいっていたのに。それはほとんど後悔だった。私はいま大切なものを失おうとしているのだ。そう思うと家に飛んで帰りたくなった。心細さと戦うだけで手一杯だ。

「ともかく眠った方がいいわ」

さっき相原雪枝にそう言っておきながら、麻子自身は窓辺の粗悪なアームチェアに腰掛けて、ミネラルウォーターをのみながら、眠れない夜をもて余している。

ツインベッドの奥の一台に収まった相原雪枝は、何時間も喋ったり泣いたりしたあとで、少し眠ると約束したものの起きていて、ときどき思いだしたように嗚咽をもらす。弱々しいがヒステリックな、小声だが妙に音の高い、神経にさわる嗚咽だ。その度に麻子は追いつめられる。

責任を取れるのだろうか。

自分の行動が常軌を逸しているのはわかっていた。

「きょうは早く帰れると思う」

邦一は、今朝でがけにそう言った。ゆうべは電球を替えてくれたし、麻子はそれに感謝をした。あれは、たったきのうのことだろうか。

スーパーマーケットで相原雪枝を見た。そのことが麻子の中の何か——ここ何年も、細心の注意を払って守ってきた何か、妹たちや両親にさえも触れさせずに一人で守ってきた何か——を壊したのだ。

両方の手に手袋をし、のろのろと買物をする相原雪枝は、昼間のスーパーマーケットという場所にいてさえブラックホールのような存在に見えた。他の人たちとはあきらかに違っていた。そこにいるのにいないような、彼女のまわりだけ別の時間が流れているような。

麻子の方が先に買物をすませた。店を一歩でたところに立って、彼女を待った。その時点ですでに、夕方になるとしばしば襲われる、何かに追われているみたいな不安が麻子を強く駆り立てていた。はっきりとわかった。別な時間が流れているのは、彼女のまわりではなく彼女と自分のまわりなのだ。

「どうやって帰るの?」

麻子は、でてきた女にまずそう話しかけた。女は旅行用のキャリーカートに、買ったばかりの食料品——大きな紙袋一つ分——をくくりつけ、カタカタと音をたててひっぱっていた。返事をせず、目礼だけして通り過ぎようとした女を追い、

「お願い、誰にも言わないから」

と唐突に言った。女は怯えた顔をしていたが、

「困ります」

と、小さな声ながらきっぱりと言った。あとは押し問答になった。二人の足元の舗道に、

売物の花の鉢植えが、ぎっしり並んでいたことを憶えている。日常的な物を見れば見るほど、自分が日常から切り離されていることを思い知らされる、と自分が強い口調で言ったことも。

女は、そこから歩いて十五分ほどの場所に住んでいると言った。麻子は車で送ると言い張った。

「お願い」

と、送られる側ではなく送る側が何度も口にして、ようやく相原雪枝をうなずかせることができた。

いい天気だったが、風は乾いてつめたかった。

車に乗ると、相原雪枝はいきなり泣きだした。やっぱり降ります、と言い、こんなことをしてはいけないのだと言った。早く帰らなくてはならないと言い、こんなことをしてはいけないのだとくり返した。

「でも、車の方が速いわ」

彼女の言葉は支離滅裂だったが、麻子には理解できる気がした。まるで自分を見ているようだと思った。自分よりずっと危険な目にあっているらしいことを除けば。

「落着いてちょうだい」

それでそう言った。

「あなたが私の車で帰っても、そのことは誰にもわからないのよ。あなたのすることや話すことは、あなたが決めていいのよ」

話しながら、麻子は自分が誰に向かって言っているのか、わからなくて可笑しいと思った。言っているのか言われているのか、わからなくて可笑しい。

「もしほんとうにそうなら、いいでしょうね」

ほとんど夢見るような口調で女は言った。

夢見るような、でも、同時にひややかな口調で。もう泣いてはいなかった。ぼんやりした、あきらめたような顔ですわっている。

女の家は、麻子の家と、スーパーマーケットをはさんで反対側だった。

「私、もっとずっと早くこうすべきだったんだわ」

麻子は言い、自分の家に向かって車を発進させた。

第17章

熊木圭介が驚いたことに、治子はどうやら本気で怒っているらしいのだった。入口で店の人間に、あずけていたコートを着せかけてもらうと、靴音をひびかせて目の前の道にでて、一人でタクシーを停めた。助手席のうしろの位置に坐って行き先を告げ、熊木に気づいた運転手の躊躇の視線には、返事さえしなかった。

目の前でドアが閉まり、熊木は舗道にとり残された。白味がかった緑色の車を、茫然と見送った。気は強いが甘ったれの治子が、そばにいる熊木につねに全幅の信頼を置き、トイレに立とうとするだけで心細そうな顔をして、「早く戻ってきてね」と言う治子が、自分を置き去りにして行くとは。

第一、と、駅までの道をとぼとぼと歩きながら熊木は考える。第一、浮気をしたのは治子の方ではないか。パソコンを盗み見たくらいで怒れる義理ではない。

「さっきまで、あたしは熊ちゃんにふられるんだと思ってた」

治子はそう言った。あれはどういう意味なんだ？　俺は今夜彼女にふられたのだろうか。まさか。一体どういう理屈なんだ。十月とはいえ、夜風が肌につめたい。

代官山から代々木まで、電車を二本乗り継いでマンションに帰りつき、窓にあかりがついているのを見た途端、熊木は心ならずも安堵した。ちゃんと帰ってくれている。それから猛然と腹が立った。自分を置いて帰った治子に対してと、安堵した自分に対して。

見慣れているはずのエントランスや階段や玄関ドアが、にわかによそよそしく感じられる。突然、自分の家ではなくなったかのように。

治子は台所にいた。スウェットの上下に身を包み、椅子の上で片膝を立て、手に持った書類をにらんでいる。熊木が入っていくと、目を上げた。前髪をピンでとめているので、額がむきだしになっている。すでにシャワーを浴びたあとらしく、あたたかで清潔な匂いがした。

「なに？」

挑むような表情と口調で治子が言う。熊木は言うべき言葉がみつからないと感じた。浮気は理解できないし、許せない。しかし仮に治子に謝らせることができたところで、それが何になるだろう。いずれにしても許せないのだ。なお悪いことに、自分は目の前の女を失いたくないと思っている。

「どうして黙ってるの？」

治子は言いつのり、持っていた紙の束をばさりとテーブルに置いた。

「男の人ってすぐ黙るのね。言いたいことがあれば言えばいいでしょう、悪いのはあたしなんだから」

言うべきことが、これでますますなくなった。

「どうして黙ってるの？　ほんとに苛々しちゃう」

治子は早口になり、オーバーな仕草で天井をあおぐ。

「怒って出ていけばいいでしょう？」

熊木をにらみつけながら言った。結局のところ、ここは治子のマンションなのだ。

「ああ、そうするかもな」

熊木には、そう言うのが精一杯だった。

「お願いだから、すこし泣きやんでもらえる？」

いけないと思いながら、声にうんざりした調子と不安がにじみでるのを、麻子にはおさえようがなかった。シティホテルの一室は、よく知りもしない女——怪我をしていて泣きじゃくり、一時間ごとに「帰りたい」と訴える女——と一晩じゅう過ごすには、心細すぎる場所だった。

麻子自身、すぐにでも帰りたいのだ。すくなくともそこには自分のベッドがあり、日常がある。男女の力の差を思い知らされるばかりの日常だが、それでも。

相原雪枝に聞いた話は、身の毛もよだつ話だった。何より恐ろしかったのは、相原雪枝の夫と邦一との、行動や思考が似かよっていることで、彼は子供っぽいだけだ、とか、心根はやさしい、とかくり返し夫をかばう相原雪枝の言葉が、麻子自身の日々考えていることと、まるでそっくりなことだった。

ただし、相原雪枝の夫の暴力は、邦一のそれよりずっと酷いものだった。殴る蹴るは毎日のことで、刃物でおどしたり、便器に顔をつっこんだりまでするという。病院にもたびたびかつぎこまれたし、双方の肉親もそれを知っていて、事実相原雪枝は自分の母親に、離婚しないなら母子の縁を切るとまで言われたと言った。

「それなのに、どうして?」

思わず問い質した麻子に、相原雪枝はむしろ敵意さえ込められた笑みをうかべ、

「あなただってそうでしょう」

と、傲然とこたえた。責めるような口調だ、と麻子は思った。

雪枝の両手は、ほとんど動かない。夫に殴られたわけでも踏まれたわけでもなく、逃亡を企てた結果だと本人は説明した。夫に一升びんを頭に叩きつけられて割られたあと、「このままでは殺されると思って」ベランダから逃げようとした。追ってきた夫にうしろから蹴られ、ひっくり返ったところで髪をつかまれた。雪枝は手すりにしがみついたという。

「いま思うと、どうしてあんなにばかみたいにしがみついたのかわからない。部屋は三階だし、飛びおりたりできないのに」

スーパーマーケットをでたあと、麻子の家のリビングで、コーヒーをすすめても頑として口をつけず、それでも、雪枝はうつむいたままぼそぼそと喋った。

「部屋の中にだけは死んでも戻りたくなかった。たとえ飛びおりられなくても、ベランダは、外の普通の世界に思えた」

外の普通の世界。

その言葉は、麻子を打ちのめした。この人を家に帰してはいけない。強く、そう思った。

「体を持ってひっぱられた。大声でわめきながら腰を踏まれたり、頭を叩かれたりした。私はばかみたいに、ベランダの柵をつかんで放さなかった。全身全霊の力で、ただ、しがみついてた」

最後には部屋の中に——彼女がそれほど恐れていた部屋の中に——ひき戻された。夫は、その夜はもうそれ以上暴力をふるわなかった。殴られた傷は数日でいえたが、腫れ上がった両手はひと月も腫れがひかず、腫れがひいたあとも指が動かない。医者に行ったのはおとといで、神経が切れているという。

「これは、だから自分でやったことなの」

不明瞭な低い声で、しかし一切感情的にならずに、相原雪枝はそう言ったのだった。

「家に帰っちゃいけないわ」

麻子は言い、その言葉に相原雪枝がまるで驚かなかったことに、麻子自身もまた驚かなかった。わかっていた。そう思った。彼女も私も、たぶんずっとわかっていた。

「無理よ」

雪枝はそう言った。依然として敵意の感じられる口調で。

「いいえ、家に帰っちゃいけないわ」

そうくり返し、麻子はこれが妹たちと自分とのやりとりとそっくりであることに気づき、場にそぐわない微苦笑をうかべた。

日ざしは傾いていた。十日に一度のペースで麻子が磨く、リビングのガラスを通して。その時点で、麻子は雪枝を自分の家に匿おうと思っていた。ここならば、雪枝の夫にわかるはずがない。学生時代の友人だ、と言えば、邦一は信じるかもしれない。

そこまで考えて、ぞっとした。信じるはずがない。相原雪枝には、どこか不幸の匂いがした。子供じみた外見と、奇妙に念入りな化粧、びくびくしているのに、一方でむしろ攻撃的な、敵意の殻に閉じ籠っている。絶望的に暗い表情と、それでいて落着きのない目の動き。彼女の怪我が事故ではないことは、自分にさえわかったのだ。邦一にわからないはずがない。たぶん、他の人たちにはわからないだろう。「外の普通の世界」の人たちには。その考えに、麻子は吐き気さえおぼえた。私たちは同類なのだ。邦一をも含めて。

「逃げたいと、思ったんでしょう?」

麻子は雪枝にまっすぐに訊いた。

「思ってない」

強い口調で、雪枝は否定した。

「いまは思ってないわ」


わざわざ横浜のホテルにすることはなかった。窓から観覧車を見ながら、麻子は自分を不甲斐なく思った。かつて、邦一と泊ったことのあるホテル。他に思いつかなかった、というのは言い訳にすぎない。私はまだ日常にしがみつこうとしている。

家を出る、という言葉で決心することはできなかった。雪枝を家に帰してはいけない、という言葉で自分をごまかした。邦一との思い出のホテルを選ぶことで、どこかで邦一とつながっていられる気がした。万一邦一に連れ戻されたとき、別のホテルよりはここにいた方が、邦一の心証がいいはずだという思惑もあった。

雪枝には、荷物をまとめに帰ることさえ許さなかった。そんなことをすれば家を出られなくなることがわかっていたからだ。そして、それは麻子自身についてもいえることだった。荷物をまとめる、という行為自体、罪深い裏切りなのだ。とても耐えられそうもなかった。それでいつものハンドバッグ一つで、すぐ帰るみたいな顔をして、家を出てきた。電車で行く勇気さえなかった。途中で決心が揺らぐように思えた。

邦一には置き手紙を残した。

しばらく家を出ます。ごめんなさい。

一行だけの手紙だった。

相原雪枝はさっきより静かになった。ときどきうめくようなか細い泣き声をたてる。か細い、しかし悲劇的な。

「ごめんなさい」

いたたまれなくなって麻子は言った。

「泣きたければ泣いてもいいわ。苦しそうに声を殺さないで」

ベッドにうずくまり、麻子に背を向けている雪枝もまた、

「ごめんなさい」

とこたえた。こんなところで互いに謝りあうことの惨めさと不安に、ちっとも進まないように見える枕元のデジタル時計に、注文したもののどちらも手をつけられずにいるルームサーヴィスのサンドイッチに、麻子はひどく苛立つ。

相原雪枝は父親を早くに亡くし、都内でひとり暮らしをしている母親とは「絶縁状態」にあると言った。兄が一人いるが、海外赴任でもう長いことシンガポールに住んでいて、クリスマスに家族写真つきのグリーティング・カードを送ってくれる以外は、何のやりとりもな

いと言う。

「親しいお友達は？」

訊いた途端に質問のばかばかしさに気づいたが、手遅れだった。一瞬の沈黙のあと、雪枝は麻子の予想——というより麻子が同じことを訊かれた場合の返答——とぴったりおなじ返事を寄越した。

「いたわよ。昔は」

まったく。麻子はため息をつく。「親しいお友達」だなどとよく訊けたものだ。妹たちとさえ疎遠になりかけている自分が。

いまごろ、邦一は自分を探しているだろうか。雪枝の夫はどうしているのだろう。それを考えると身が竦んだ。自分のしていることは異常なことだ、と思えた。夫に叱られても仕方のないことだ。ホテルの一室に、素性もわからない女同士二人で身を潜めているというのは。

ミネラルウォーターはプラスティックじみた味がする。それになんだか冷たすぎる。麻子は再びため息をつき、青い小さなキャップをしめる。

でもそれならば、と、勇気を奮い起こして麻子は考える。でもそれならば、帰って叱られたり首をしめられたりすることが正常なことだろうか。

「逃げられないわ」

湿った、それでいてがさがさに割れた声で、ベッドの中から雪枝が言う。

「こんなことをして、私たちきっと殺されるわ」

麻子は返事のかわりに天井をあおいだ。これ以上ここに二人でいたら、二人ともどうにかなってしまう。雪枝の言葉を否定してやりたくても、それはそのまま麻子の気持ちでもあって、いちいち神経にさわる。

「ともかく、家に帰ってはいけないわ」

呪文のように、麻子はただそうくり返す。疲れきった身体を無理矢理椅子からひきはがし、ベッドサイドの電話の受話器を上げた。


育子の行動は素早かった。

「すぐ行くから、絶対そこを動かないでね」

そう言って電話を切り、治子に電話をして知らせた。治子の方が横浜に近く、その分早く駆けつけてくれるはずだと思ったからだ。衿巻を巻き、コートを着た。最後に一度、見慣れた、安心な自分の部屋をふり返った。戦いに赴くような気分だった。

二時間ほど前に、邦一から電話があった。

「麻子、行ってないかな」

そう慌てたふうでもなく、落着いた口調でそう訊かれた。

「来てないよ。けんかしたの？」

いや、とこたえた邦一は、育子がつい同情したくなる程、途惑った様子だった。麻ちゃんが来たらすぐ連絡する、と約束して電話を切ったのだったが、邦一との約束は、育子にとって、麻子ほど大切なものではない。

邦一からの電話は、治子にもかかっていた。留守番電話に録音されたメッセージが午後七時五十八分のものだったので、治子は眉をひそめ、くだらない、と思った。最近ではデパートだってまだあいている時間だ。買物をしているのかもしれないし、映画でもみているのかもしれない。母親と二人で、ケーキと紅茶で千七百円するような喫茶店で話しこんでいるのかもしれない。治子の記憶にある麻子は、そういう娘なのだ。

熊ちゃんがでていく。

その事実が胸も頭も占め、邦一からのメッセージのことは、忘れていた。

「でかけてくる」

育子からの連絡のあと、手早く着替えて熊木に言った。

「麻ちゃんが家をでたの」

熊木は一瞬驚いた顔をした。しかしすぐにテレビに視線を戻し、

「うん」

とだけこたえた。

「男の人ってほんとにテレビが好きなのね」

治子は言い、マンションをでた。

夜の電車は嫌いだ、と思いながら育子が夜の電車に揺られているあいだに、治子はタクシーで夜の高速道路を走っていた。化粧もせずにでてきたが、香水だけはふんだんに吹きつけてきたので密室の中では自分でも息苦しく、窓を上だけ細くあける。

育子の電話は例によって要領を得ず、くわしいことはわからなかった。麻子が横浜のホテルに誰かと二人で泊っている、と育子は言った。その誰かは女で、二人とも家をでてきたのだ、と。

こまかいことは、でもどうでもいい、と治子は思っている。大切なのは、麻ちゃんが決心したということだ。治子は邦一を、はじめからいけすかないと思っていた。

ロビーは広々としてあかるく、巨大な花びんにたっぷりの花が生けられていた。治子はフロントを通さず、教えられた番号の部屋に直接向かった。エレベーターホールはつきあたりが鏡貼りになっていて、化粧もせずに来たことを、治子はすこし後悔した。厚ぼったい絨緞、間接照明、コンソールテーブル、石けんに似た、ホテルの廊下特有の匂い。

ノックをすると、ほとんど間をおかずにドアがあいた。突然歳をとってしまったように見える麻子が、

「いらっしゃい」

と言って弱く笑った。

「一体どういうこと？」

白いセーターに茶色い革のジャンパー、ブルージーンズにウエスタンブーツ、という勇ましい恰好の妹が、動くたびにENVYの匂いをふりまきながら入ってきて、長い両手をひろげてそう詰問した瞬間に、麻子は橋を一つ渡った気がした。すくなくともいま自分たちはこちら側にいる、と感じ、ともかくそう思うことで、正気を保てそうな気がした。

治子に相原雪枝を、相原雪枝に治子を、紹介する。雪枝はベッドに腰掛けて、赤ワインのグラスを両手で——手袋ははずしていた——不器用にはさんで持っていた。髪も服もしわくちゃで、泣き腫らした顔は唇だけがかさかさに乾いてひび割れている。

「治子ちゃんものむでしょう？」

麻子は言い、ついさっきルームサーヴィスに持って来させたワインを、自分の使っていたグラスに注ぎ足した。

「お水をのんでたんだけどおいしくなくて」

言い訳のようにそう言った。どうしてお水なんかのんでいるんだろう。麻子はふいに、そう思ったのだった。

「'90年のGIGONDASじゃないの」

酒の好きな治子は、大げさに驚いてみせた。

「よくここにあったわね」

一口啜り、部屋の中を見まわす。

「ホテルに滞在中っていうより、入院患者みたいよ、二人とも」

治子に言われ、麻子はまた弱く笑った。

「家庭放棄してきたの」

冗談めかせて言ったつもりだったのに、雪枝が怯えてまた泣き始める。かん高い、弱々しい声で。

「やめてちょうだい。めそめそしないで」

治子がぴしゃりと言う。

「いいから、全部ちゃんと話して」


あかるくて広々したロビー、巨大な花びんの花、鏡のあるエレベーターホール、ふかふかの絨緞の敷かれた廊下。治子が歩いたとおりの場所を歩いて育子が部屋についたとき、相原雪枝は横になっていた。泣き疲れ、しかし眠ることはできず、ただ横になっていた。麻子は二本目のワインをのんでいた。そして、治子は烈火のごとく怒っていた。

第18章

「あいつは何時に会社に行くの？」

部屋の中を歩きまわりながら、治子が訊いた。

「家をでるのは七時半よ。でも、あいつ呼ばわりはやめて」

麻子がこたえ、その口調が少し前よりずっととろんとしていることに気づいた育子は、それを興味深いと思った。麻ちゃんはあきらかに酔っ払っている。

時刻は午前三時になろうとしていた。麻子の説明と相原雪枝のすすり泣きに始まった女たちの会合は、治子の怒りと苛立ちや、育子のまっとうすぎる感想と質問――「でも、麻ちゃん自身はどうしたいの？」――を経て、堂々めぐりをくり返した揚句、ワインと香水と涙とため息と、ときどき誰かが心ならずも投げつけてしまう険のある発言とで淀んだ部屋の空気同様に、すっかり疲弊して重苦しい、八方塞がりの様相を呈している。

姉妹の話し合いに加わることを、相原雪枝はもう疾うにあきらめていた。結局のところ、自分はここにいるべきではないのだ、としか思えなかった。孤独のあまり口をつぐみ、自分のしてしまったことの重大さと、この先に待っている地獄への恐怖のあまり弱々しく嗚咽した。それでも、夫の元に帰ることだけはしたくなかった。それは死ぬことだと思った。そして、それはこの部屋にいる人間の誰一人、理解してくれないことだった。

「思いだしたんだけど」

微笑さえ含んだ声で、麻子がふいに言った。

「ワインって、お水より健康的な味のするのみものなのよ」

その意見についてどう思ったにせよ、三人とも沈黙を守った。

「役所って何時にあくのかしら。二十四時間体制のとこってあると思う？　ああ、もう苛々する。パソコンを持ってくればよかった」

治子は言い、爪の先をかんだ。

自分でも奇妙なことに思えたが、麻子は穏やかな――というよりいっそ陽気な――心持ちだった。自分も雪枝も、「外の普通の世界」に帰ってきたのだ。元々いたはずの場所に。

「でも変ね。私、ちょっと酔っ払ってるみたい、これっぽっちのお酒で酔うなんてこと、あるかしらね」

つぶやくように言いながら、これでもう大丈夫だ、と、麻子はほとんど確信する。雪枝は絶対に離婚すべきだし、離婚は、できる。私は邦一さんと、今度こそちゃんとした関係を築くべきだし、関係は、築ける。「外の普通の世界」でなら――。

「麻ちゃんもう眠った方がいいよ。私たちここにいるから」

グラスをそっととりあげながら、労る口調で育子が言った。

「お酒、弱くなったね」

労る口調と気持ちではあっても、そうつけ加えることは忘れない。

「お酒に弱い?」

麻子はむしろ愉快そうに、訊き返した。青白い顔で微笑み、

「そんなことを言われたのは初めてだわ」

と言う。育子は首をすくめた。

「訓練が要るのよ、お酒だって。麻ちゃんしばらくさぼってたもの、当然でしょ」

横から治子がぴしゃりと言った。

夜があけたらホテルをチェックアウトして、二番町のマンションに行く。そこまでは四人とも合意していた。問題はそのあとで、相原雪枝に関しては、しかるべき場所――避難所というのか相談所というのか、ともかく専門家のいる施設。麻子は、かつて育子が自分のために集めてくれたそういう施設の小冊子を、雪枝のために持参していた――に行くべきだ、という姉妹三人の意見を、雪枝本人が拒否しており、麻子に関しては、すぐに離婚届けをつき

つけるべきだ、という治子の意見も、江古田の父親に相談するのがいいと思う、という育子の意見も、麻子が頑なに拒んでいる。

熊ちゃんがいてくれたら。

治子は胸の内で強くそう思った。治子の考えでは、男の人というものは、こういうとき役には立たないが、いるだけで心強い味方なのだった。

知らないうちに両手を腰にあて、治子は部屋の中を見まわす。サンドイッチや水やワインの残骸、ゴミ箱にいっぱいになったティッシュペーパー、相原雪枝が一人でたびたび喫った煙草の吸殻、くたびれた顔の女たち。誰一人眠っていないのに、ベッドは二つともひどく乱れている。

「冗談じゃないわ」

治子はつぶやき、受話器を上げた。

午前五時、熊木圭介は眠っていた。今夜はとても眠れそうにない、と思っていたが、いつのまにか寝ていた。子供の時分から、熊木は眠りが深く長い。

とはいえ電話が執拗に鳴るので、シーツの冷たい側に倒れて受話器をとった。声をだす前に温かい側に戻る。治子がいないと、部屋もベッドも広く思える。

「熊ちゃん？　起こしてごめん」

うめき声でこたえ、煙草をくわえた。

「麻ちゃんたちと、ホテルにいるの」

「……いま何時だ？」

ライターから焔の立ち上がる音、ちりりと紙の燃える音。

「五時。これから麻ちゃんの車で二番町のお家に行くつもりなんだけど、あたしたちみんなお酒をのんじゃって、運転できる人間がいないの」

熊木が何も言わずにいると、治子も黙ったので沈黙ができた。

「それで？」

仕方なく促す。

「来てもらえないかしら」

「いやだ」

不機嫌な声がでた。

「お願い」

それは噴飯ものの「お願い」だった。治子が一体どういうつもりで――あるいはどういう顔をして――そんなことを自分に頼んでいるのか想像もつかない。

「絶対に、いやだ」

熊木には、返事を翻すつもりはなかった。

「わかった」

一瞬の沈黙のあとで治子は言い、言うやいなや電話を切った。

熊木はいきなりとり残される。受話器を置き、煙草を灰皿におしつけて消した。首すじを掻き、再びベッドに深くもぐる。治子のいない、治子の寝室のベッドに。


麻子と邦一の寝室のベッドは、前日の朝、麻子が整えたときのままの状態を保っていた。多田邦一は、まんじりともできない。ウォークインクロゼットの中を調べたとき以外、寝室に入りさえしなかった。麻子の衣類もスーツケースも、クロゼットにきちんと納まっている。大切にしている本も装身具も、手紙や記念品の類も、邦一が見る限り、すべてあるべき場所にある。麻子だけが忽然といなくなっていた。置き手紙がなかったら、誘拐されたと思うところだった。

ネクタイだけは外したものの、邦一はまだ前日のスーツ姿だった。電源の切られたままの麻子の携帯電話に、一晩中電話をかけ続けていた。朝になったらお終いだ、という、強迫観念にも似た気持ちに攻めたてられていた。ともかく夜のうちに連れ戻さなくては——。

おもては空気が青く澄み始め、時折車やバイクの音も聞こえる。怒りは恐怖にとってかわられ、その恐怖は、いまや極限に達していた。

邦一は、ゆうべから水一杯のんでいない。無駄だと知りつつ、すがるような気持ちで、夜中に近所を探し歩いた。車がなくなっていることには気づいていたので、終夜営業のコンビニエンスストアやファミリーレストランの駐車場は、目を皿のようにして探した。そして、そのあいだも電話をかけ続けていた。

常識で考えればわかることだ。人妻が夫に無断で外泊などしていいものかどうか、世間の誰にでも訊いてみればいい。邦一は傷ついていた。自分がこんな目にあうのは道理に合わない。それは全くの本心だった。自分には、やましいことは一つもない。

歩きながら、目頭が熱くなるのをどうしようもなかった。

麻子が電話にでてくれさえしたら、と、邦一は考える。怒りと恐怖にまかせてひっくり返したリビングのテーブルの脇に立って。電話にでてくれさえしたら、すべてを水に流してやってもいい。非常識なふるまいを、許してやらないわけではない。

おどろく程のはやさで外が白んでいく。胸を塞ぎ喉元にせり上がってくる恐怖は、動悸となって両手を震えさせている。

許してやらないわけではない。そうくり返し考えている一方で、手遅れだと感じるのはどういうわけだろう。両手ばかりか両膝まで震え、恐いと感じるのはどういうわけだろう。

仕方ない。

電話を切ると、治子はそう考えた。熊ちゃんがいてくれるつもりになって、ここは乗り切ろう。

治子自身は、運転ができない程のんではいなかった。ただ、もし熊木が来てくれるなら、二番町は熊木に任せて、タクシーで邦一のところに行こうと思っていたのだった。

絶対思い知らせてやる。

治子は固く、そう決心していた。許せない。夫婦のことは夫婦にしかわからない、と言った熊木は正しいのかもしれないが、それはどうでもよかった。わかる必要もない。治子にとって必要な事実は、自分が麻子の味方だという点だけだった。

四人は結局タクシーに乗った。いまは誰も運転をすべきではない、と、育子が強硬に主張したからだ。

「職業倫理っていうものがあるのよ」

育子はそんなふうに言った。

早朝の高速道路は空いていた。うす青く清潔な空気の中を、車は快調に走った。四人はしかし、言葉少なだった。あれほどでたかった部屋をでたのに、不安ばかりが車内に充満していた。

「でも麻ちゃんは偉かったと思うよ」

育子が小さな声で言った。

「行動して、偉かったと思う」

「育ちゃんはいい子ね」

後部座席に半ば沈み込んで、育子よりさらに小さな声でそうこたえた麻子は、育子の目に、「酔っ払った人というより、ほとんど死にかけた人みたい」に映った。実際、麻子は悲しみも怒りも、不安さえも感じていないように見えた。そのことが、助手席にすわった治子を苛立たせる。邦一への怒りは怒りとして、治子は麻子と雪枝に対しても、強い憤りを覚える。不快感とさえ言えた。話し合うこともできない程自分の夫を恐れるなどということが、一体どうすれば起こるのか見当もつかない。暴力の有無にかかわらず、それではそもそも夫婦関係が成り立っていないではないか。

熊ちゃんに会いたい。

落着かない気持ちで指輪をひねり回しながら、治子はそう考える。

ゆうべ、熊ちゃんともっとちゃんと話し合えばよかった。熊ちゃんはテレビばかりみていてぐうたらだけど、すくなくともあたしたちは対等な関係にある。

この十数時間に起きた出来事のすべてを、相原雪枝は他人事のようにしか把握できなかった。他人事のように、あるいは悪い夢のように。窓の外を流れていく景色同様、しかしそれは現実なのだった。

雪枝の夫は、食品会社で工場管理を任されている。そう大きな会社ではないが、人の上に立つ仕事だ。こんなことが公になれば、家庭内だけの問題ではすまされないだろう。絶縁状態の母親や、疎遠になっている兄一家にも、迷惑をかけることになる。

しかしそれらにも増して、いや何にも増して恐ろしいのは、夫本人だった。頭に血がのぼると何をするかわからない人間だ。結婚して八年、自分がいままで生きているのだって不思議なくらいなのだ、と、雪枝は本心から思う。

帰りたい、と一つ覚えのようにくり返していたが、いまはもう帰りたくなかった。帰らなければ殺される、と思い込んでいたのだ。雪枝には、それはすでに甘すぎる見とおしに思える。帰れば殺される。さし迫った恐怖はそっちなのだった。

「雪枝さんって、結婚前は何の仕事をしてたの?」

助手席に坐った、香水くさい方の妹がふいに訊いた。

「一般事務」

雪枝はこたえ、かつて三年間だけ働いた建設会社の名前を言った。

「そこでどんな仕事をしてたの?」

「どんなって、事務よ、普通の」

もうずっと昔のことだ。雪枝自身、うまく思いだすことができない。表を作ったことは憶えている。客への応対をほめられたことも。電卓を打つのは速かったし、当時いまほど普及していなかったパソコンも、多少は扱えた。

「資格とか、何か持ってなかったの？」

雪枝はうんざりする。この妹は、現実を全然理解していない。

「短大で教職をとったわ」

泣きすぎたために、風邪ひきのようになった声でこたえる。

「先生になりたかったの？」

「いいえ」

即答した。教職課程は、雪枝の通った短大で取得可能な資格だった。だからただとってみただけだ。香水くさい妹が、小さくため息をついたような気がした。

「ママに電話しとくね」

隣で、もう一人の妹が携帯電話をとりだす。ついでに鞄からだしたピンク色のものが、雪枝の膝の上に置かれた。

「よかったらどうぞ」

ペッツだった。コブタのついた容器に入っている。

「ママ？　朝早くにごめんね。うん。でも、きょうは元気かどうか確かめるためにかけてるんじゃないの」

やけに素直な声を聞きながら、雪枝は膝の上の駄菓子を見つめた。何もかもが妙な具合だった。外の普通の世界――これがそれだとすれば――は、自分が考えていたほど普通でも快適でもないのかもしれない。

ゆうべから今朝にかけての姉妹のやりとりは、雪枝を困惑させ、そして孤独にする。

二番町のマンションに住む母親は、身仕度を整えて待っていた。玄関に置かれた李朝の焼きものと家訓の額、磨かれた廊下、改築前の家とよく似た匂い。

「何でしょうね、あんたたちひどい顔ね。お客様もいらっしゃるの？　大騒ぎなのね」

コーヒーを入れたところだから、と言う母親に促され、一同はリビングに入った。リビングは暖かく、ごくしぼったヴォリウムで母親の好きなシャンソンがかかっている。

麻子は安堵のため息をついた。ここはやっぱりいつもどおりだ。そして、そう思った途端に邦一が可哀相になる。なにもかも大丈夫だ、と、早く邦一に伝えたかった。

「治子は？」

母親が訊き、

「麻ちゃんの家」

と育子がこたえたとき初めて、麻子は治子がタクシーを降りなかったことを知った。違う。一度は降りたのだ。マンションの入口で革のジャンパーにジーンズ、ウエスタンブーツという恰好の治子が立っているのを、確かに見た。

「何しに？　どうして？」

おそらく後部座席に移っただけだったのだろう。そのくらい、予期してしかるべきだった。

「いま何時？」

訊きながら時計を見た。六時五分過ぎ。

「どうしよう」

つぶやいて、ソファにどさりと腰をおろす。

「どうしようもないよ、もう。治子ちゃんに話して来てもらった方がいいと思う。何の連絡もないよりは、邦一さんだって安心するでしょう？　きっと」

それで安心するような人間ならば、こんなことになってはいないのだ。麻子は思い、片手で顔をおおった。

「麻子、育子、コーヒーをとりに来て」

台所から母親が呼んでいる。はあい、とこたえて育子は台所に行った。

「大丈夫よ。そういう人って、妻以外の人間には暴力をふるわないものよ」

低い湿った声がして、横に雪枝が腰をおろした。

「うちの夫もそうだもの。うちの場合、自分の母親と私にだけ乱暴をするの」

その言葉は、しかし麻子には何の意味も持たなかった。勿論邦一は治子に危害を加えたりしないだろう。そんなことはわかっている。麻子が心配なのは治子の安否ではなく、邦一なのだった。

「どういうことなの？」

台所では、育子が母親に詰問されていた。育子には、どう説明していいのか、また、こんなところで自分が一人で全て説明してしまっていいものかどうか、わからなかった。

「麻ちゃん、家出しちゃったの」

それで、それだけを言った。

「もしかしたら離婚するかも」

母親は驚かなかった。

「そんなことだと思ったわよ、こんな時間に揃ってやってくるなんて。ああ、ミルクもだしなさいね、お客様が使うかもしれないから。それで、お客様は誰なの？」

育子は首をすくめ、

「こみ入ってるの」

とこたえた。

「あっちで直接訊いた方がいいよ」

麻子の説明――告白――は、きわめて簡潔で控えめなものだった。暴力については、「ときどき」という言葉が強調された。母親は口をぱくりとあけ、ほんとうに、ほんとうに驚いた顔をした。

第19章

呼び鈴を鳴らす前に、治子は小さく深呼吸をした。いつもつけている指輪と腕時計、きちんとマニキュアを塗った指先。そういうものが、こんなときも自分を落着かせてくれると治子は思う。静かな住宅街の一角だ。

ドアをあけた多田邦一は、憔悴しきった顔をしていた。治子は玄関の内側に入って立ち、

「姉はこちらで引き取りますから」

開口一番、低い声でそう宣言した。口論ならば受けて立つし、もし暴力に訴えられたら大騒ぎして近所の人を目撃者にしてやる、と決めていたのだが、どちらにもなりそうになかった。

「ほんとうに信じられないです。このままですむと思わないで下さいね」

治子は続け、

「姉はもう絶対戻りませんから」

と駄目押しのように断言してみたのだが、見るからにやつれ、それでも新しいワイシャツを着て出社の仕度を整えたらしい邦一は、にやりとしただけだった。

「どこにいるの？」

それからそう訊いた。

「二番町？　それとも育ちゃんのアパートかな」

にやりと笑われた瞬間にはぞっとして、ひるみかけたがそれが逆に治子をかっとさせた。

「言うわけないでしょ。おかしいんじゃないの？」

妹の名前を、この男に親し気に呼んでほしくなかった。

「それは非常識だな」

うすら笑いを浮かべたまま、邦一は言った。

「だってそうじゃないか。僕の妻なんだよ」

グレイの靴下をはいた足で三和土に降り、治子に顔をよせる。

「非常識だろ？　え？」

心ならずも治子は目を伏せ、あごをひいた。

「近寄らないでよ」

あわてて顔を上げたが、同時にうしろ手にドアの把手をつかんだ。邦一はいまやたのしそうですらあった。

「どうして？　治子ちゃんは僕の妹なのに、僕が恐いのかな」

恐かった。治子を睨《ね》めつける目つきも、力強くゆっくりした口調も。

「ふざけないでよ。気持ちが悪いだけで、恐くなんかないわ」

虚勢を張ったが、声がわずかにかすれた。

「へえ、そう」

治子の鼻先を、石けんの匂いがかすめる。邦一はひげを剃ったばかりであるらしく、白くやわらかそうな子供じみた肌が、ところどころピンク色に上気している。満員電車を別にすれば、恋愛関係にない男に、ここまで近寄られた経験はない。息苦しいほど恐怖がせり上がってくることに、治子は自分でおどろいた。

「連れに行くよ。麻子は帰りたがっているんだろう？　わかってるんだ、それは」

ほんの一瞬ではあったが、治子の胸に、そうかもしれないという思いが湧いた。

「ばか言わないで」

言葉ではそう否定したにしても。

「弁護士をたてますから」

ほとんど雲散霧消したかに思われる理性をかき集め、最後にきっぱりした声をだした。しかしそれは何だか捨てゼリフのように響いた。至近距離でのやりとりに耐えきれず、ドアを開けながら言い捨てたからだ、と、治子はあとから気がついた。

待たせておいたタクシーに乗り込み、行き先を告げ、座席にもたれて治子がまずしたことは、窓を開けて息を吸い込むことだった。麻子の家の玄関でも、無論呼吸はしていたはずなのに、あそこには空気が無かった。と、治子には思えた。

恐かった。

治子は胸の内で一人ごちる。何をされたわけでもないのに感じた、はじめての恐怖だった。邦一は普通じゃない。それが治子の唯一の感想だった。説明はつかないが、家じゅうが重いかなしみに満ちていた。

しかし、いま、こうしてタクシーに乗ってしまえば、世の中は平穏無事で、ここは長閑《のどか》でありふれた、晴れた朝の住宅地なのだった。バス停に立つ人々を眺めながら、携帯電話で実家にかけると母親がでた。

「麻ちゃんにかわって」

母親に、麻子は寝ていると説明された。

「雪枝さんは育子と一緒に帰ったわよ。一体どういうことなの？　びっくりするじゃないの」

雪枝がどこに行ったかは、治子にはどうでもよかった。こんなときに眠れる麻子が信じられなかった。

「麻ちゃんを絶対家からださないで」

かたい声で、治子は言った。

「ベッドにしばりつけてでも、そこにいさせといてね。本人が何と言ってもよ」

母親は返事をしなかった。

「それから、もし邦一さんが来ても家に入れちゃだめよ。わかった？」

電話の向うから、エディット・ピアフの曲がきこえた。

「そんなことできるはずがないでしょう？」

母親は、むしろ呆れているようだった。

「麻子が帰ってくるって言うんなら、そりゃあいくらでも帰ってくればいいけど、それにしたって話し合いもなしに一方的にって訳にはいかないんだから」

治子は天井をあおいだ。グレイのビニールコートが施された、タクシーの天井。

「暴力夫なのよ」

言葉の意味が十分伝わるように、治子は一語ずつ区切って言った。

「それでも夫でしょ」

母親は落着いたものだった。

「追い返すことなんてできるはずないじゃないの。心配なら、あなたもここに来てちゃんと説明してちょうだい。これじゃあ何が何だかわからないわよ」

治子はため息をついた。

「あたしにも仕事があるのよ。夜になったら必ず行くから、それまで麻ちゃんをお願い」

それが精一杯だった。

あなたが帰るまでこの部屋を一歩もでない、という雪枝の言葉など、育子ははじめから信用しなかった。

「帰ったら殺されるもの。あなたにはわからないと思うけど、私はもう絶対帰れないのよ」

雪枝の言葉にも表情にも嘘はなさそうに見えたが、それでも信じられなかった。

「雪枝さんのことは心配しないで」

麻子に、そう言ってでてきたのだ。

「そのかわり、麻ちゃんもしばらく家に帰らないで」

そう提案し、麻子はわかったとこたえた。犬山家では、約束は尊ばれる。育子にとって、雪枝を家に帰さないことは、すなわち麻子を帰さないことだ。

「ほら、見て」

職場に病欠の連絡をし、育子は麻子からあずかったパンフレットの類をソファの上にひろげた。パンフレットとはいってもそう立派なものではなく、どれも行政機関の発行している二つ折りのチラシだ。ただし、随所にボールペンで書き込みがしてある。

「電話番号」

育子は説明した。

「これは私が麻ちゃんのために調べたものなんだけど、電話で相談できる場所がいっぱいあるの。電話だけのところもあるし、一カ月六百円くらいで住まわせてくれるところもあるらしいよ。でも、どっちにしてもはじめは電話相談なの。隠れるための場所だから、住所は公開されてないから」

雪枝は立ったままソファの上をみつめている。

「一緒に電話する？　それとも一人の方がいい？」

「いまするの？」

そう訊いた雪枝は眉根を寄せ、気むずかしげな顔つきをしていたにも拘らず、心細げに見えた。

「いまじゃなくてもいいけど、早い方がいいと思うよ」

まあ坐って、と雪枝に声をかけ、育子は窓をあけて部屋の空気を入れかえる。

「さっきコーヒーをのんだから、今度は紅茶をのむ？」

雪枝は、ありがとう、とこたえた。

育子には、行く場所がないというのが理解できなかった。外国から嫁いできたのならともかく、雪枝がこの朝頼って行ける人間が、東京じゅうに一人もいないなどということが果たいをこぼした。

「お友達、一人もいないの？」

傷つける質問だとわかってはいたが、訊かないわけにはいかなかった。雪枝は痛々しい笑いをこぼした。

「あなたにはわからないわ。お友達？　いたわよ、勿論。でももう十年近く会ってないのよ。家に帰ればアドレス帖があるけど、みんなそれぞれ家庭を持ってる。いきなり泊めてって言えると思う？　顔も憶えてないのに？」

「お母さんの顔は憶えてるでしょ」

「親なんか頼りたくない」

なにもかも、育子には想像できない感覚だった。

「嫌いなの？」

おそるおそる尋ねると、

「嫌いよ」

と、雪枝は吐き捨てるように即答するのだった。

ミルクティは、いつものように上手にはいった。育子はミルクティをいれるのが得意だと自負している。小さなミルクパンで、葉っぱごと時間をかけて煮立てる。

「ビスケットも食べる？」

いらない、と雪枝がこたえたので、育子は自分の分だけだして箱をしまった。

「お家に帰っても、自分のお金とかないんでしょう？」

いい天気の朝だ。岸ちゃんが干した布団をたたく音がしている。会社を休んでしまった。夕方おじさん友達の一人と会う約束があるのに。

「自分のお金？　じゃあ麻子さんにはそれがあると思うの？」

「ないと思う」

育子は正直にこたえた。

「でもきちんと離婚が成立すれば、夫婦のお金の半分は妻のものになるんでしょう？」

雪枝はほとんどおどろいたように育子を見た。

「そんなことができる状態だと思ってるの？」

あとは二人共無言になった。ミルクティを啜り、育子はビスケットもかじった。部屋の隅に、スーパーマーケットの茶色い紙袋が置かれている。きのう、麻子に呼びとめられる前に雪枝の選んだ品々。ねぎのつきでたその紙袋は、育子の目にも雪枝の目にも、ひどく奇妙で場ちがいな物体に映っていた。


熊木圭介は不服だった。

治子は帰ってくるなり布団の上からおおいかぶさってきた。

「会いたかったあ」

大きなため息と共にそう言うと、熊木の頭や顔にキスを続けざまに――一方的に――した。熊木は身をこわばらせ、無言でそれをやりすごした。怒りの表明のつもりだったが、治子は気にせずキスを続け、熊木に不遠慮に体重をかけてベッドから降りると、

「あの男は異常よ」

と言った。麻子の夫のことだろうと察しはついたが、ゆうべの諍いなどなかったかのような治子の態度に腹が立ち、熊木は返事をしなかった。治子の姉が家出をしようと離婚をしようと、熊木の知ったことではない。どさくさに紛れて治子を許すつもりはなかった。

「シャワー浴びてくる」

治子は言い、寝室をでていった。

数分間、熊木は息をつめて待った。何を待っているのか、自分でもよくわからない。おそらく、治子が戻ってきて不安そうにすることを、もしかしたら泣くことを、謝ることを、二度と浮気はしないと誓うことを、そして、さらにもしかしたら熊木にでて行かないでと懇願し、結婚しましょうと言いだすことを――。

それらは、しかしどれ一つ起こりそうもない。シャワーの湯のほとばしる音がきこえている。片手をのばし、熊木は煙草をとって、もぞもぞとくわえた。最低の気分だった。かつて、一人の女にここまで馬鹿にされたことがあっただろうか。たしかに冴えない人生ではあった。

人生ではあったが、だからといって治子に軽んじられる筋合いはない。

ドアがあき、戻ってきた治子は潑剌として見えた。バスローブの裾から細い足がのぞいている。一晩中トラブルに見舞われていた女にはとても見えない。

「どこにいたんだ？」

考えるより先に、そう口をついてでた。

「ホテルよ。麻ちゃんが家出したの。そう言ったでしょう？」

クロゼットをあけて手早く服を選び、ふり向いて治子はこたえた。

「それから麻ちゃんの家に行ってあの男に会ったの。許さないって言いたかったから」

「許さない？」

熊木は訊き返した。

「それは偶然だな。俺もいまそう思ってるよ」

不安のあまり——と、熊木は解釈したのだが——、治子は表情を険しくした。

「でて行くの？」

こたえずにいると、にらみ合う恰好になった。

「あんな嘘の手紙のせいで、あたしは熊ちゃんを失うの？　いま？」

選んだスーツを床に落とし、両手を横にひろげる。

「どうして黙ってるの？　決めたんなら決めたって言えばいいでしょう？」

「どうして治子が攻撃的になるんだ?」

うんざりし、その気持ちが声ににじんだ。

「恐いからよ」

治子は即答した。

「攻撃的になるのは恐いからに決っているの。あたしが悪いことを知ってるからだわ。だから熊ちゃんがでていくって言ったら止められないもの。謝るのは簡単だけど、謝ってもまたおなじことが起こるかもしれないじゃないの」

熊木は、言うべき言葉をみつけられずに立ちつくした。この女は賢いのか愚かなのかわからない。

「でもね」

生真面目な顔で、治子は続けた。

「あたしたちは約束によってつながってるわけじゃないのよ。あたしは熊ちゃんがでていかないことに賭けるしかないわ」

最後にはかなしげに微笑みさえした治子だったが、熊木には、治子がなぜ微笑んでなどみせるのか理解できなかった。

結局のところ、この日男を失ったのは、麻子ではなく治子の方だった。コーヒーを沸かしながら仕度をし、鞄と新聞を抱えてマンションをでたときに、治子はそれにまだ気づいてはいなかった。

午後に一つ会議があり、夕方には、時間厳守でかけなければならない国際電話が二本あった。それを終え、二番町にかけつけた治子を心底憮然とさせたことには、麻子と邦一が仲よくならんでソファに腰掛けて待っていた。

「邦一さんが迎えに来てくれたんだけど、治子ちゃんが来るまで待ちなさいって、ママがゆずらなかったから」

麻子は臆面もなく、そう言った。

「心配かけて、申し訳なかったね」

邦一は、いつものやさしげな男に戻っている。

「本気じゃないでしょうね」

治子は麻子を見て訊いた。

「この人のとこに戻るなんて、麻ちゃんまさか本気で考えてるんじゃないでしょうね」

「私は雪枝さんを放っておけなかっただけだもの」

麻子は微笑んでこたえたが、表情は虚ろだった。テーブルに、レモンを浮かべたペリエがのっている。ここ数年の、麻子の好みのものだ。

「じゃあこの人の暴力はどうするの？　また首を絞められるわよ。蹴られたり、椅子で殴られたりしたいの？」

　母親が横で息をのんだ。

「ちょっと待って。治子ちゃんは僕のことを話してるの？」

　邦一の言葉は、治子も母親も聞いていなかった。

「治子ちゃんは大げさなのよ」

　麻子が言い、治子は泣きだしたくなった。


　育子は、そんなことになっているとは夢にも思わなかった。ひたすら約束を信じていた。相談所に電話をかけ、説明すると、直接来るように言われたので雪枝につきそって行った。「居住地の近く」のセンターに行く必要があり、家に近づくことを雪枝が嫌がったからだ。

「よく考えてみて。街で偶然御主人にでくわす可能性がどのくらいあると思う？」

　育子が言っても、雪枝は納得しなかった。

「どんなに低くても、可能性はあるのよ」

　一体どうしてそんなに恐れるのか、育子にはわからない。困って、

「じゃあ、変装して行く？」

と訊いた。冗談のつもりだったが、雪枝はにこりともしなかった。

　育子は夕方のデートをキャンセルした。知らない人間のために、なぜそこまでする必要が

あるのかわからなかったが、放っておくこともできない。麻子とおなじ立場の女だと思うとなおさらだった。

「ここに住んでることにする？　それで、ここの近くのセンターに行く？」

雪枝はびっくりしたように育子を見た。

「どうしてそんなことまでしてくれるの？」

麻ちゃんには、ママや治子ちゃんがついているから。育子はそう思ったが、口にはださなかった。

十月。空は青く、空気が澄んでいた。正午で、商店街を歩くと肉屋からも蕎麦屋からも食欲をそそる匂いが漂ってくる。

「何か食べる？」

嬉しくなって提案したが、雪枝は食べたくないとこたえた。

麻ちゃんは何か食べてるといいけど。

育子はそう考える。アパートをでる前に電話をしたときは、麻子は眠っていると、母親に言われた。すくなくとも麻子には安心して眠れる場所があるのだ。

「お母さんと仲直りした方がいいと思うよ」

育子としては、そう言ってみるより他になかった。

第20章

「冗談じゃないわね」

姉妹の行きつけのワインバーで、治子はシャルドネを手に、くだを巻いていた。電話で呼びだされた恰好の育子は、アパートに残してきた雪枝のことが気がかりではあったが、隣のスツールにちょこなんと腰掛けて、仕方なくオリーヴをつまんでいる。

この姉は、最後にはいつも男に捨てられるのだ。いままでに何度も、育子はそれを見てきた。男たちはまず治子に骨抜きになり、しつこいほど電話を寄越したり、食事やコンサートや旅行や、ともかく治子の喜びそうな場所に連れだしたりする。彼らに対し、治子は高飛車ともいえる態度をとるのだが、一方で育子にさえわかるほど単刀直入に、彼らを崇拝してしまう。育子にいわせれば、男たちは男であるというだけで、すでに治子の尊敬を勝ち得ているのだ。そして、強気に始まる治子の恋愛生活は、きまって男の遁走で幕を閉じる。

「このオリーヴ、ほんとうにおいしいね」

育子は言ってみる。それはすこし皺のよったダークグリーンのオリーヴで、アンチョビの風味がついている。

育子が雪枝と共に二番町に着いたとき、麻子は邦一と家に帰ると決めており、そんな麻子に、治子はろくに口もきいてやらない状態だった。しばらくママのところにいた方がいいと思う、と育子も意見を述べてはみたが、麻子は聞く耳を持たなかった。

「約束したのに」

かなしい気持ちで、育子は麻子に訴えた。麻子は、まるで幸福な妻みたいにふわりと微笑んで、

「ごめんなさい。でも私は帰らなきゃ」

と、言うのだった。

一体どうすればよかったというのだろう。白ワインを、上等のジュースくらいの気持ちとペースで身体に収めながら、育子は考える。運転席に邦一が、助手席に麻子が乗った車が走り去るのを、四人はマンションの前に立って見送った。日がすでに暮れて夜のとばりが降りてきており、邦一のつけたヘッドライトの強い光が、育子には挑発的なあかるさに思えた。急発進した車が去り、道はふたたびがらんとした。かつて育子が一人でしゃぼん玉遊びをし、麻子と治子がゴム跳びやら色鬼やらをして遊んだ、その同じ道だった。

ぼんやりとマンションの前に立ち、育子は、麻子をさらわれたような気持ちがした。そして、治子もおなじ気持ちでいることがわかった。そうやって取り残され、あげくに治子が代々木のマンションに帰りつくと、熊木が身のまわりの品々と共にいなくなっていたというのだ。酔っ払って再び妹を呼びだすのも無理はない、と育子は考える。

「かわいそうに」

治子の頭に触れながら言った。

男に去られたときの常で、治子はさっきからずっと、普段にも増して強気な発言を繰りだしている。

「しんみりしないでよ、私は全然平気なんだから」

とか、

「居候がいなくなっただけのことじゃないの」

とか。そのたびに育子はうなずく。うん。そうだよね。うん。姉の表情は、かなしんでいるというより張りつめているように見える。青ざめて、緊張しているみたいに。

「だいたい軟弱よ。二人のあいだのことじゃなく、外側のことが原因で腹を立てるなんて」

その理屈は育子にはよくわからない。わからないけれど、それはいま問題にすべきことではない。うん。そうだよね。うん。

しかし育子の相槌にもかかわらず、しまいに治子は小さい声で、

「熊ちゃんだけは違うと思ったのに」

とつぶやくのだった。

「麻ちゃん、いまごろどうしてるかなあ」

育子は話題を変えようとしてみる。邦一の車に乗り込むときの、ちっぽけな後ろ姿が目に浮かんだ。ゆうべの、いっそたのしそうとも形容できる酔っ払った麻子の表情も。

「知らない」

治子はすげなくこたえた。細い指で髪をかきあげたかと思うと、そのままカウンターに肘をつき、だらしのないうつむき方で頭を片腕で支える。

「あたしには麻ちゃんのことが全然理解できない。熊ちゃんのことも。もういやんなる」

消え入りそうな声で、治子はつぶやく。育子は途方に暮れてしまった。

慌しい一日だった。自動車教習所の仕事を休み、雪枝をセンターに連れて行った。応対にでてきたスタッフは、ベージュのシャツブラウスに黒いパンツという服装の大柄な中年女性で、てきぱきしており親切だった。手渡された用紙の現住所の欄に、雪枝は育子の住所を書いてほしいと言い、育子は書いてやった。

「そこはどなたのお家なの?」

すべて見とおしているとでも言うように、黒いパンツのスタッフが訊き、

「私のうちです」

と、育子はこたえた。関係を問われ、友人、とこたえたが、どういうわけかうしろ暗い気持ちになった。入口付近の壁はうす緑色に塗られていた。小さな合成革のソファは、スプリングがすっかりだめになっていて、でこぼこだった。他に人の姿はなく、建物の中は静かで、ひんやりと底冷えがした。育子には、雪枝の心細さが伝わってきた。心細いのが雪枝なのか自分なのか、ほとんどわからないほどだった。

女性スタッフは、雪枝の両手にはめられた手袋と、文字を書けない状態を見て、

「診断書は？」

とやさしく尋ねた。雪枝は首を横に振ったが、

「でも初めてのことじゃないので、行けば書いてもらえると思います。お医者さんは、たぶんわかってると思う」

とこたえた。それだけで、育子はすこしほっとしてしまった。それならば証人はいるのだ。

面談は、一時間近くかけて行われた。質問は簡潔で的を射ており、容赦がなかった。雪枝は果敢に返事をしていたが、途中で二度、涙のために話を中断した。育子は、聞いているだけで消耗した。仰天するような暴力の描写も、スタッフは表情一つ変えずに聞き、終始メモをとっていた。

永遠にも思われた一時間ののち、わかったことは、シェルターと呼ばれる一時保護施設に、いまは空きがないことだった。従って雪枝がするべきことは、母親と和解して居場所を確保

することと、家裁に調停の申し立てをして離婚を成立させること、自立して生活するための、仕事をみつけることだった。

「手の怪我の深刻度によっては、生活保護の申請もできます」

スタッフは言った。さらに、センターは公共の福祉事務所と「連携」をとりながら「サポート」する場所であり、福祉事務所の相談員が、これから相談にのってくれるということだった。育子には、果てしないプロセスに思えた。

おもてにでると、夕方の街は空がうす青く温度を下げ始めていて、普段と変りのない日常的な風景が、育子にはなつかしかったが、雪枝には違うのだろうと思われた。

雪枝は憔悴しきっていた。それで、母親に連絡をとるのも福祉事務所を訪ねるのもあした以降にすることにして、二人で昼食とも夕食ともいえない軽食をファストフード屋でとった。育子はよくファストフード屋を利用する。しかしきょうのそこは、いつもと全く違う場所に思えた。肉を焼く匂いや、蒸したみたいなパンの匂い、あかるい色調の店内もそのにぎやかさも、自分たち二人の外側にだけ存在し、そこには目に見えない隔りが感じられた。

「二、三日、うちにいてくれていいよ」

育子は言ったが、雪枝はうわの空だった。

「まったく冗談じゃないわね」

勢いを盛り返し、治子がおなじ言葉をくり返す。酒に強いとはいえ、徹夜あけの今夜は治子ちゃんもこれが限界だろう、と育子は考える。治子ちゃんも麻ちゃんも、それに勿論雪枝さんも、今夜はみんな、なんてかわいそうなんだろう。そして、熊木や邦一や、雪枝の夫も、たぶん。

「お会計をして下さい」

カウンターごしに、育子はバーテンに告げる。隣で、上半身をぐらぐら前後に揺らしながら、それでも治子は自分の鞄から財布をとりだして、

「ですぎた真似よ」

と低い声でつぶやき、くすくす笑ってカードをカウンターに置く。

断続的な嗚咽にも似た治子のくすくす笑いは、店をでても治まらなかった。

治子は足元もおぼつかなかったが、何とか育子を先にタクシーに乗せた。次のタクシーをとめて乗り込み、行き先を告げて座席にもたれる。くすくす笑いはもう止まっていた。これから熊ちゃんのいない家に帰るのだ。そう思うと吐きそうだった。

二番町から戻ったとき、マンションはがらんとしていた。調べる前に、予感がした。単なる外出ではないと感じた。部屋全体が、熊木はもうでていったと告げていた。靴は二足なかった。衣類は、もともと少いのでほとんど残っていなかった。愛用のパソコンも。バスルームがもっとも顕著で、タオルも歯ブラシも、キャビネットの中身も、治子のものだけが残さ

れていた。本やCD、積み上げられた雑誌などはそのままだった。置き手紙の類は残されていなかった。だから旅行にでただけかもしれない、と考え、考えた途端に、その考えのばかばかしさに気づいた。熊木のいない、しずかな部屋のまんなかに立ち、治子は指先からすうっと血の気がひくのを感じた。

そして、いままたその部屋に戻ろうとしている。できることなら逃げだしたかった。現実を受け容れずにすませられるなら。たとえばもう一軒バーに行き、ジントニックを一杯だけのむというのはどうだろう。仕事相手との肩の凝る夕食のあとで、普段ときどきするように。部屋に帰れば熊木が待っている、というふりを、もうすこし続けられるかもしれない。

治子には、しかし今夜自分がそんなことをしないのがわかっていた。ひきのばしたところで現実は変らない。

ためいきをついたら、ついでのように涙が滲んだ。眉間から鼻にかけて、じんわりと熱くなる。涙は滲んだだけで、流れなかった。

熊木圭介が大好きだった。もし熊木が戻ってきてくれるなら、なんでもするのに、と思う。でも「もし」は役に立たない。後悔はしていなかった。治子は後悔が大嫌いだからだ。

「混んでるのね」

普段の声を取り戻そうとして治子は言い、身をのりだして窓の外を見る。

「この先で、工事してるんだね、これは」

がらがらした声の運転手が言った。深夜ラジオのアナウンサーは、落着き払って日の出の時刻を読み上げている。

鍵を替えよう。治子はそう決心する。これから部屋に帰るたびに熊ちゃんが帰ってきているんじゃないかと期待してしまうから、それは苦痛だから、鍵を替えよう。残りの荷物のことなど、あたしの知ったことじゃない。欲しければ連絡をしてくるだろうし、そうしたら宅配便にすればいい。

工事現場には誘導員が立ち、赤い円錐が幾つも、てっぺんから光を放ちながら並んでいる。

おなじころ、多田麻子は自宅のベッドの中にいた。家がいちばんいい、と心から思う。そういえば、子供のころに家族で外出したあとに、母親もきまってそう口にしたものだ。ああ、やれやれ、家がいちばんいいわね、と。思いだして麻子は小さく微笑む。

邦一はやさしかった。疲れただろうから料理はしなくていいと言い、二番町からの帰りに和食屋に寄り、簡単にすませた。麻子のしてしまったこと——一日だけの家出——について、責めることも、理由を質すこともしなかった。

リビングに足を踏み入れたときだけ、ぞっとした。テーブルと小さな簞笥がひっくり返され、その上にあったものはすべて床に散乱していた。藍色の花器とガラスのコップ一つは、砕々に割れていた。

「ごめんなさい」

それを見て麻子は謝り、こんなにも邦一を暴れさせたこと、かなしませたことに胸がしめつけられた。邦一は何も言わなかった。

見ると、部屋の入口に立ったまま、麻子をじっと見ている。虐げられた子供のような顔つきだったので、麻子は蹴られることを予想した。膝より下だけを狙って、執拗に蹴り続けるのだ。

予想に反し、邦一は何もしなかった。ただじっと立って麻子を見ていた。傷ついた表情で。それから、ばたばたと音をたてて二階に駆け上がった。追ってほしいのだとわかった。麻子は階段を駆け上がることに、実は滑稽なほど抵抗がある――小さいころから、それはしてはいけないこととして躾られてきた――のだが、駆け上がった。ぱたぱたと音をたてて。

邦一はベッドの中で身体をまるめ、両手を両膝のあいだにはさんでいた。横向きの顔が枕におしつけられ、眼鏡のつるが肌にくいこんでいる。麻子はわきにしゃがみ、眼鏡をはずしてやった。邦一の頭に手のひらをあてがう。黒い硬い髪の感触。

「恐かったの」

言い訳のように、麻子は説明した。

「雪枝さんを見て、恐くなっちゃったの。私と雪枝さんは違うし、あなたと雪枝さんの御主人も違うのに、なんだか混乱してしまって、同じだ、という気がしちゃったの」

邦一は返事をせず、両目をきつく閉じている。邦一が震えていることに、麻子は気づいた。起きてちゃんと話をしてほしい、という願いは、遠すぎてもうよく思いだせなかった。麻子にとって、邦一はもはやそれを望める相手ではない。

「お風呂に入る？」

麻子は訊いた。依然として返事はなかったが、麻子は風呂場に行き、バスタブに湯をみたした。

「何か要る？」

寝室にとってかえして重ねて訊くと、

「ココア」

というこたえだった。麻子はそれを作った。

邦一がココアをのんで風呂に入っているあいだに、麻子はリビングの掃除をした。散乱したものを片づけるだけではなく、掃除機をかけ、雑巾がけもした。掃除は、心落着く作業だった。すくなくともここにはやるべきことがあり、やるべきことをやれるだけの能力が自分にあると、感じることができる。

そのあと麻子自身も風呂に入り、寝室にひきあげたときには午前一時をまわっていた。家がいちばんいい。二日おきにシーツを洗濯し、「ダニパンチ」なる温風乾燥機でマットレスごと除湿および除菌しているダブルベッドに横たわり、麻子はそう考える。邦一が隣で、規則正しい寝息をたてている。

妹たちはきっと怒っているだろう。当然だ。でも、いくら仲のいい姉妹でも、男および男との関係、その感情だけは共有することができない。

自分でも呆れることだったが、ゆうべの記憶は、ひさしぶりに妹たちと遊んだ、ような感触で麻子の中に収まっている。かつて持っていた人格、疾うに失くしてしまったと思い込んでいた人格、が一晩だけ力強く復活し、復活したことで自分はかつての強さを取り戻せた、と感じる。結局のところ、人はそうそう変りはしないのだ。

ワインは、とてもほんとうとは思えないほど美味だった。自分には、すぐに駆けつけてくれる妹たちや、いつでも帰ってきていいと言ってくれる母親がいる。

麻子は彼女たちに気が咎めながらも、ここに帰ってこられた自分を誇らしく思った。


吐き捨てるような調子の熊木からのメールを、治子が発見したのは翌朝のことだった。宿酔いというほどではないが、なんとなく怠く頭と首が重いという程度には酒の残っていた治子は、パジャマに丈の長いナイロンコート――熊木とお揃いの、スポーツ観戦用の――を羽織っただけの恰好で、片手に新聞を持ったまま、朝陽のさし込む台所につったって、パソコンの画面を見つめた。

タイトルはなく、(無題)と表記されている。クリックするのが恐かった。

「メール」まの抜けた声で、ついつぶやいた。一緒に住み始めて以来、熊木からメールをもらったことは一度もなかった。そして、そもそも今回のことは男友達から来た短い――おまけに意味のない――メールが発端だった。

治子へ。

メールはそう始まっていた。

出て行くことにした。きみとはこれ以上一緒にいても無駄だと思う。前から思っていたことだけれど、きみの考え方は異常で、とてもついていけない。荷物は近いうちに取りに行く。勝手に取りに行くから、触らないでほしい。

声をださずに、三度、治子はそれを読んだ。とても信じられなかった。

「なあに、これ」

小さな声で言った。

「なあに、これ」

そして大きな声でもう一度言った。心の底から怒りが湧き上がっていた。心の中だけにとどめてはおけず、新聞をテーブルに叩きつけた。パソコンのスイッチを切り、蓋を閉める。

とりわけ治子の気に障ったのは、無駄という言葉と前からという言葉、異常という言葉とついていけないという言葉、それに最後の、荷物に触るなというくだり、つまりほぼ全文だった。

「嘘でしょう」

憤懣やる方なく、怒りを込めてつぶやく。頭に血がのぼり、動作が無意味に大きくなった。治子は狭い台所を歩きまわり、勢いよく冷蔵庫をあけて、何も取り出さずに乱暴に閉めた。

未練は跡形もなくなっていた。あんなメールを寄越すような男と、よくいままで一緒にいられたものだ、と思う。ほとんど身ぶるいがでた。

台所は秋の朝らしい澄んだ光にみち、起きてすぐセットしたコーヒーが、芳しい湯気とともにできあがっている。

すがすがしい、と言ってもいい気分で、治子は歩きまわるのをやめた。鍵を替えること。自分に確認して、バスルームに向かう。身体が軽く、思考もはっきりと澄んでいた。

第21章

　十月は美しい月だ。秋とはいえ、おおかたの樹木はまだ緑の葉をとどめ、その緑はしかし澄んだ大気にのびのびと色を褪せさせ、軽やかに風を受けて揺れ落ちる。

　育子はいままでにないほど忙しい日々を送っていた。毎朝の習慣である電話は、一本から二本に増えた。母親と、麻子。育子はその両者に毎朝電話をし、それぞれの無事をたしかめている。ひとり暮らしの母親が、風呂場で脳卒中を起こして昏倒していないかどうか、姉妹のなかでただひとり結婚した姉が、夫に殴り倒されていないかどうか。

　二人はきまって「元気よ」とこたえる。それがほんとうかどうか、ほんとうだとしてもどの程度「元気」なのか、は誰にもわからない。しかしすくなくとも彼女たちは「元気よ」とこたえる意思を維持している。育子がたしかめたいのはその点だった。

　単調だが気に入っている仕事にでかけ、スモーキーピンクのやぼったい制服を着て、「生徒さん」たちに事務的な笑顔を売る。机のひきだしにはお菓子。何度説明しても当番制のシステムを理解できないらしい教官——人はいいが怠惰なおじさんたち——に、辛抱強く表の見方を教え、生徒が事前連絡なしに予約をすっぽかしたことで「受付の管理能力」を責める教官——二、三人いる。一人は女性で、とても恐い——の小言を大人しく聞き、ロッカールームでの下らない噂話にもつきあう。

そして、デート。育子はデートという言葉が好きだ。人に言いはしないが、胸の内でかならずその言葉を使う。きょうはデートだ、とか、いやだデートに遅れてしまう、とか。

ここのところ、育子は隣家の岸正彰と、ひんぱんにデートを重ねている。そして、それはいままでに育子がしてきた他の男性との数限りないデートとは、あきらかに違う色合いを帯びている。

「まだその段階ではないと思う」

たとえば岸正彰は、そんなふうに言った。なぜセックスをしないのか、と育子が尋ねたときのことだ。夜で、二人は育子のアパートにいた。

「段階があるの?」

そんなことを言う男を、育子はこれまでに一人も知らなかったのでそう尋ねると、

「そりゃああるよ。物事にはすべて段階があるんだ」

と、岸正彰は自信を持ってこたえた。そういえば私たちはまだキスもしていない、という

ことに、育子はそのときはじめて思い至った。

「じゃあ先にキスをする？」

それでそう訊いた。岸正彰は笑ったが、その申し出には応じてくれた。びっくりするほど遠慮がちな、「そうっと」と形容していいようなキスだった。

岸正彰はまた、かけてくる電話の数および現れる頻度の高さでも、群を抜いていた。家が近いこともあるのかもしれないが、決して近いとはいえない育子の職場やら、父親の住む江古田やらにもやってきてくれる。「一緒に帰ろう」と言って。

育子自身が日記に記した言葉によれば、それは「戸惑うようなやさしさ」であり、「まるで、彼が私よりも大人であるかのようなふるまい」だった。無論、育子は自分の方がずっと大人だと確信している。高校生のころから、たくさんの男性を通して学んだことだ。男性と一対一で向き合うとき、育子は絶対的に大人の役をひきうけなくてはならない。あるいは、西部劇にでてくる「すべて承知」の娼婦の役を。

育子の目に、岸正彰のふるまい――まるで自分が育子よりも大人であるかのようなふるまい――は、むしろきわめて子供じみたものに映る。きわめて子供じみた、でも、だからこそ、神々しく美しいものに。

その岸正彰の提案で、育子は毎週日曜日に岸ちゃん――正彰の母にして、育子の憧れの模範的な主婦――に料理を習うことにした。決ったのがおとといでまだ授業は受けていないが、育子はわくわくしている。母親の料理を習わせようとする男なんて下の下よ。たとえば治子ならそう言うだろうことが、育子にはわかっている。ばかにするのもいい加減にしてほしいわね、と。でも、そうだろうか。育子の望みは「家庭」なのだ。そのために必要な「段階」は、全部踏むつもりだった。

こつこつ貯めている銀行預金を少しだけおろして、育子は自転車を買った。岸正彰と、町内サイクリングをたのしむために。

結局のところ、すべての物事に段階がある、という岸正彰の考え方が、育子には気に入ったのだった。理由ははっきりしていて、「わかりやすいから」だ。わかりやすさこそ、育子が日々求め、信頼し、愛してやまないものだった。

いままでも常にそうだったのだが、男と別れたあと、治子は自分でも驚くほど清々しい心持ちになる。自分の人生を、正しく自分で御している気がするのだ。男がいようといまいと仕事には全力投球しているつもりだが、仕事以外のことに向ける熱意と時間は、大きく違ってくる。治子にとっては趣味ともいえる語学習得は、そのいい例だ。冷蔵庫の上にのせたダンボール箱に、ぎっしり詰まった教本とカセットテープ。男と暮らしているあいだ、通勤電車の中だけが、治子の勉強の時間だった。いまは、箱をひさしぶりに冷蔵庫からおろし、誰はばかることなくリビングに置いている。週末に、好きなだけ勉強ができるように。

仕事帰りにネイルサロンに寄ることもできる。「急いで帰って、熊ちゃんと晩酌」をするかわりに。

喪失感は、巨大だった。巨大だったが、それは埋めようがないことを、治子は知っている。放っておけばいい、と治子は考えている。喪失感はただここに「在る」だけで、それに囚われたり浸ったりする必要はない。

第一、おもては空気の澄んだ秋なのだ。治子は秋が好きだ。ひさしぶりに一人旅をしよう、と計画をたてている。


母親の家に帰った雪枝は、それでも頑なに育子の家の近くのセンターにやってくる。福祉相談員および弁護士にあいだに立ってもらった上で、離婚の話し合いを進めているという。しかし雪枝本人は、あれ以来一度も夫と顔を合わせていないらしい。第三者のいる場所であっても、「どうしても、どうしても」恐くて会えないのだ、と、育子の部屋でミルクティをのみながら、言った。

夫との話し合いはまだ始まったばかりで、難航をきわめているらしい。

「居場所を知られてるから、ほんとうに恐いの」

実際、雪枝の母親の住むアパートのドアを叩き続けてわめいたり、深夜に電話で脅迫めいた言葉を吐いたりするという。

「いままでちゃんと税金を払ってきてよかったと思ったわ」

雪枝はそんなことを言って弱く笑った。

「この一週間で三回も、おまわりさんを呼んじゃった」

育子は目を大きく見開いて、雪枝を見る。

「気がついた？　いま雪枝さん冗談を言ったのよ」

すごいわ、はじめて聞いた。育子は言い、雪枝の頬に、子供じみたやり方でキスを浴びせた。声と音が、派手に添えられたキスだ。気持ちが溢れると、育子はついキスをしたくなる。誰にでも、ではなかったが、誰にでも、と言われかねない幅の広さで。

夫に離婚の意思はなく、雪枝の両手はまだ指が動かず、何一つ解決していないのだが、前進ではあった。あの日、ホテルで育子がはじめて会った雪枝とは、いまの雪枝は別人のようだった。育子は、この人は永遠に笑わないのじゃないか、と思っていた。

「一体どうしてあの人と暮らしていられたのかわからない」

いまの雪枝は、そんなことも言う。

「だから麻子さんには感謝してるの」

と。その麻子は、しかしあの家に戻ってしまった。周囲を心配させるだけさせて、あっさり。

「二番町のマンションに連れていかれたとき」

ソファではなく床に直接、ソファにもたれる形で足を投げだして坐り、両手でぎこちなくティーカップを持って、雪枝は言った。

「あのときね、あなたたちがどうしてこんなに強いのか、わかったような気がしたの」

育子は首をかしげて続きを待った。

「家族に愛されると、人は強くなるのね」

返事をするまでに間があいたのは、育子自身、自分たちを強いと思ったことがなかったからだ。それについてしばらく考え、

「そうかも」

と、こたえた。

「ここはいい部屋ね」

帰り際、雪枝はきまってそんなふうに言う。

「まぎれもなく育ちゃん一人の気配だもの」

言葉に淋しさがまざっていることには気づかないふりをして、

「またいつでも遊びに来て」

と、育子はこたえる。部屋ばかりか人生まで、「まぎれもなく育ちゃん一人の気配」であることに、自分はもう倦んでいるのだ、と考えながら。

治子の会社にはファミリー・イヴェントの日がある。イースターとハロウィンがその日で、普段は機能的でモダンなオフィスが、そのときばかりは幼稚園のようになる。色紙の飾りつけ、天井にはりついた幾つもの風船、レモネードとコカ・コーラ。

治子はいつも驚くのだが、その日にやってくる社員の妻たちは、例外なく目立って美しい。高価な服に身を包み、完璧な化粧をほどこしている。膝丈のスカートからのびる、細くて形のいい脚。例外なく、だ。奥さんが美しくない場合はつれて来ないのだろう、と、治子は確信に近い憶測をめぐらせている。そしてまた、だからこそ、招かれた妻たちはこうも誇らしげに、競うように着飾ってやってくるのだろう。

げんなりする。コカ・コーラの紙コップを手に、治子はぼんやりと立っている。たしかに、留学していた街や日々を思いだす光景ではある。社員の三分の一はアメリカ人だし、日本人社員とその家族も、かつてアメリカで暮らした経験を持っている。ここは意図的に維持された、小さなアメリカなのだ。

「トリック、オァ、トリート」

生意気な発音で嬉しそうに迫ってくる子供たちに、治子は仏頂面のまま、テーブルの上のチョコレートバーを手渡す。そろそろ仕事をしに自分のデスクに戻ってもいいかな、と考える。

家族を招くとはいっても、こういう場所に、女性社員の夫がやってくることは稀だ。必定、男性たちだけが、私的側面を露呈させられる。普段、冷徹なまでの鋭い仕事ぶりを見せる――それ故にときに治子を嫉妬させ、また、尊敬の念を抱かせもする――同僚たちの、それぞれ妻に頭が上がらないらしい様子や表情を見ることは、治子には不快かつ苦痛だ。大の男が、紙皿からパンプキンパイなんかほおばって――。

「いつも主人がお世話になってます」

ふいに声をかけられた。見ると、リカちゃん人形のような顔をした女が立っていた。

「いいえ、こちらこそ」

胸の名札を見て、誰の妻か確認してからそうこたえる。

「ものすごくお仕事がおできになるんですってね。主人がいつも言ってるんですよ。犬山さんにはかなわないって」

女は笑顔だったが、口調には敵愾心がのぞいていた。

「そんな」

治子は一応戸惑ったふりをする。そりゃああなたの夫よりは仕事ができます。胸の内で言った。

うんざりだ。これだからファミリー・イヴェントの日は嫌いだ。紙コップを持ったまま、その場をひきあげようとした治子の背中に、

「知ってるんですよ」

という言葉が辛うじて届いた。それほどに小さな声だった。

「はい？」

ふり返ると、女はもう笑ってはいなかった。その瞬間、治子は直観的に理解した。あの手紙だ。あの手紙はこの女が書いたのだ。

「知ってるんです」

女はもう一度言い、同時に人の輪から数歩はずれた。緊張した、小さな後ろ姿だった。

「何をですか？」

思わず声が高くなった。大きな歩幅で女に追いつき、治子は尋ねた。

頭に血がのぼっていた。この女があの手紙をだしたのだとすれば、この女のせいで熊木はでて行ったのだ。あんな下らない、あんな嘘の手紙のせいで。

「犬山さんが身体を武器にして出世してきたことを、です」

女はほとんどささやくように、そう言った。治子は呆気にとられる。

「ばかなことを言わないで」

両手をひろげる身ぶりつきになった。自分が軽蔑もあらわに笑ったことに、治子は気づきもしなかった。

手紙に書かれていた五人の男の名前の中に、そういえばこの女の夫の名前も入っていた。思いだし、また笑った。頼まれても手をだしたくない男だったからだ。夫を盗られたと思ったのか、それとも治子が夫の出世を妨げているると思ったのか——。いずれにしても、陳腐で憐れきわまりない。

「今度はロバートに手紙をだそうかしら」

女は治子の顔を見ずに言った。ロバートは治子の直属の上司だが、それはどうでもよかった。ロバートに注進したいのなら、いくらでもすればいい。

「ちょっと」

低い声で言い、女の視線をとらえた。治子は、怒りのあまり自分の目が爛々と光を放ち、体じゅうにエネルギーが満ちるのを感じる。ひとことで切りつけなくてはならない、と思った。おなじ土俵におりて喧嘩をしてはならない。そんなことをすれば、犬山治子の名がすたる。

にらみ合ったあと、治子はため息まじりに笑ってみせた。軽蔑と憐れみが、相手に思うさま伝わるように。

「かわいそうに。あなたみたいな女は、見てるだけでも恥かしい」

あとはゆっくり待っていればいい。リカちゃん人形の顔が憤怒に歪み、やがて勝手に恥辱が降り注ぐさまを。

女は唇をわずかにひらき、まるで自分が不当な目にあったかのような表情で治子を見る。何か？　治子は目だけでそう訊いてやった。おもしろがっているみたいに。

子供たちは、飽きもせずオフィスを走りまわっている。壁に貼られたオバケたちの絵。女はひらきかけた口をとじることもせず、踵を返して足早に去る。おそらくはトイレに、あるいは不出来な夫の元に。どちらでも大同小異だ。治子は思い、空の紙コップをごみ箱に投げ捨てる。


十一月に入ると、雨の日が続いた。日に日に気温が下がり、昼間でも吐く息が白く弾む。ひさしぶりに遊びに来た光夫に対し、育子は『もう一人ではここに来ないで』と、説得している最中だった。

日曜日。午後は隣家に料理修業にいくことになっている。

呼び鈴が鳴り、ドアをあけて光夫が立っているのを見たとき、育子ははじめ、玄関払いをしようと考えた。岸正彰が、それを望むように思えたからだ。

「寒いよ」

光夫が、とじた傘の先から雨をしたたらせながら言ったので、玄関払い計画は、ものの数分で頓挫した。

「あったまったら帰ってね」

厳しい表情をつくって言ったつもりだったが、光夫は靴を脱ぎながら、

「帰る、帰る」

と軽やかに応じ、

「だからちょっとあっためて」

と言いながら、育子の背中におおいかぶさった。

「重いよ、光夫くん、やめて。もう、やめてってば。コートが濡れてるじゃないの」

二人羽織のような体勢で台所に入った。光夫はあっさり離れ、

「紅茶、砂糖ぬきにして」

と言うとさっさと居間――兼寝室――に行ってテレビをつけた。慣れた仕草で緑の布をどける。

「ここに来ると里美ちゃんが悲しむよ」

ミルクをわかしながら、育子は言った。

「仕方ないよ」

光夫はこたえる。

「仕方なくないよ。私、方針を変更したの」

なんで、と、光夫は訊いたが、本気で訊いたわけではないようだった。というのは、育子が、

「好もしいと思う人が現れたの。私、その人を悲しませたくないの」

と説明しても、また、

「なんで」

と訊いたからだ。育子は目をまるくしてみたが、台所にいるので、無論光夫は見てもいないのだった。

「誰かを悲しませるのはよくないでしょ」

紅茶を運びながら言った。

「なんで」

「なんでも」

光夫のコートが濡れたままソファにつくねられていて、育子は眉をひそめる。

「じゃ、俺は?」

「俺が何?」

訊き返しながら、コートをハンガーにかけて窓辺に吊るした。

「ここに入れてもらえなかったら、俺は悲しいよ。悲、し、ま、せ、る、の、は、よ、く、な、い、で、し、ょ、」

「へ理屈だわ」

育子は言い返したが、基本的には光夫の言うとおりであるような気もした。

「俺たち友達でしょ」

光夫は言いつのる。

「そうだけど」

光夫の隣に腰をおろした。手と手がすこしだけ触れた。育子のよく知っている、色の白い、清潔なかたちの光夫の手だ。仲間。育子は胸の内でその言葉の感触を確かめた。光夫は、まさに仲間だった。十代の日々を共有した。誰が誰を好きだとか嫌いだとか、夜中の電話で集れるかどうかとか、度を越したお酒や大騒ぎや、下らないことをたくさん共有した。光夫と里美が恋人同士でも、育子と正彰が「段階」をのぼり始めたにしても、光夫と育子には光夫と育子の関係があり、歴史もある。

「きょうは里美ちゃんは?」

訊いて、ミルクティを啜った。カップが大きいために、顔じゅうに湯気がぶつかる。

「お得意様セール」

「働き者だね」

屋根も壁もあるのに、部屋の中まで雨の日の気配なのはどういうわけだろう。

「生活を変えてみたいの」

考えて言ったことではなく、気がつくと声になっていた。

「どっちが正しいかじゃなくて、ただ生活を変えてみたいの」

育子は言い、光夫の手にそっと触れる。

「だから今度は里美ちゃんと一緒に来て」

水滴のついた窓ガラスの手前に、光夫のコートが一枚淋しそうにぶらさがっている。

第22章

雨。麻子は窓の外を見ている。あるいは窓そのものを。磨き込まれ、無数の水滴をつけ、庭の木を透かし見せている窓ガラス、麻子と外界とを隔てるそのつめたい物体を、麻子はじっとみつめている。

あれ以来、邦一はやさしくなった。まだ一度も暴力をふるわれていない。そうしてそれにも拘らず、麻子は以前よりもずっと心底、怯えて暮らすようになった。

最悪なのは、邦一も怯えているということだった。この家の中には、いまや恐怖と罪悪感以外の感情がない。

「しっかりしなさいよ」

雪枝と共に二番町のマンションに逃げ込み、迎えに来てくれた邦一と共にここに戻った翌日、電話をかけてきた母親は言った。

「どういうことなのか、ママにはさっぱりわからないわ」

ごめんなさい、と、麻子は言った。大騒ぎしちゃってごめんなさい。

「ともかくしっかりしなさいね。自分でそこに戻ったんだから」

思いだし、麻子は薄く笑う。わかっている。何もかもちゃんとわかっている。

それにしても一体何だって私はこんなに怯えているのだろう。そばに邦一もいないのに、この家の中にいるだけでこんなに震えている。それにひどく息苦しい。

麻子は肩にストールをまきつけ、敷居が濡れることも構わずに窓をあけた。水の音、濡れた葉っぱ、新鮮な外気。

大きくためいきを吐いた。震えはまだおさまらないが、呼吸はずっと楽になった。

ゆうべ、邦一がリビングから何か話しかけたとき、台所で水を使っていた麻子には、それを聞きとることができなかった。ふいに背中に人の気配がして、ふりむくと邦一が両のこぶしを握りしめて立っていた。怒っていることがわかった。

「どうしてこたえないんだ？」

無表情に、しかし麻子をまっすぐにみつめて、邦一は言った。

「話しかけているのに、どうしてこたえないんだ」

首をしめられる、と思った。麻子がそう思った瞬間が、邦一にはわかったらしかった。にやりとして、首はしめず、でもいつまでもそこを動かない。台所の狭さが、立っている男との距離の近さが、リビングから聞こえてくるテレビの音が、見知らぬ男のような夫のにやりとした表情が、麻子にパニックをひきおこした。

息ができない。

何もされていないのに、確かにそう感じた。叫びだしたい衝動を辛うじて抑えた。その場から逃げたかった。廊下に、二階に、あるいはおもてに。

「どいて」

肩に触れても邦一は動かない。リビングと台所のあいだに立ちふさがって、満足気に麻子の慌てぶりをみつめている。

「お願いだからどいてっ」

甲走った声がでた。どいて。ほんとうに息ができないの。麻子は邦一の胸を両手でついた。

邦一はびくともしなかった。

「どいてって言ってるでしょう」

泣きながら叫んでいた。蹴られても、椅子を振り上げられても、悲鳴など上げたことはなかったのに。

邦一がその場所をどくのが、あと一瞬遅かったら、自分は邦一に殴りかかっていたかもしれないと、麻子は思う。

ゆうべは裸足のまま庭にとびだした。あえぐように空気をすった。庭は平和で、湿った土の匂いがした。よその家の夕食の匂いも。どのくらいそこに立っていただろう。家の中に戻ることが恐かった。邦一はサッシ戸の鍵を閉め、カーテンを引いた。

雨。麻子にはもう物事がよくわからない。ゆうべだって邦一は暴力をふるってはいない。邦一は普通じゃないと思っていた。どうかしていると思っていた。おかしいのは、私の方なのかもしれない。

育子は生来のきまじめさを発揮して、正彰との「段階」を踏んでいる。正彰は、知れば知るほど理想的な男に思えた。何よりも素晴らしいのは、育子を娼婦の気持ちにさせないことだった。

「意志が大事なんだ」

正彰は言う。彼の行きつけの中華料理店で。その店の主人ともその妻とも、正彰は仲がいい。基本的に——というのは正彰のよく使う言葉だ——、知らない店には入らないようにしているらしい。

「恋愛は感情で始まるものかもしれないけれど、意志がなくちゃ続けられない」

小さなコップで慎ましくビールをのみながら、正彰はぎょうざをつついている。

「そのとおりだわ」

育子は大きくうなずく。

「不思議ね。それはいつも私が日記に書いていることと同じよ」

正彰もうなずき、二人はみつめ合う。

「で、つまりいまの世の中で恋愛が過大評価されてるってことが、問題なんだと思うんだよ、僕は」

「ええ。それもいつも私が日記に書いていることと同じよ」

育子は、つい興奮した口調になる。たとえば両親の離婚も、麻子の不自由な結婚生活も、治子の自由な失恋(たび重なる!)も、そもそも恋愛が元凶ではないか。

「みんな意志が弱すぎるのよ」

チャーハン用のスプーンを、育子は我知らず立てて握っている。

「同感だね」

断言する岸正彰を、嬉しい気持ちで眺めた。

「すてき」

育子は大ジョッキで生ビールをあおった。

「豪快だね」

正彰は首をすくめたが、育子は微笑んで、

「ありがとう。みんなそう言ってくれるの」

と、胸をはった。そして、私たちはきっと上手くいきそうだと確信するのだった。

中華料理店をでると、正彰は育子に、自分のマフラーをまきつけてくれた。

「ありがとう」

育子には、それが感情からでた行為ではなく意志による行為だとわかっていた。だからこそ、安心して受け入れることができる。

「隣同士に住んでるっていうのは、ほんとうに便利ね。こうやって、毎日一緒に帰れるもの」

歩きながら、育子は言った。ここしばらく、育子は正彰以外のボーイフレンドとデートをしていない。職場の人たちとも、昔からの仲よしのおじさんたちとも。そのことが自分で嬉しく、誇らしかった。また、ほとんど主食だったファストフードおよびジャンクフードを、食べないことに決めた。「身体に悪いよ」と、正彰が指摘したからだ（ただしペッツだけは別だ。鞄の中に、いまも入っている）。

「ルールがあるのはほんとうにすてき」

心から、言った。

熊木圭介は憤慨している。信じられなかった。たった一カ月だ。傷心旅行と母親の見舞いをかねて神戸に帰り、東京に戻って友達の家に泊って部屋を探し、手続きをして落着くまでに一カ月。たったそれだけの時間を、治子は待てなかったのだろうか。

熊木には確信があった。自分がほんとうに出ていくと、治子は思っていなかったはずだ。思い知らせたかった。自分の知っている治子ならひどく動転したはずだし、おそらく妹を呼びだして酒をのみ、さんざっぱら強がりを言ってみせたのち、一人で泣いて眠ったはずだ。打ちひしがれ、後悔し、出ていった男を探しだせずに苛立ったはずだ。

いま会いたい、と、何度も考えたはずだ。熊木自身がそうだったように。

どこ行くの？　あたしを置いて行くの？

そう言ってシャワーやトイレにまでついて来たがった女だ。

大好きよ

熊木の耳といわず鼻といわず足の指といわず、ともかくどこにでも唇を這わせてそう囁いた。

戻ると決めていたわけでは無論ない。しかし、戻れば戻れると思っていた。

信じられなかった。一カ月のあいだ後生大事に持ち歩いていた鍵が、鍵穴にまるで合わないのだ。しかもこれみよがしに、もう一つ別な鍵もとりつけられていた。

部屋の電話は留守電になっていた。携帯電話の番号もメールアドレスも変更になっていた。

仕方なく会社に電話をすると、涼しい声で本人がでてきた。

「住所をおっしゃって下さい。荷物、お送りしますから」

「自分で取りに行くよ」

低い声で言った。

「困ります」

はっきりした声が返った。渋谷駅の公衆電話で、熊木は途方に暮れる。

熊ちゃんは特別だわ
そう囁いては首に腕をまきつけてきた、奔放な女が脳裡に蘇る。

熊ちゃんがいなくなったら、あたしはきっと何もできない
その類のセリフを一万回も聞いた。

「じゃあ、住所を言うよ」

情ないほど、力ない声になった。周囲の人混みが、急に暴力的なものに思えた。

「どうぞ」

住所を告げ、天井をあおいだ。熊木には、いまようやく自分の状況が理解できたのだった。

「治子」

奇妙なことに、穏やかな敗北感が湧き上がった。あとからあとから湧き上がり、それが熊木を暖かく包んで周囲の喧噪から切り離した。

「はい？」

治子の声は、依然として冷静に聞こえた。

「会いたいよ」

「あたしもよ」

平然と、治子は言った。

「じゃあ、荷物はすぐに送りますから」

そう続け、とりつく島もなく電話は切られた。


食器棚のコップの下に、レースのついた布が敷いてあること。手を拭くためのタオルが、人形のスカートになっていること。窓辺に砂時計が三つ——青と赤と白の砂——ならべてあること。キッチンペーパーのホルダーに、牧場と納屋の絵がついていること。

岸家の台所は、育子の知っている、他のどの家の台所とも似ていない。

テーブルにだしっぱなしのコブ茶の缶と、ロバの引く荷車形のつまようじ入れ。清潔に保たれてはいるが、何しろ物が多い。育子がとりわけ驚くのは、ビニールクロスのかかったテーブル——四人掛けの食卓——の端に、直接小型テレビが置かれていることだ。育子が行くと、いつも必ずこのテレビがついている。

犬山家にもテレビはあるのだが、それは何かあまりよくない物、恥かしい物として扱われており、だから育子も自分のアパートで、布をかけて隠している。それが岸家では、まったくあっけらかんと、昼日中からつけっぱなしになっている。それでいて、誰もテレビに注意を払っていないように見えた。

はじめのうち、育子はテレビのついていることがわずらわしく、落着かない気持ちがした。しかし、次第に楽しいことに思えてきた。たとえばきょうのような雨の降る冬の日に、暖かな台所で、豚の角煮とセロリのサラダ――サラダはりんごとセロリをヨーグルトドレッシングで和えたもので、正彰の、子供のころからの好物なのだそうだ――の作り方を習っていると、テレビの音というものは、料理の匂いや鍋からあがる湯気、岸ちゃんがたてる包丁のリズミカルな音などと実によく調和して、家の中に平和で安心な気配をつくりだすことがわかる。

「おもしろいわ」

育子は正彰に言う。

「この家の中では、喋るのも笑うのも働くのも、全部岸ちゃんなのね。だからテレビが要るんだわ」

正彰は自室でやはり小型テレビをみていたのだが、真顔でうなずき、

「そうかもな」

と、言った。そして、

「おふくろ中心に回っていることは確かだな、この家の場合」

と、いかにも孝行息子らしくつけたして胸を張るのだった。

育子の料理ノートは着実に厚くなっていく。育子の隣家への憧れも、着実に色を濃くして

いく。

あの一日の家出で、一つだけよかったことがある。窓の外——あるいは窓ガラスそのもの——を見つめながら麻子は考える。

きょうも雨だ。十一月はこんなに雨の多い月だっただろうか。エアコンは動いているのに、この部屋は少しも暖かくならない。

一日だけの家出について、麻子が一つだけよかったと思うことは、酒のおいしさを思いだしたことだった。考えてみれば、私はずっとお酒が好きだったのだ。犬山家では、ワインは食事の一部だった。それなしの夕食は考えられなかったし、かといって誰も酔っ払う程のんだりはしなかった。

麻子がレモンを浮かべた炭酸水を愛飲するようになったのは、邦一と結婚してからだ。一人で酒をのむのは淋しかったので、それならばいっそ、のまないことに決めた。それがいいよ、と、邦一も同意したのだったが、しかし記憶をたどってみると、邦一に酒を禁じられたわけではないのだった。

私が勝手にやめたんだわ。

胸の内でつぶやき、麻子は笑いだしたい気持ちになる。

でも、こうしてちゃんと思いだした。

手元のグラスをいとおしげにみつめる。掃除も洗濯も、アイロンかけもすませた。買物も、郵便物の整理も、夕食の下ごしらえも。窓の外はもうすっかり暗い。もっとも、きょうは雨だから、昼間から暗かった。

このごろ、邦一は麻子への土産にワインを買ってきてくれる。のみすぎさえしなければ、のむことは一向に構わないんだ、と言ってくれる。やさしいのだ。

外にさえ出なければ、邦一以外の人間と関わりを持たなければ、家事に不備がなければ、邦一だけを見ていれば、そして邦一の気持ちを受けとめそびれたりさえしなければ、邦一はほんとうに寛大になり、麻子を大切に扱ってくれる。

私は一体どうして家出をしたりなどしたのだろう。

酒のいいところは、呼吸が楽になるところだ。水よりずっと健康な味がする。身体の中に元気が灯るのが感じられる。そしてようやく、自分の肉体を自分のものだと感じられる。

昔――。それが一体どのくらい昔なのか、いまや麻子にはよく思いだせないのだが、妹たちと、あるいは大学の乗馬クラブの友人たちと、その時どきのボーイフレンドと、会社の同僚と、酒をのみに夜の街にくりだした。勿論、目的は酒ではなかった。話したり、笑ったり、稀にだが踊ったりもした。

古い店も新しい店も知っていた。夜は、のびやかで幸福な時間だった。

今考えると赤面するが、治子と二人でゲームもした。カウンターだけの小さな洒落た店を選んで、二人連れの男性客と仲良くなる。仲良くといってもその場だけのことで、言葉を交わす程度のことだ。一緒に酒をのみ、二人連れの男性を両方とも酔いつぶれさせれば「任務終了」だ。

「標的」をみつけると、治子がすぐに自分から声をかけてしまうので、麻子は姉貴風を吹かせてよく叱った。

「駄目よ。声をかけさせるのもゲームの一部なんだから」

治子は気にするふうもなく、首をすくめ、

「だって、じれったいわ」

と、言ったりする。

「さっさとつぶしちゃおうよ」

とか、

「かなりのめそうな人たちだもの、逃がすのは惜しいわ」

とか。

思いだして、麻子は奇妙な幸福感を味わう。あれはほんとうに自分たち姉妹のしたことだったろうか。無意味で破廉恥で、恐いものなしで愉快で。

「ゲーム」の最中に、思いがけない話を聞くこともあった。行きずりの男の、過去と現在、恋愛や家族や。

子供の写真を見せる男もいた。一週間前に生れたばかりで、妻はまだ実家にいると言った。会社をきょう辞めた、という男もいた。心臓に病気を持っているという男も。その男に関しては、「標的」から即座にはずした。死なれては困ると思ったからだ。

麻子はなつかしく微笑む。

雨。もうすぐ邦一が帰ってくる。遠い記憶は閉じ込める時間だ。立ち上がり、グラスを洗う。洗面所で顔色をたしかめ、髪をとかす。邦一の知らない自分がおもてにでてしまわないように。

雪枝はどうしているだろう。育子からの電話で、仕事をみつけたと聞いた。気の毒なことをしてしまった。ほとんど身ぶるいをして、麻子は考える。彼女を孤独にしてしまった。他人の生活になど口だしすべきではなかったのに。孤独ほど恐ろしいものはないのに――。

麻子はいま邦一の帰りを待ちわびている。そして、邦一が帰れば、おなじ家の中に邦一がいるというだけで途端に酸素が薄くなり、麻子には、上手く呼吸することができない。

第23章

冬は、多田邦一の好きな季節だ。世界ががちゃがちゃした色を失い、落着いたモノトーンを纏う。人々が厚着をし、肌や汗や生気をおもてに晒さないのも好ましかった。混んだ電車に揺られることは常に不快だが、住んでいる街の駅に降り立つときの、冬の、ひきしまった夜気は気分がいい。家まで歩き着けば、そこには麻子が待っているのだ。街灯に照らされた門の前は、よく掃き清められているだろう。家の中はあかるく、暖かいはずだ。

多田邦一は、自分がなぜこんなに不安なのかわからなかった。コートのポケットに両手を入れ、麻子の磨いた靴で舗道の枯れ葉を踏み分けながら、不安に打克《うちか》とうとしてみる。

ここのところずっと、麻子は従順だ。妹たちとも会っていないし、あの非常識な家出を悔いているようでもある。自分も麻子にやさしくしてやっている。いまも現に邦一は鞄に、小さな饅頭を二つ持っている。麻子への土産だ。会社の昼休みに配られた、旅行に行った同僚からの土産だが、邦一はそれを自分では食べずに、二つとも麻子のためにとっておいた。会社でまで妻を慮っているのだ。

それに、当然だが邦一と麻子は毎晩おなじベッドで眠っている。性行為こそないが――自分でするとき以上の快楽を、女によって与えられたためしはないのだし、そうである以上、緊張と疲労を伴うあのような行為を、夫婦間でわざわざする理由がない――、手をのばせばいつでも体に触れることができる。

不安に思う必要はない。

邦一はそう考えようとする。呼び鈴を押し、静電気が恐いのでポケットに手を入れたまま門をあけた。鞄から饅頭をだして待つ。

「おかえりなさい」

ドアがあき、麻子が顔をだした。青ざめてはいるが、笑顔だ。邦一には、麻子が自分をひたすら待っていたことがわかる。満足と同時に不安を、感じた。

無言で饅頭をさしだす。

「なあに？　これ」

麻子が眺めるばかりで受け取ろうとしないので、邦一はそれを麻子の胸元に押しつけた。麻子がびくりとするのがわかった。一歩退き、怯えた顔をしている。邦一は、自分が自分でも気づかないうちに、にやりとするのをぼんやりと意識した。

「お土産なの？　ありがとう。嬉しいわ」

麻子はおずおずと手をだした。言葉とはうらはらに、さっぱり嬉しそうに見えない。邦一から手渡されるものが、饅頭ではなく毛虫か何かであると思っているみたいに。

邦一は苛立ち、饅頭を廊下に投げつけた。おどろいた麻子が小さな声を上げる。声は、いや、とか、ひゃっ、とかいうふうに聞こえた。邦一は靴を脱ぎ、足音をたてて二階にあがる。苛立ちと暗い喜び、もっと力を誇示したいという抗いがたい欲求と、それらのどれよりも深く強烈な不安——このままでは自分が何をしてしまうかわからない不安と、麻子がいつまでも従順でいてくれるはずがないという不安——に、ほとんど押し潰されそうになる。

岸正彰に、平日に二日間仕事を休めないだろうか、と持ちかけられたとき、育子はおどろかなかった。

「旅行に行くの？」

いよいよその段階にきたのだ、と思いながらそう尋ねた。育子の仕事はシフト制なので、あらかじめわかっていれば、欠勤にせずに予定を組むことも可能だ。

「どこに行くの？」

行き先などどこでも構わなかったが、一応尋ねた。

「ディズニーシー」

正彰がにこやかにそうこたえたとき、育子はすこしだけおどろいた。というのも、育子自身はそういう場所にまるで興味がなく、一体なぜそんなところに行きたがる人がいるのか、つねづね不思議に思っていたからだ。

「へえ」

つい不審げな声がでてしまい、あわてて、

「嬉しいわ。ディズニーランドって、一度も行ったことがないの」

と言い添えた。行き先を口にしたときの正彰の笑顔は、育子が喜ぶことを確信（もしくは期待）している表情だった。好もしい男の期待には、応えることに決めている。

「ディズニーランドじゃなくて、ディズニーシーだよ」

正彰が言い、育子にはその差がわからなかったので、

「そうだったわね」

と応じるにとどめた。正彰が自分を喜ばせるために決めてくれた場所だと思うと、それがどこであれ、ぜひそこに行きたいと感じた。

「それでそれで？」

雪枝に先を促され、育子は首をかしげる。

「それでって？」

麻子はあいかわらず家の中にばかりいて会えず、治子も、熊木と別れて以来、いつにも増して仕事に没頭していてなかなか会えない。正彰との一泊旅行の顚末を雪枝に語りながら、育子は不思議な気持ちになる。雪枝と自分のあいだにあるもの。何の接点もない者同士のはずなのに、互いに、相手について随分多くのことを知っている。

「旅行よ。どうだったの?」

「たのしかった」

短くこたえ、育子は、でも、とつけ足した。

「でも?」

いまや「ここにいると寛ぐ」という雪枝は、台所に行って勝手に紅茶のお代りをつくっている。

「でも、おどろいたことがあるの。旅行の行き先を聞いたときより、もっとおどろいたこと。そのホテル、平日でも三カ月前から予約しないと泊れないっていうのよ」

カップルや家族づれで、ロビーはたしかに混雑していた。クリスマスツリーが据えられ、どこもかしこもぴかぴかしていた。そして、朝の廊下にだされていた朝食用のワゴンやトレイ、ハウスキーピングのワゴンに山を成した使用済みのシーツやタオル。

「そうでしょうね。私も行ったことはないけど、人気のある場所は混むわけだから」

「でも、三カ月前よ」

三カ月前といえば、育子が正彰と知り合ってまだいくらもたたない頃だ。なぜセックスをしないの、と育子が尋ね、まだその段階じゃないと思う、と正彰がこたえたとき、彼はすでにホテルの予約をしていたことになる。

意志に基いて段階を踏む、という正彰のやり方を、育子は気に入っている。気に入ってはいるが、どこか釈然としなかった。

「たのしかったんでしょう?」

紅茶を手に、戻ってきた雪枝が腰をおろした。育子は微笑み、悪びれずにうなずく。

「船のかたちのバーがあったわ。遊園地の中はお菓子の匂いがした。従業員がみんな親切だった。たのしかったわ、すーごく。いろんなことが現実離れしていて、いっぱい笑った」

思いだすままに、育子は説明を続けた。水につっこむ乗り物のこと、子供たちがみんな持っていた光る棒のこと、玩具みたいな設えのホテルと、そこでぎこちなく着衣のまま育子を抱きしめた正彰。

雪枝に言うのは憚られ、さすがに育子も言わなかったが、正彰は服を脱ぐことを恥かしがった。

「シャワーを浴びてくれれば?」

育子が言うと、正彰はほっとした様子でバスルームに消えたが、二十分後、湯上がりの体にさっきまでと同じ服を身につけて現れ、育子を呆れさせた。

「バスローブ、あったでしょう？」

困った顔で立っている正彰を見て、育子は笑いだしてしまった。笑いながら近づいてキスをした。そうしながらベッドまでひっぱった。途中から正彰も協力的になり、無事に事を成すことができたが、それまでにはまず正彰をベッドにすわらせ、育子がうしろにまわってセーターを脱がせ、ベルトもはずしてやらなければならなかった。

「ディズニーシーねえ」

自分には縁のないこと、という口調で雪枝はつぶやいた。育子はまた、うなずく。

「こういうのがデートなのかって、私もはじめて思った。男の人と寝るために、わざわざ泊りがけでどこかに行くなんて、いままで考えたこともなかったし、それが遊園地だなんてふるってるよね」

社会的なデートをした。

日記には、育子はそれを、そう記した。社会というのがどこを——あるいは誰を——さすのか定かではないものの、自分がつねにはみだしていた場所、違和感を覚え、しかし背を向けることも叶わない場所、が、育子にとっての社会だった。正彰のおかげで少しそこに参加できたような気が、育子はしている。工事現場とかアパートとか居酒屋とか、一人ででかける映画とかコンサートとか二番町の家とか、の外に、すくなくとも正彰は連れだしてくれた。

正月には妻を二番町に連れていかなくてはならないだろう。

苦々しい気持ちで邦一はそう考えている。ちゃぽんと音をたてて湯舟から両手をだし、汗の浮かんだ顔をこする。いつもなら、年末から元旦にかけては邦一の実家で過ごし、それから二番町に挨拶程度に顔をだすか、もしくは妻にだけ一泊させることにしている。その方が、麻子自身も気楽らしいからだ。

しかし今年はそうもいかない。十月の家出からこっち、麻子は自分の家族とほとんど接触を絶っている。いいことだ、と邦一は思うが、だからといってこのまま放っておけば、あのおせっかいな妹たちが、余計な心配をして騒ぎだすだろう。

電話が鳴り、邦一は眉をひそめる。もう午後十時を過ぎているのだ。こんな時間に電話をかけてくるのは、麻子の家族に決っている。

実際には、この家で電話が鳴れば、それが何時だろうと関係なく麻子あての電話だった。邦一にも家族や友人はいる。しかし常識的な人間ばかりなので、用もなく電話をかけてきたりはしないのだ。たぶん。

邦一は苛立ち、苛立ちは怒りへ、たちまち変化する。立ち上がると、ざばりと湯が波立った。

脱衣所に立って耳を澄ます。リビングのドアが閉まっているので、麻子の声は聞こえるものの、何を言っているかまでは聞きとれない。裸のまま、邦一は四つんばいになって床板に耳をつけた。

勿論、結婚したばかりの頃に比べれば、物事はずっとましになった。あのころは、家族ばかりか学生時代の友人だの会社の元同僚だの、習い事の仲間だの、麻子の周りの有象無象が、みんな電話をかけて寄越した。治子も。そのことが不快であると麻子に知らしめるために、邦一は大変な労力を使った。

まだ足りないというのだろうか。

濡れた肌を、容赦なく冷気が刺す。全身に鳥肌が立ち、邦一は震えている。裸のまま、洗濯機のわきで、怒りと不安にたった一人で苛まれているのだった。

電話は母親からだった。家族の古い友人が、亡くなったという知らせだった。心臓の病気で、突然のことであったらしい。麻子は告別式の場所と時間をメモして電話を切ると、母親の指示どおり治子に電話をかけてそれを伝えた。

「ママとは飯田橋の駅で待ち合わせることになってるの。そこに育ちゃんも来るって」

麻子が言うと、治子もそこに来ると言った。

「でも、カリフォルニアに住んでるんじゃなかったの？」

亡くなった友人について、そんなふうに訊いた。

「東京に帰ってきてたみたい。くわしいことは私にもわからないの。治子ちゃん、パパとときどき会ってるんでしょう？　帰ってること、パパから聞かなかったの？」

家族ぐるみでつきあいのあったその男性は、もともと父親の友人だった。父親同様飲食店を経営し、暮らしぶりは豊かで、賑やかなこととスポーツが好きで、しかし父親と違っていつも礼儀正しく、愛妻家で、下品な冗談をとばしたりしないところが、犬山家の女たちの称賛をあつめていた。みんなでゴルフやテニス、海水浴やキャンプにでかけた。

「信じられない。パパより若かったから、まだ五十代でしょう？」

姉妹にとっては麻子の結婚式が、生きている彼に会った最後になった。

八年前だ。麻子には、スナップ写真のように細部まで目の前に呼びおこすことができる。晴れた真昼のレストランの庭で、上機嫌だった父親と彼。

「恭子さん、大丈夫かな」

亡くなった友人の妻の名を治子が口にしたとき、リビングのドアがあいた。腰にバスタオルをまいただけの恰好で、でもちゃんと眼鏡はかけて、邦一が立っている。

誰からだ、と、口の動きだけで邦一は訊いた。麻子は送話口に手でふたをして、

「母からよ。でもこれは治子ちゃん」

と、早口に説明した。理由もなく心臓がどきどきする。

切れ、と、やはり声にださず、邦一は言った。大きな歩幅で麻子の方に一歩踏みだし、人差し指で、「でて行け」のような仕草をする。

「切らなきゃ」

麻子は電話口に向かって大急ぎで言った。

「麻ちゃん？」

治子の声がしたが、次の瞬間には受話器を置いていた。これ以上邦一に近寄られたら、息ができなくなると思ったからだ。

しかし電話を切ると同時に、邦一に髪をつかまれていた。麻子は反射的に身をかがめ、髪の根元を押さえる。

「ひろきさんが亡くなったの」

そのままの姿勢で、説明した。

「憶えてるでしょう？　結婚式にも来てくれて、あなたと何度も握手した――」

説明に意味がないことはわかっていた。電話が鳴っている。きっと治子ちゃんだ。麻子がそう思ったとき、邦一の膝が胃と胸のあいだに入った。うつぶせに倒れて身を守るよりなかった。じっとしている方がいいことを、経験上麻子は学んでいる。逃げれば、勢いづいて追ってくるのだ。

芝居じみた動作と足音で、邦一は電話線をひき抜いた。

「どうしてこそこそする」

むしろ嬉しそうにきこえる声で、そう言った。

「こそこそなんかしてないわ」

床にべたりと片頬をつけ、倒れたままの恰好で麻子は言った。暴力は、呼吸困難よりずっとましだった。

「こそこそしてたじゃないか。俺に聞こえないように、声をひそめてた」

麻子は返事をしなかった。大丈夫、息はできる。

「こっちを向け」

上の方で、邦一の声がする。どしん、と、足を踏みならす音も。

「こっちを向けって言ってるだろう」

向くものか、と、麻子は思った。話があるのなら、邦一さんも床に寝そべればいい。たったいま聞いた妹の声が、麻子の気持ちを不思議に強くしていた。蹴られるかもしれないし、つばをかけられるかもしれない。でも、それが何だというのだろう。

「麻子」

声がして、頬につめたいものが触れた。邦一の、裸足の足のうらだった。頭と耳が、床に強く押しつけられる。自分の顔が、にらめっこのときのように歪むのがわかった。

痛みは感じなかった。踏まれているのだ、と理解した瞬間、かっとして息ができなくなった。屈辱に全身が熱くなり、すぐに立ち上がれないと許せない、と感じた。許せないのに、立ち上がれないのだ。

麻子は腕をついて立ち上がろうとした。邦一がびくともしないことがわかると、今度は邦一の足首をつかんで思いきり爪をたてた。パニックに陥ることを、自分でもおさえられなかった。大声をあげなかったのは、顔をおさえつけられていたからにすぎない。爪をたてられ、邦一がとびのいた。麻子は悲鳴を聞いた。耳を聾するばかりの、果てしなくながい悲鳴で、それが自分の口からでていることに、気づいてもまだ止めることができなかった。なんて耳ざわりなんだろう。気を失う直前に、麻子はそう思った。

目を覚ましたとき、麻子はまだリビングにいたが、身体に毛布がかけられていた。すぐ横にワインを入れたグラスがあり、あごと服が濡れていたので、邦一が自分にのませようとしたのだろうとわかった。

身体が重く、ひどく疲れていた。部屋の電気は消されている。

ひろきさんが死んだのだ。

ぼんやりと、そう思った。何かとても遠いことのように。

起き上がると、目の奥が痛んだ。電話線が抜かれたままになっている。差し込みなおすと、プッシュ式のダイアルがめまぐるしく点灯した。

重い足どりで階段をのぼる。のぼりきった場所に、大きな水たまりができていた。常夜灯だけがついたうす暗さのなかで、それは不気味な光をたたえていた。

夫は、ここに立って電話を聞いていたのだ。

絶望的なかなしみに胸をふさがれて、麻子はその場所に立ちつくす。踏むこともまたぐことも恐いように思えた。それは風呂の湯ではなくて、夫の心と身体からにじみでた、怒りと不満であるように思えた。

第24章

犬山家の五人が揃ったのは、随分とひさしぶりのことだった。

「五年？　それとも六年になるかしら」

雨が降っている。それぞれ傘をさし、タクシーの拾える大通りまで歩く。

「六年と少し」

育子がこたえた。

「お正月にパパが来たのは、麻ちゃんの結婚の翌々年だけだもの」

「よく憶えてるわね」

母親が、感心したようにつぶやいて微笑む。

「育子のそういうところ、変らないのね」

葬儀は盛大に、つつがなく、執り行われた。友情に篤く、行動半径の広かった故人にふさわしい、心のこもった葬儀だった。

夕方、母娘四人が飯田橋駅改札口で待ち合わせ、タクシーでその寺に到着したとき、父親は黒い腕章をつけ、弔問客を誘導していた。砂利とコンクリートで広く設えられた引き込み道まで、人々がしずかに溢れていた。

元気だったころの故人が笑っている横顔の写真――びっくりするほど大きくひきのばされていた――を見た途端、母娘は揃って涙の小爆発を起こした。それはまさに小爆発で、四人ともほとんど同時に、かなしみを感じるより前に泣きだしていた。

泣きやむのにすこし時間がかかった。境内に張られたテントの下の、折りたたみ椅子に腰掛けた。冬の夕暮れの雨粒だけが、現実的なものであるように彼女たちには思えた。

それは不思議な感覚だった。亡くなったひろきさんは姉妹にとって、すでに失われた時間に属していたはずの、いわばなつかしい存在だった。

何年も会っていなかった。その間彼がどこに住んでいたかさえ、姉妹は知らなかったのだ。

「変なの」

テントの下で、文句のように、育子は言った。理不尽な目にあったように。母親にも麻子にも治子にも、それだけで十分にわかった。

「ほんと」

と、治子が言い、

「こんなのってないわ」

と、麻子が言い、

「ひろきさんときたら」

と、母親が言った。読経も弔辞も焼香もまだ始まっていなかったが、それは母娘にとって、二の次のようなことだった。

「いい写真ね」

「笑ってるね」

「いつも笑ってたわ」

家族が五人で一緒に暮らしていたころ。子供のない夫婦だった故人とその妻が、しょっちゅう遊びに来ていたころ。姉妹が三人とも、小さなお嬢さんでいたころ。

葬儀が始まると、面やつれして見える父親がやってきて、四人の隣に坐った。両親はとうに離婚しているし、一家が揃うのはひさしぶりのことなのに、こうして五人で坐っていることに、何の違和感もなかった。普段父親のマンションに行くだけで居心地の悪い思いをする治子も、何年も父親を避けてきた麻子も。

焼香の列は長く長く続いた。雨の音と、あちこちで聞こえる啜り泣き、そして、ひろきさんの好んだスタンダードジャズ曲。「Pillow Talk」とか、「When your lover has gone」とか。

「恭子さん」

焼香のあと、母親が未亡人に駆けよって抱擁し、四人はまた、涙を爆発させて泣いたのだった。泣きながら、この涙は死者を悼むという感じでは全然ない、と治子は思ったし、むしろ、死者の冗談に泣かされているみたいだ、と麻子も思った。やけにかなしい、と育子は思い、でもなつかしい、と言ったらひろきさんは笑うだろうか怒るだろうか、とも思った。

「喪服ってぴらぴらしてるね」

大通りでタクシーを待ちながら、泣き腫らした顔で育子が言い、

「それよりストッキングよ。はねが上がって濡れるから気持ちわるいわ」

と、眉をひそめて治子が言った。

「治子ちゃん、香水をつけずに来たのね。偉いわ」

湿った声で麻子が言い、

「あたりまえです、そんなこと」

と、似たような声で母親がたしなめたところで、ようやく車が拾えた。助手席に父親が、後部席に残りの四人が乗り込む。

「二番町に」

父親が言った。タクシーのなかで、たとえば育子にとって、正彰のことはすべてが嘘のように遠く思えた。ディズニーシーも、岸家の台所も。治子にとって、会社や熊木はやはり遠いことに思えたし、麻子に至っては、邦一の存在どころか現在の自分の家さえも、何か現実

離れしたもののように思えた。

「ビールだな」

二番町のマンションの部屋にあがりこむなり父親が言い、不遠慮に冷蔵庫をあけた。白々とした蛍光灯のあかりの下で、ついさっきまでの違和感のなさ——玄関で靴を脱ぐときまではたしかにあった。母親が全員に清めの塩をかけ、その母親には父親がかけるまで——は跡形もなく消えていて、喪服の女四人はひどくぎこちなく、窮屈そうに台所に立っていた。

電話での打ち合わせでは、葬儀のあと、どこかでひろきさんを偲んで軽くごはんでも、ということになっていたのだが、お腹はすいていないし雨は降っているし、黒ずくめの恰好でもあることなので、二番町に寄って解散、という予定に変えた。

「育子、コップをだせ」

普段江古田でしているように、父親は育子に命じると、缶ビールを五本、だした。

「麻子はお水なのよ、最近」

母親が言う。

「お水？　なんだ、お水って」

父親には、ほんとうにわからないようだった。

「着替えてきますね」

そう言って母親が奥へひっこんでしまうと、育子が仕方なく、

「麻ちゃんはお酒をやめちゃったの」

と、説明した。

「電話もよ」

すかさず治子が棘のある声でつけたす。

「ゆっくり電話もさせてもらえないなんて、どういう生活なのよ、まったく」

「なんだ?」

父親はきょとんとし、質問をくり返した。

それは麻子の恐れていたことだった。自分の結婚生活について父親に質問されること。嘘をつきとおせなくなること。

「ふざけないで」

麻子は笑顔をひねりだし、自分で缶ビールをあけた。三本あけて、四つのコップに注ぐ。

「このあいだは、たまたま電話線がぬけちゃったの。そう言ったでしょう? お酒はたしかに控えてたけど、いまは解禁」

見せつけるように、コップ一杯分をいきなり干した。

「いやだ」

空になったコップをテーブルに置くと、どういうわけか手がふるえていて、麻子は困惑し

てつぶやく。

「急にのんだからかしら。いつもは平気なのよ。もっぱらワインだけど」

言葉が勝手に口からとびだしてくるようだった。

「きっと寒かったのね。ほら、喪服ってぴらぴらだから」

笑ってみせたが、それは口角の運動みたいなものになった。

「麻ちゃん？」

育子が声をかける。麻子はかまわず二杯目をついだ。

「ほら、パパものんで」

動揺も手のふるえもすぐに治まるはずだ、と、麻子は思った。電話の件はともかく、アルコールに関しては嘘は言っていない。このところ毎日のんでいるし、きょうも出がけに一杯だけ赤いワインをのんで来た。のめば落着くのだ。コップを父親に手渡して、かちりと自分のをそれに合わせる。

「天国のひろきさんに」

そう言った途端、かなしみが蘇った。ほんとうにいなくなってしまったのだ。この世のどこにも。

セーターとスカートに着替えた母親が戻って、一家はめいめいコップを手に、リビングに場所を移した。亡くなった友人を偲んで、スタンダードのジャズ曲をかける。

「何か少しつくるわね」

母親が言い、娘たちが三人で手伝った。

三十分で、ありあわせのつまみがテーブルにならんだ。母親の手製のピクルス。解凍して焼いた手羽先。大根サラダ。焼き油あげ。父親の好物のからすみ。

「昔みたい」

料理の匂いにうっとりとして、育子は言った。

「ひさしぶりだな」

靴下を脱ぎ、ネクタイもとって寛いだ様子の父親が言い、それは育子の言葉をうけたものというより、まっすぐ麻子に向けられた発言だった。結婚して家をでて、何年も会わずにいた長女。浮気が原因で離婚して、家をでた父親にしてみれば、それ以来よそよそしい次女についてと同様に、顔を見せない長女についても、仕方のないことと思ってきた。

「忙しいのか」

尋ねられ、麻子は微笑んで首を横にふる。もうふるえてはいなかった。

「忙しいっていうわけじゃないんだけど、夜はなかなか家をあけられなくて」

嘘はついていない。麻子は自分にそう言いきかせる。そして、自分の言葉がごくありふれた、幸福な主婦の愚痴というかぼやきに聞こえることを願った。

「そうか」

父親はうなずいた。年をとったな、と、麻子は思う。しばらく会わないうちに、パパは年をとった。身体つきは変らないが、たとえば手の甲の皮膚に、加齢による変化がはっきりあらわれている。

「手のかかる亭主ってわけだ、多田くんは」

そうなの、とこたえようとして、言葉が喉元で止まった。邦一の名を聞くと、細胞が不穏に波立つ。

ぱたん、と、耳馴れた音がした。母親の、金色で四角く、薄べったいシガレットケースの音だ。両切りの強い煙草特有の、甘い匂いが流れる。

ここに帰ることができたら。

麻子は思い、同時にそれが滑稽な思いつきであることを理解する。ここなどどこにも存在しないのだ。いま目の前にいる人たちは、自分も含めてみんなすでに他の場所に属している。いっそ、ひろきさんと同じ場所に。

「麻ちゃん、またやつれた？」

育子が訊いた。

「そう？」

あかるい声で訊き返す。

「喪服のせいじゃない？　治子ちゃんも痩せたみたいに見えるもの」

「あたしは痩せたもの」

治子が返す。

「スポーツクラブに行ってるの」

娘たちのやりとりを、父親は満足げに眺めていた。


光。窓ガラス。壁。ベッド。もみの木を刺繡した小さな額縁。美しい部屋だ。

赤いワインの入ったグラスを手に、麻子は寝室に立っている。午前十時、邦一は会社に行っている。

「いいお天気」

邦一のいない家のなかは平和だ。

かつて親しかった人間の死は、麻子に不可解な変化をもたらした。

「さて」

グラスをチェストの上に置き、洗濯乾燥機からとりだしたばかりの、まだ温かい衣類をたたむ。一枚ずつ、丁寧に。

正月は一緒に二番町で過ごそう、という邦一の提案を、お葬式のときみんなに会ったから、という理由で麻子は退けた。でもそれは、家族に会うのが恐いからではなかった。

家は、帰るための場所ではない。そう思うことは、麻子を孤独にするどころか、心強い気持ちにさせる。この家も、守るべき場所ではないのだ。

「麻子は病気だよ」

ゆうべ邦一は言った。理由もなく——無論口実はあったが、それは理由ではないことを、麻子はいまや理解している——つめよられ、首に手をかけられて、そばにあった茶碗で邦一を思いきり殴りつけたときだ。茶碗は砕々に割れ、麻子の手のひらに幾つものかけらがささった。力の入れ方を間違えたのだ、と、いまになればわかる。叩きつけると同時に握りつぶすような形になった。邦一は無傷だった。頭に痣か瘤ができたかもしれないが、すくなくとも血は流れなかったし、痛そうな素振りは見せなかった。ただ驚いていた。

「何てことするんだ」

麻子から離れ、怯えた顔で言った。

「息ができなくなるのは嫌なの」

右手が痛んだが、首をしめられること以外には恐いものはない、という気持ちがした。こまかく痺れるようなその右手の痛みさえ、快いものに思えた。それで小さく笑った。

「麻子は病気だよ」

汚いものでも見るみたいな目で、邦一は言った。

いま、洗濯物をたたんでいる麻子の手は傷だらけだ。傷を洗って包帯を巻いてはあるが、ずきずきと絶え間なく痛む。それは自分が生きているしるしであるように、麻子には思えた。

なんてやすらかなんだろう。

目を閉じて息をすう。洗濯物の清潔な匂い。麻子にはわかっている。人間はみんな病気なのだ。一人一人みんな。

光。窓ガラス。壁。ベッド。目をあけて確かめる。

「いいお天気」


めずらしく東京に雪が降り、一月は空気のひきしまった日々が続いた。

「育ちゃんがスキーねえ」

ジントニックのグラスをふって、氷をからからいわせながら治子は言った。カウンターだけの小さなバーに、治子と育子以外の客はいない。

「育ちゃんがお料理ねえ」

からかうような姉の口調に、育子は照れたように笑う。

「段階を踏んでいるところなの」

それですべての説明になるとでもいうように、きっぱりと言ってつんと上を向く。

「段階ねえ」

治子はからかうのをやめない。

正月に、例年どおり二番町に泊ったのは治子だけだった。麻子は邦一の実家に行き、育子は正彰と「年越しスキー」にでかけた。

「麻ちゃん、来るって言ったのに遅いね」

腕時計を見て育子が言う。三人で新年の飲み会をしよう、と誘ったとき、麻子に関しては断られるものと覚悟していたのだが、行くわ、と、あっさりしたこたえが返った。治子ちゃんの仕事とスポーツクラブのあとだから、遅い時間なんだけど。おずおずとつけ足すと、構わないわ、と、またあっさり返事をされた。

「来るはずないわ」

運動が足りてシャワーも浴び、見るからにさっぱりした様子の治子は言った。香水もふんだんにつけている。

「熊ちゃんとはあれっきり?」

「当然でしょ」

治子は言い、

「時間は絶対あと戻りしないんだから」

と、続けた。空いたグラスを掲げ、バーテンダーにおかわりの合図を送る。

「ここ、昔よく麻ちゃんと来たんでしょ?」

スツールから下で足をぶらぶらさせ、みそっかすの妹ぶって、育子は尋ねる。治子は眉をひそめた。

「うんと昔よ。そのあとは、熊ちゃんと来たり、育ちゃんと来たり」

自分でも理解できないことだったが、麻子のことを考えると、治子は常に苛立った。邦一が嫌いだし、その邦一から離れられない麻子はもっと嫌いだった。

「ここ、いいバーだよね」

育子は言い、治子の耳に口をよせて、

「でも、値段が高いね」

と、言った。治子は吹きだしてしまう。

「育ちゃんはそんな心配することないのよ」

それより髪がばさばさ、と言いながら、治子は妹の髪を両手で整えてやった。

「ちがうの。今度正彰くんと来たいなと思って」

育子の言葉が、治子にふいうちの淋しさをもたらした。治子はゆっくり微笑む。

「御馳走させなさい」

「あるいは自分で稼ぐか」

そう言ったのは麻子だった。ツイードのロングコートを着て、ポケットに両手を入れ、外気の匂いをさせて立っている。

「麻ちゃん」

歓声、といっていいような声を、育子はあげた。スツールを回し、坐ったまま麻子の首に腕をまわして頬ずりをした。

「頬っぺたつめたい」

遅くなっちゃって。ひとりごとのように言いながら、麻子はコートのベルトをといて脱ぎ、寄ってきたバーテンに手渡すと、治子の隣に腰掛けて、

「赤ワインを」

と、注文した。

「鞄は？」

治子の、第一声はそれだった。麻子はにっこりして首を振り、

「ポケットにお財布だけ入れてきたの」

と、言う。変化は、誰の目にもあきらかだった。

「随分はつらつとしてるのね」

治子の言葉は皮肉っぽい響きを帯びた。しかし麻子は意に介さず、

「ええ、元気よ」

と、こたえた。だされた赤ワインのグラスをとり、

「新年会よね、これ」

と言う。包帯のない右手はなめらかに動いたが、手のひらは傷だらけだった。育子も治子

もそのことには気づいていない。そして、気づかれてもかまわない、と麻子が考えていることにも。

第25章

　自分たちの結婚生活がかつての愛の記憶に支えられているわけではない、という大きな事実を、麻子は、治子にはわかってもらえないと思っている。自分と邦一は、記憶ではなく現実にいま、互いを必要としながら暮らしているのだ。

「意志ねえ」

　治子が育子をからかっている。育子の最新のボーイフレンドは、感情ではなく意志に基いて行動する、らしい。育子はそこに惹かれるのだとか。

「私は治子ちゃんや麻ちゃんみたいに、恋愛に翻弄されたくないんだもの」

　大きなゴブレットに入った白いつめたい飲みもの――縁にパイナップルがつきささっている――をカウンターの上に置いて両手を添え、毅然とした表情で胸を張って育子が言い、麻子は微笑む。この頓狂で親しい妹たちの恋愛話から、自分が随分遠ざかっていたことに気づき、この場所に戻ってこられたことを、心底嬉しく思った。空になる前に静かに注ぎ足される赤いワインを、すいすいと身体に収めながら。

客の年齢層が比較的高く、普段なら深夜まで客足の絶えない店の中は、正月だけあってひっそりとしており、モダンなインテリアや巨大ともいうべき枝物の生け花、訓練されたバーテンダーたちの、優雅な物腰が目立つ。

麻子は、このあいだの葬儀以来自分が自由になったと感じている。理由はわからないが、何かから解放されたように。

「じゃあ同棲してみればいいじゃないの」

たのしそうに眉を持ち上げ、治子が妹に言う。

「どっちみち隣なんでしょう？　育ちゃんのアパートに、その男の子をひっぱり込んじゃいなさいよ」

育子は首をかしげ、

「どっちかっていうと、私が岸ちゃんの家におしかける方がいいな。そっちの方を、やってみたい」

と、こたえた。治子も麻子もおどろいた。自分たちには想像もできない発想だと思った。

「変ってるわ、育ちゃんって」

異口同音に言い、それはひさしぶりのことだったので、互いに目を見合わせた。麻子と治子は、かつて確かに、似たような考え方をする姉妹だった。それぞれ別の男を愛し、別の暮らしを始める前には。

「そうかな」

三女はまた首をかしげる。姉二人がかつてのような呼吸で自分に助言しようとしてくれていることが、なつかしくもあり、たのしくもあった。家族は個人的聖域であり、呪縛だ、と、考える。

「ここからでてみたいの」

育子は言った。治子は淋しくなり、麻子は心配になる。

「でて、どこに行きたいの？」

麻子は訊いたが、無意味な質問であることはわかっていた。どこに行こうと、逃れられないものがあるのだ。自分をつくってきてしまったもの。

「わかんないけど……」

育子は言葉を濁す。姉たちには理解してもらえないと知っていた。

「麻ちゃん、これからも夜にでてこられるの？　お義兄さん怒らないの？」

話題を変えた。

「そうよ、ちゃんとその話をしてよ」

髪をかきあげ、声の調子を改めて、治子もつめよった。スポーツクラブ帰りの、くたくただが爽快な身体と、ふんだんにつけているランコムのアロマトニック。

「勿論」

にっこりして、麻子はこたえた。

「いままでは、私がでて来たくなかったからでて来なかったの。いまは、でて来たいからでて来るの。それだけのことよ」

軽蔑したように、治子が鼻息を吐いた。

「そんなきれいごと信じられると思うの？　いまさら」

低い位置で両手のひらを上に向け、

「包帯巻いてたじゃないの。黄色い痣をつけてたでしょう？　麻ちゃん逃げてきたじゃないの。あの男は異常よ、変質者なのよ」

と、続ける。治子と育子をおどろかせたことに、麻子は否定しなかった。

「そうね」

あっさりと認め、

「でも私たちも異常だわ」

と、言う。

「私たちはたぶんのびやかすぎるのよ」

麻子の口調は穏やかで、ただ事実を述べている、というふうに聞こえた。

「私は知ってたよ、そのこと。私たちはのびやかすぎる。ずーっとそうだったもん」

育子が言い、治子は憤慨のあまり息をすいこんだ。

「どういう意味よ、それ。のびやかだから暴力をふるわれても仕方ないってこと？　全然理解できないわ。麻ちゃんも育ちゃんもおかしいんじゃない？　だいたいのびやかって何よ、どういう意味よ、説明してよ」

麻子が笑いだし、つられて育子も笑った。

「いまのあなたみたいなことよ」

麻子は言った。

「そうそう。治子ちゃんってひときわのびやか」

可笑しそうに育子も言う。

「何よ、それ。あなたたち酔っ払ってるの？」

眉を上げて文句を言ったが、結局治子もにやりとした。知っていた、と考える。ほんとうはあたしも知っていた。のびやかすぎるものは時としてたぶん迷惑なのだ。でも、だからといって、どうしようがあるだろう。

多田邦一にとって、麻子はすでに手に負えない存在になっていた。午前一時だというのに麻子はまだ帰ってきていない。

そんなことが許されるだろうか。邦一自身は、仕事が終ればまっすぐに家に帰る。しばしば土産まで買ってだ。会社勤めをしている以上、無論たまにはつきあいで酒の席にでることもあるが、それは邦一にとってたのしいことではない。実際、たのしいことなど世の中に何一つないのだ。

「妹たちと新年会をしたいの」

暮れに麻子がそう言ったとき、

「行きたければ行けばいい」

と、邦一はこたえた。不快感をあらわにしてこたえたので、行くべきではないことが、麻子にはわかったはずなのだ。

麻子はでかけてしまった。いまこの瞬間に、彼女はたのしんでいるのだろうか。夫を置き去りにして盛り場で酒をのむことが、そんなにたのしいのだろうか。

そんなことが許されるだろうか。

「いやだ、治子ちゃん、ほんとう?」

目の端に涙が浮かぶほど笑って、麻子は言った。

「お薬はつけてるの?」

つけてるわ、と、治子は不承不承の低い声でこたえる。

「薬局で買うとき、ほんとに恥かしかったんだから」

静かな店内には姉妹の笑い声だけが響いている。やわらかな音楽を背景にして。

でて行った男——熊木圭介——の置き土産となった水虫について、たったいま治子が告白したところなのだ。彼の残していったサンダルを、新聞や郵便物をとりにエントランスまででるときに愛用したことがいけなかったのだ、と。

「結局のところ」

さばさばした口調で治子は言った。

「残ったのは思い出と水虫、それに変な調理器具」

「調理器具？」

熊木という男をほとんど知らない麻子が尋ねる。

「そう。ぐるぐる回して生野菜の水気を切る道具とか、ランプのつく電動コショウ挽きとか」

器具の説明をするだけで、治子の心臓の温度が下がった。熊木の不在に、いまだに馴れることができない。

申し訳ございません、と言いながら、バーテンが伝票をカウンターに置いた。午前二時に近い時刻だった。

おもては肌が痛いほど寒く、しかし東京のまんなか——なにしろ東京タワーがすぐそばに見える——にしては空気の澄んだ夜だった。それぞれにコートやブーツや衿巻や香水で防備した三人は酒と会話のせいで陽気で、身体の内側と外側の温度差さえ心地よく感じている。

「あ、そういえばね」

タクシーを停めながら育子が言った。

「雪枝さん、仕事みつかったんだって。今月から働くって言ってた。運送会社の伝票の整理だって」

よかった、と、三人は口々に言ったが、ほんとうによかったのかどうかは誰にもわからない、と思いもした。

「育ちゃん、タクシー代」

治子が育子に一万円札を渡す。

新年。

「二人とも、いい一年にしてね」

育子は言い、車に乗って走り去った。治子と麻子は見えなくなるまでそれを見送る。育子と育子の最新のボーイフレンドが大切にしているらしい「意志」について、

「でも意志の動機づけは恋愛でしかあり得ないことが、いつかあの子にもわかるわね」

と、話し合いながら。

熊木圭介からのメールをみつけたとき、治子は台所のテーブルで、コーヒーと特製トーストの朝食を摂っているところだった。特製トーストは犬山家の父親の好んだもので、トーストに、バターでいためた山盛りのホウレン草とおとし卵をのせる。基本は塩コショウだが、治子はそこにウスターソースをほんのすこしたらす。トーストにしみないように注意をして、ホウレン草の部分にだけ。

その朝、メールは全部で三通届いていた。一通はビジネスレターで、もう一通は下らないDM、三通目が熊木からのものだ。

「ジーザス」

治子の目は画面のその行に釘づけになった。どきりとし、それを茶化すように英語でそうつぶやいた。

熊木と別れてすぐ、治子はメールアドレスを変えた。共通の友人の誰かから、熊木は新しいアドレスを聞きだしたのだろう。すくなくとも、と、治子は考える。すくなくとも、それだけの手間をかけてまで連絡したかったということだ。その考えに、治子は心ならずもささやかな満足をおぼえる。

コーヒーを啜り、件名の「どうしている」をクリックした。

会いたい、というのがそのメールの主旨だった。元に戻すのではなく新しく会いたい、と、熊木圭介は書いていた。忙しくなければ、どこかで食事でもしよう、と。

それは、治子のよく知っている熊木らしい文面だった。率直だが注意深くて、簡潔だが心をくすぐる――。なつかしさに、数秒間ぼう然とした。この世にすでにいないはずの人間と、ふいに出くわしたような気分だった。

「元に戻すのではなく新しく会いたい」

声にだして読むと、その言葉の甘美さに胸がしめつけられるようだ。全く熊ちゃんらしい、と治子は思った。熊ちゃんには、私の弱みを知られすぎているのだ。

小さなオイルヒーターが、治子のすぐ横で部屋をあたためている。赤と白のギンガムクロスのかけられたテーブルは、パソコンや新聞やファイルや未開封の郵便物で乱雑をきわめている。

元に戻すのではなく新しく――。

そんなことができたらどんなにいいだろう。双方が望むなら、できないことではないだろう（治子はほとんど、今夜熊木と食事をするかのような気がしている。新しい服を着て行こう、と考え、先月買ったスーツを着た自分が思うさまあかるく元気そうな笑顔で熊木の前に立つところを想像した）。昔みたいに、どきどきしながら食事をするのだ（それは抗いがたい誘惑だった）。何度か会って、双方がもう我慢できないと感じ（きっとそうながくはかからない。もしかしたらその日に、食事さえできずに）、肌と肌を（あのなつかしい熊ちゃんの体温と骨格、そして感触！）合わせるかもしれない。

おなじことが起こるだろう。嬉しくて、幸福で、互いに相手を讃美し合う。片ときも離れていられないと感じ、一緒に暮らし始める。熊木は一日じゅうマンションにいて、あまり売れない原稿を書く。神戸の両親に会いに行ったり、結婚をほのめかされたりするだろう。治子はそれを拒絶する。熊木は不機嫌になるだろう。おそらく、熊木はまた治子あてのメールを調べるだろう。調べて、不快なものを見つける。見つからなくても疑いは無論消えない。そして、いずれにしても、治子はまたべつな男と寝るだろう。

自分が小さくしゃくりあげていることに、治子は気づく。台所にいるのは自分一人なのだ。きみとはこれ以上一緒にいても無駄だと思う。

他ならぬ熊木が、正解をとうにだしているのだ。手のひらで顔をぬぐうと、頬がちりちりと痛んだ。冬。乾燥して荒れた肌の、熊木にふさわしくない、捨てられて当然の女、として、治子は自分を認識する。鏡でも見たみたいにはっきり。

メールを消去してパソコンを閉じた。食べかけの特製トーストはすっかり冷めてしまっている。治子は全身が重く感じた。熊木にふさわしくない、捨てられて当然の女。

ハロウィンパーティで会った同僚の妻の顔が、唐突に思い浮かんだ。感じの悪い、ついでに頭もわるいにちがいないと思える、着飾った、気ばかり強い、背のびをした女。でもあの女は一人ではないのだ。

熊木に会いたい、と、心から思った。

裸足の足でペダルを踏み、ゴミ箱にトーストを捨てる。のろのろした動作で、治子はシャワーをあびに風呂場へ行く。シャワーをあび、下着をつけたら、香水をふりかける前に水虫の治療をしよう、と考える。


「エメンタールチーズ?」

怪訝な面持ちで、岸正彰は訊き返した。正彰の部屋の、古くちっぽけなベッドに坐って。

「そう。エメンタールチーズと、ババロワ。それが私の好きな食べ物なの。覚えた?」

正彰の隣に、正彰とおなじポーズで足をなげだして坐って、育子は真面目に言った。膝の上にはアルバムが広げられている。

岸正彰の好物はりんごご入りのポテトサラダと茶碗むしだ。育子はそれを、正彰の母親に教わった。

こんな着衣のまま、もう二時間もここでこうして話している。すでに育子は確信しているのだが、正彰は性交をあまり好きではないらしい。ここが自宅だからというわけではなく、育子のアパートにいるときでも、彼はそれをしたがらない。

構わない、と育子は思っている。誰にせよ、嫌いなことを無理にする必要がどこにあるだろう。

「いろんなふうに、人は愛し合えるわ」

育子が言うと、正彰はそれについてしばらく考え、

「そうだね」

と、こたえた。育子の手を、育子の膝の上で握る。

「育ちゃんに出会えたこと、おふくろに感謝してるんだ」

照れくさそうに言った。今度は育子がそれについてしばらく考え、

「岸ちゃんは立派な主婦よ」

と、こたえた。狭い部屋に自分たちが何時間も二人きりでいることを、いま階下で岸ちゃんはどう感じているだろう、と考えながら。

おふくろを岸ちゃんと呼ぶのはやめてほしい、と、正彰は考えていた。育子ほど一緒にいて楽な女は他にいないし、おふくろも、せっかく育子を気に入っているのだから。

「今度新潟に行く?」

アルバムをのぞき込みながら正彰は訊いた。

「新潟? またスキーを教えてくれるの?」

いや、とこたえて、正彰は笑顔になる。

「従姉がいるんだ。会ってほしいと思って」

どんな人、と、育子は訊く。段階を踏んでいる手ごたえがあった。正彰には、実にたくさんの段階があるのだ。

岸正彰の、家族を大切にするところが育子は好きだった。自分と似ている気がした。いつも洗いたてみたいに小ざっぱりとした服を着ているところも、育ちのよさそうなところも、女性とあまり親しくつきあったことがなさそうなところも気に入っている。ディズニーシーに連れて行ってくれたところも。

「そろそろ帰った方がいいんじゃないかな」

正彰が言った。床には、岸ちゃんの運んできたココアのカップが二つ、内側にチョコレート色の跡だけを残して置かれている。午後十時十五分。育子は思うのだが、男の人というのは夜の深さを時計でしか計れない。

「わかった。帰るわ」

正彰の頬に唇をつける。つまり子供なんだわ、と、思いながら。

第26章

「この先私がどんなことをするとしても、結婚だけは二度としない」

樫村雪枝――離婚届けは正式にはまだ受理されていないが、雪枝はとっくに旧姓を名乗り始めていた――がそう言ったとき、育子は台所でオレンジマーマレイドを壜詰めにしていた。

「いま思うと、よくあんな男と暮らしていられたなって、自分でもびっくりするわ」

春には実家をでて、アパートで一人暮らしをする予定だという。元夫が、実家周辺をうろついては怒鳴ったり呼び鈴を押し続けたり、郵便受けを壊したり植木をひき抜いたりするらしい。

「狂暴なの。人って、ほんとに驚くくらい狂暴になれるのよ」

二月。窓の外は、つめたい冬の雨が降っている。隣家の玄関先の細い木も、葉をすっかり落とし、褪せた焦げ茶色の枝が、凍ったように濡れて光っている。

部屋のなかは暖房がきいていて暖かく、オレンジと砂糖の、むうっとする匂いがたちこめている。

育子は、マーマレイドの作り方を岸ちゃんに教わった。それを詰める壜の、おそろしく七面倒な煮沸消毒の仕方も。

「だからね」

雪枝は話し続けている。ざっくりした紺色のセーターにジーンズ、手にはサポーターをつけているが、もう手袋はしていない。別人みたいに健康的だと育子は思う。

「だから私は不思議なの。麻子さんがまだあの御主人と一緒にいるっていうことや、育ちゃんが彼と暮らそうとしているっていうことが」

「正彰くんは暴力なんかふるわないよ」

間髪を入れず反論した。

「それに、私は麻ちゃんと全然違うもん」

岸正彰と出会えたことで、育子は自分がもう一人ぼっちではないと感じている。もう、夜のファストフード店で一人で食事なんかしない。武道館とか横浜アリーナとか厚生年金会館とかのコンサート会場の雑踏のなかを、一人で気を張って歩かなくていいのだ。職場で年上の男たちにしつこく誘われても、ついていかない。他の女の元に帰っていく男たちを、西部劇にでてくる娼婦みたいに見送らなくてすむのだ。

「でも、男の人なのよ？」

語尾を上げ、雪枝は心配そうに助言する。

「私の元の夫や麻子さんの御主人とおなじように、その人も男の人なのよ？」

育子はとりあわず、薄いトーストにバターとマーマレイドをのせたものを皿にのせて運んだ。

「試食してみて」

雪枝は微笑む。

「そうね。恋をしてるんだものね」

育子は首を傾げたが、何も言わなかった。恋とは違う、と、育子自身は思っている。育子には恋は恐すぎる。恋に足元をすくわれないように、細心の注意を払って生きてきたのだ。

――誰かのものになりたいの。

姉妹でお酒をのんだ新年会で、自分がそう言ったことを思いだす。ピニャコラーダの入ったつめたいグラスを、育子は両手ではさんでいた。

――誰かのものになんてなれないのよ。

怒ったような口調で、香水のきりっとした匂いの中心で治子が断じ、とりなすみたいに麻子がにっこり笑みを浮かべて、

――そうなりたいなら、自分でなるよりないのよ。

と、言ったのだった。南仏産の赤いワインを、際限もなく啜りながら。

誰かのものに、自分でなる？　そんな、自家発電みたいな真似はいやだ、と、育子は思う。温かくてほろ苦いマーマレイドトーストを咀嚼しながら。

「好きな男の人に希望を持つなんて、育ちゃんは強いのね」

笑いながら、雪枝は言った。

「あなたたち姉妹は、みんな強いわ」

ガラス窓は曇っている。雨は止む気配がない。育子と雪枝はまるで姉妹のように一枚の膝掛けに膝を埋めているが、互いに何一つ似ていないことを二人とも知っている。聖母マリアの絵や置き物や、十二使徒の絵葉書き、動物たちの乗った方舟やガラスの天使、キリストの人形やロザリオが、部屋じゅうの壁や平面に、貼ったり飾ったりしてある狭いアパートで。ばらばら、とも、ぱたぱた、とも聞こえる音をたてて、雨粒が樋に流れおちてくる。


たまたまだが、おなじことを、熊木圭介も呟いたところだった。育子の住む阿佐谷からそう遠くない場所を、友人——去年治子のマンションをでた直後に、しばらく居候させてもらったことのある友人、熊木とは学生時代のバンド仲間だ——とならんで歩きながら。その友人に向かってというより夜が始まったばかりの雨空に向かって、

「それが強い女でさ」

と。

「途方もないよ。モンスターだよ」

ちょっと灸をすえ、しばらくしたら戻るって言ってたじゃないか、という友人の言葉への返答だったのだけれども、それは傘を打つ雨の音と通り過ぎる車の音にかき消されて、熊木本人の耳にさえよく聞きとれなかった。

「いいよ、忘れろよ。いい女は他にもいっぱいいるって」

友人の声は力強く、雨音にも車の音にも負けない。そのとおりだと熊木は思う。いい女もおもしろい女も、この世にはたくさんいる。でも犬山治子は一人しかいない。しかも、熊木の愛した治子は、趣味も質もいいパンツスーツとハイヒールで武装した彼女ではなくて、かつての留学先の何とかユニバーシティのトレーナーを着て、化粧気もないまま深夜の台所で仕事や勉強に精をだす治子であり、熊木と話すときには溶けそうに幸せな顔をし、大胆な下着を大胆な仕方で脱ぎ捨てて、力強く熊木を組み伏せようとする、焼酎とたたみいわしの大好きな、治子だったのだ。曖昧なことが嫌いで、率直な物言いをし、家族のことになると何を置いても駆けつける、治子だったのだ。

「甘いものは苦手だって公言しててさ」

思いだすままに、熊木は言った。

「すごい酒呑みだからみんなそれを信じてるらしくて、俺も勿論信じてたんだ。現に滅多に食わないしね。でもそれはダイエットのための嘘で、たまにキレてチョコレートバーとか一気に食うの。食いすぎて吐いたこともある」

友人は呆れ顔を通り越し、同情の表情で熊木を見る。熊木は続ける。

「そのことは、たぶん妹や姉も知らないと思うよ」

濡れた空気の匂い。吐く息は白く、傘を持つ手は痛いほどつめたい。ざざざ、と水をはねかす音をたてて、二人の男のすぐそばを車が通り過ぎていく。

「いいから、何か食べようぜ」

友人に肩を抱かれた。傘がぶつかって邪魔だし、薄いナイロンジャケットが身体にはりついて不快だ。

「くっつくなよ」

不機嫌な声がでる。

先月、考え抜いてだしたメールには、辛辣そのものの返事が来た。熊木はいまも、その文面を空で言える。たった二行だったからだ。つきまとうのはやめて。みっともないことはやめましょう。

「ふざけろよ」

吐き捨てたつもりが、またしても呟きに近くなった。

犬山治子は身勝手な女だった。熊木圭介は、いましみじみとそう思う。身勝手で辛辣で、おまけに浮気者だった。しかし自分はその犬山治子を、たしかに愛したのだった。

しょぼしょぼした赤いテールランプが、濡れた路面ににじんでいる。


「つめたい空気」

夕食のあと片づけを終え、曇ったガラス戸ごしに庭を——あるいはそこに映った部屋の中や自分の顔を——ぼんやりみつめていた麻子は、ふいに戸を開けて雨の匂いをかぎ、ふり向いて夫の邦一に言った。

「いい気持ち」

と、あかるい声で。

「寒いよ」

邦一は首をすくめる。ソファに寝そべってテレビをみながら、銀色のフォークをもてあそんでいる。家の中にいるとき、フォークを持ち歩くことが最近の邦一は気に入っている。無論刺したりはしないが、麻子が無作法だったり生意気だったりしたときに、ふり上げると一瞬効果的なのだ。麻子は息をのみ、目を見ひらく。

「雪になるんじゃないかしら。夜中になって、もっとおもてが冷え込んだら」

麻子の口調はあいかわらずあかるく、朗らかといってもいいくらいだ。

「昔、雪の日にホテルに泊ったわね。電車がとまっちゃって、帰れなくて」

「寒いって言ってるだろ」

邦一は舌打ちをした。最近の麻子の陽気さは、いちいち鼻につく。

「ごめんなさい」

麻子は言い、ガラス戸を閉めた。

「家の中、不幸くさいんだもの。息苦しくなるの」

すこし前にもそんなことがあった、と、邦一は思いだす。会社から帰ると麻子が居間でクラシック音楽を聴いていて、それは邦一の嫌いな種類の音楽だった。麻子は一人だったが、家の中はあかるく満ち足りた気配で、そこに邦一の入る余地はないように思えた。

「お帰りなさい」

麻子は言ったが、邦一には、麻子が自分なしでも寛いでいたことがわかった。自分の帰りを一心に待ちわびてはいなかったことが。それは屈辱ではなく恐怖だった。疎外され、居場所を奪われる恐怖。一日中働いて、やっと家に帰ったというのに。

邦一は喚いた。それでなくても麻子は最近生意気なのだ。喚いて暴れ、人ではなく物を壊した。テーブルの上にあったものを床に落とし、床に置かれた籐製のマガジンラックは蹴り壊した。つばもそこらじゅうに吐きとばした。それまでの麻子なら怯え、やめて、と、何度も懇願したふるまいだ。しかし麻子はそうしなかった。ただ立って見ていた。邦一が息をきらして動作を止め、妻の怯えた顔をにらみつけようとするまでただそこにつっ立って、それからぽつんと言ったのだった。

「二人で幸せになるか、二人揃って不幸になるか、どっちかなのよ」

と。自分がカッとしたことを、邦一は憶えている。足音をたて、散乱したものを踏まないよう気をつけて台所に行き、調理台に置かれていたサラダ用のフォークをつかんだ。それを振り上げ、喚きながら居間に戻ると、ようやく――ほんとうにようやく――麻子の目が恐怖に見ひらかれたのだった。

「雪が降るといいわね」

今夜の麻子は機嫌がいい。その機嫌のよさは邦一を苛立たせる。自分が彼女に影響しない、と感じる。

「もしあしたが雪だったら、夜はオイルフォンデュにするわね。昔、治子ちゃんとスイスにスキーに行ったとき……」

うるさい、と言って、邦一はそれを遮った。

「口数が多いな」

麻子が黙ったのはほんの一瞬だった。

「私の口数が多いと不快?」

非難のようには聞こえなかった。単純な質問。無邪気とさえいえる口調だ。邦一は返事をしなかった。麻子のせいで、もはやテレビにも集中できない。

るくなっている。

「どうして黙っちゃうの？」

今度のは、半ば質問で半ばひとりごとのように響いた。邦一の手の中で、フォークは生ぬ

私がいじめているみたいだ。麻子はそう感じ、弱々しく微笑んだ。邦一さんは、会話が不得手なのだ。服従とか敬愛とか反抗とか敵意とか、態度で示さない限り読みとってくれない。言葉で追い詰めれば、対処できなくなって暴力をふるう。

「お風呂入れてくるわね」

そう言って二階に上がった。

離婚が嫌なわけではなかった。ただ、二人で決めた結婚に対して、邦一を確かに愛し、邦一に確かに愛された日々とその自分に対して、責任のようなものがあると思えた。

麻子は洗面台のキャビネットをあけ、もともとは何か甘い菓子——邦一が買ってきてくれたものだ——の入っていた、小さな缶をとりだす。大きな白い粒は腫れどめ、小さい白い粒は化膿どめ、小さいピンクの粒は痛みどめ。エリスロシン、アクディーム、ロキソニン、それに粉薬が二種類と、用途が上手く思いだせない錠剤がいくつか。

一度怪我をするたびに数カ所の医者に行き、はじめてみたいな顔をして、余分にもらってとっておいた薬たち。この家のなかで、麻子がもっとも親しみをおぼえている、小さくて静

かなものたち。

階下でいきなり大きな音がしたとき、麻子がびくりとしたのは一瞬だけで、それ以上ではなかった。何も恐くない。缶をキャビネットに戻し、そう考える。失うものは何もないのだ。居間から、カーテンがひき裂かれ、レールごと壁からはずれる音がきこえた。

育子の部屋のカレンダーは、去年の十月のまま壁に静止している。ベーメルマンスの絵のついたそれは、あまりにも気に入っていて、めくることができなかったのだ。

「つまり、絵画がわりなんだね」

仕事帰りに寄ったのでスーツ姿の、岸正彰が言った。

「うーん、ちょっと違うの」

育子は考え考え言う。

「絵画がわりっていうより、絵画そのものだと思う。勿論、個人的な意味で」

テレビにかけられた緑色の布は上げられ、ニュース番組がついている。

男の人ってほんとうにテレビが好きよ。

育子は、いつだったか治子が鼻にしわをよせ、そう言っていたことを思いだす。ついでに岸家の食卓のテレビも。

「ね、きょうは泊っていけば？」

ソファによりかかって坐っている正彰の頭を、横から抱く恰好で育子は言った。雨で湿った髪やスーツの匂いをかぐ。

正彰が泊っていかないことは、わかっていた。めんどうくさがりなのだ。それに、たぶん「段階」に反する。

「じゃあ、泊っていかなくてもいいから、ちょっとベッドに移動しない？」

思いきって提案した。テレビばかりみているのは退屈だった。セックスをしなくてもいいが、触ったりくっついたり、話をしたりしたかった。

正彰は生返事をする。

育子には、正彰といるときの自分の態度が治子に似ているという自覚はない。まして麻子に似ているという自覚も。

「つまんないの」

言い放ち、正彰のそばを離れた。

「私、こっちでバースデイカードを書いてるね。もうじき里美ちゃんの月誕生日なの。その次の日は岸ちゃんのだし」

アパートのすぐ前あたりで随分と長く大きくクラクションが二回鳴り、ほとんど同時に電話が鳴った。

「育ちゃん？」

慌てた口調で治子が言った。クラクションはもう止まっている。

「麻ちゃんは大丈夫よ」

唐突に、まずそう言った。

「いま電話で話したの。麻ちゃんは大丈夫。でもね、病院にいるの。パパとママも向かってるわ。私はタクシーの中。ここの、育ちゃんのうちの前の道」

わかった、とこたえたが、何がわかったのかわからなかった。

「行かなきゃ」

窓からタクシーを見下ろそうとしているらしい――そこからは隣家しか見えないのだが――正彰に言い、クロゼットではなく人台にかけて置いてあるウールのオーバーをとり、育子は鞄に財布があることだけ確かめて部屋をでた。

「どうしたの」

とか、

「じゃあ僕も帰るから待って」

とか言っている正彰に、かまっている暇はなかった。

「わからないけど病院に行かなくちゃならないの。正彰くんも一緒に来てくれる?」

口にだした途端、育子には、自分がそれをどんなに望んでいるかわかった。正彰と一緒なら、どんなに心強いか。

「行くよ。勿論行く」

気は急いていたが、あまりにも嬉しかったので正彰の首に腕をまわした。頬に頬をつける。あとは無言でそれぞれ靴をはき、治子の乗っているタクシーに向かって、傘もささず走った。

最終章

救急車を呼んだのは、隣の家の人だった。怪我をしたのは麻子だったが、させたのは邦一ではなかった。

「自分で刺したの」

病院で手あてされ、ベッドに横になったまま麻子は言った。

「邦一さんはフォークを振り上げて脅しただけ」

青白い顔はしていたが、微笑んでそう説明した。医師もそれを裏づける説明をした。右膝の上に数度刺されたフォークの角度は、本人が右手で刺さない限り難しい角度——下から上——を向いている。傷口が抉れていて、縫うことはできなかったけれども、よく消毒しましたからじきにふさがるでしょう。跡は残りますが、傷それ自体は、大したことはありません。

「もみあって、フォークをもぎ取ったの」

興奮しているのか、麻子はさらに言った。

「恐かった」

くつくつと笑いだす。

「違うの」

と、誰も何も言わないのに言葉を継いだ。

「邦一さんじゃないの。自分が邦一さんを刺してしまうのが恐かったの。絶対刺してしまうと思った。あやうく刺すところだった」

笑っていたかと思うとふいに顔を歪め、目尻から涙をこぼした。

「もういいから、喋らないで眠って」

治子が言ったが、麻子はもう一度、

「恐かった」

と、言った。

きれいだったのに。

岸正彰と手をつなぎあったまま、育子はかなしい気持ちで姉を見ていた。妹の目から見ても、麻ちゃんはきれいな女のひとだったのに――。いまは全然きれいじゃない。疲れて、こわい顔で、全体が小さく固く縮んでしまったみたいだ。

多田邦一は、茫然自失の体だった。自分は何もしていないとくり返した。居間で暴れ、カーテンレールを壊しはしたが、それはふざけていただけで、麻子には指一本触れていない、と。麻子はここのところ精神的に不安定だった、とも言った。昼間から酒をのんだりした、と。

「そのとおりね」

小さな声で、麻子も言った。笑っても泣いてもいず、もうどうでもいいという口調だった。

麻子が自分の膝に何度もフォークをつき刺したとき、悲鳴を上げたのは邦一の方だったらしい。止めようとしてまたもみあいになり、フォークをとり上げられた麻子は、足から血を流したまま、逃げるようにおもてに飛びだした。そのときには麻子も悲鳴を上げていた。おもては雨が降っていた。

入院の必要はない、と、医師は言ったが、すでに真夜中を過ぎている。麻子は鎮痛剤のほかに鎮静剤も投与され、結局一晩入院することになった。治子は「許さない」と言ったが、邦一は頑として――ほんとうに頑として――自分がつきそうと言ってきかなかった。邦一も傷ついているように、育子には思えた。

「比較的きれいな病院だね」

育子が言った。

「いま通ってきた三階のロビーは、ガラス張りだったし」

その場にいる人間たち皆に冷静でいてほしいと願う、育子なりの気持ちがあって言ったことだった。

「いま問題なのはそういうことじゃないから」

育子の手をぎゅっと握りしめ、たしなめるのとなだめるのと半々の口調で、岸正彰が言った。

「でも、ここに今夜一晩泊るのは、麻ちゃんにとっていいことだと思うよ」

育子がなおも主張すると、それまで一言も発していなかった父親が、

「そうだな」

と、言った。父親はこげ茶色のシャツを着ていた。こげ茶色のシャツにベージュ色のずぼん、途中ではずしたらしい青いネクタイが、ポケットからはみだしている。

「江古田から来たの？」

育子が訊くと、父親は短く、

「いや」

とこたえた。

誰が麻子のそばに残るか、という問題は、つきそいなど認められない、という病院側の託宣であっさり片がついた。それに、そのときにはすでに麻子は眠っていた。

一同がおもてにでると、依然としてつめたい雨が降り続いていた。コンクリートの路面は、全体が水たまりと化している。

「寒いわね」

母親が低い声で言い、夜間通用口をでてすぐの場所にある灰皿の横で立ち止まった。ハンドバッグからシガレットケースをだす。

誰の吐く息も白い。母親の横で、父親もポケットから煙草をだした。二種類の煙。

「信じられないわ」

怒った調子の治子の言葉は、ひとりごとだったが明らかに邦一を責める響きだった。邦一は聞いていないようだった。虚ろな表情で空を見上げ、

「雪にはならないな」

と、言った。

「雪になったらオイルフォンデュなのに」

治子が気持ちの悪いものを見るような目で邦一を見るのを、育子はぼんやり見ていた。

「あ。このひとは岸正彰くん。うちのお隣に住んでるの」

妙なタイミングだとは思ったが、育子は正彰を両親に、両親を正彰に、紹介した。治子にはタクシーの中で紹介をすませていたのだが、病院についてからは、それどころではなかったのだ。

「はじめまして」

正彰はややばつが悪そうに、しかし礼儀正しくお辞儀をした。

全員が、言葉少なだった。麻子のいない場所で何を話しても無駄だと知っていた。あるい

はもっと単純に、何を話していいのかわからなかった。

「コート」

育子が言った。

「ママのそのコート、ひさしぶり」

それは昔風の、茶色いツイードのロングコートだった。母親はその衿元に、小さくオレンジ色のスカーフをのぞかせている。

邦一を除いた全員が、たっぷりしたオーバーコートを着ていた。育子には、そのどれもが見馴れた、なつかしいと言っていいものだった。出会って日の浅い岸正彰の、いかにも正彰らしい紺色のピーコートさえも。雨の降る深夜の、救急病院の夜間通用口という異質な場所で、育子の目に、邦一を除いた五人の成人男女の姿は、さびしく安心で滑稽なものに思えた。それぞれのコートに守られると同時に疎外されているみたいに。

「ともかくあしたただな」

煙草を消し、父親が言った。

「面会は十時からだそうだから」

コート姿たちがうなずき、邦一は何も言わなかった。麻ちゃんが見たら、と、育子は考える。麻ちゃんが見たら、きっとお義兄さんに同情するだろう。そして、いまお義兄さんは、ここに麻ちゃんがいないことを、どんなにさびしく心細く思っているだろう。

大通りまででて、それぞれタクシーを拾った。滅多にないことなのだが、育子は自分の両親を気の毒に思った。今夜の彼らは無口で年をとって見えた。途方に暮れているように見えた。しかも彼らは別々の場所に帰るのだ。一人ぼっちで。

麻ちゃんも、治子ちゃんも。

かつておなじ家に住んでいたのに。いつも一緒で、いつも愉しかったのに。

「乗らないの？」

正彰に促され、見るとタクシーがドアをあけて待っていた。

「乗る」

こたえてそそくさと乗り込み、隣に正彰のいることを、育子はうしろめたいみたいに感じた。

一夜あけると、物事ががらりと変ったと麻子には思えた。ベッドのまわりの壁みたいなカーテンを、不思議な気持ちでじっと見つめる。ゆうべ私は自分を刺した、と、考える。もうすこしで邦一さんを刺すところだった、とも。とても抑えられない、強い感情だった。感情というより、肉体全部が溶けて燃えるみたいな。怒り。恐怖よりずっと強烈な怒りに、あのとき私はとらわれていた。

七時すぎに、看護婦が見まわりに来た。看護婦はあきれているようだった。夫婦喧嘩の果ての自傷行為など、病院にとっては迷惑以外の何ものでもないのだろう。医師が来れば、すぐにも退院の手続きがとれるとのことだった。

「雨、まだ降ってます？」

麻子は看護婦に訊いた。

「いいえ」

にこりともせず、うすピンクの制服を着た看護婦はこたえた。

「ここは外科なの？」

包帯を厚く巻かれ、しめつけられた気のする右膝を見ながら尋ねると、看護婦はまたしても、いいえ、と、こたえた。

「救急ですからね、この病室の患者さんたちはたいてい内科です。整形外科もありますけどね」

あなたには関係ないでしょう、と、言わんばかりの口調だった。

廊下では、人の往き来するあわただしい気配がしている。外の世界だ、と、麻子は思った。ここは、家の、外の世界だ。自分が迷惑をかけたのだとしても、外にいることはやすらかなことだった。

八時に、邦一が来た。まだ面会時間ではないが、入れてもらえた、と言った。麻子と目を合わせず、不機嫌で、

「帰るぞ」

と言って、カーテンを三方ともあけた。ひらひらと白くて、安心な眺めだったのに。

「お医者様を待たなくちゃ」

麻子の言葉には耳を貸さず、

「看護婦に交渉してくる」

とだけ言って、邦一はいなくなった。

気持ちがいい。うとうとしながら麻子は思った。ここは騒々しくて、変な匂いがするし、ベッドも小さくて寝心地が悪いけれど、でも外の世界の安心がある。

「帰ってきたって感じるの」

退院許可がもらえず、苛立たしげに戻ってきた邦一に、麻子は言った。

「可笑しいでしょ。入院なんてはじめてのことなのに」

「帰ってきた？」

邦一はスーツ姿で、麻子を連れて帰ったらそのまま会社にいくつもりであることがわかった。

「そう。昔、たしかにこういう場所にいたなあって思うわ。猥雑で風とおしがよくて、自分がちっぽけな存在に思える場所」

「帰るぞ」

邦一はくり返す。

「足はたいしたことがないんだから、帰ったってかまわないはずだ」

麻子は邦一を見つめた。

「でもここは世間なのよ。そんな勝手はできないのよ」

かなしいのは、邦一を見捨てるみたいな気がするからだ。麻子はゆっくりまばたきをして、その考えを振り払おうとする。

「邦一さん、この世間で、もう一度私をつかまえてくれる?」

沈黙ができた。麻子は起き上がり、枕元の水——ゆうべ妹たちのうちのどちらかが買ってきた水だ——を手にとった。

「どういう意味だ?」

ふたをあけ、ごくごくとのんだ。

「そういう意味よ」

水は、からっぽの喉から胃に流れ込み、しみとおり、たちまち指先にまで運ばれる気がした。麻子は半分減ったペットボトルを邦一にさしだす。

「私はここをでても、あの家には帰らない。あなたがもう一度私をつかまえてくれない限り、帰らないわ」

窓に、朝日のあたっているのが見えた。窓の汚れも、二階だての家の屋根も。

「下らないことを」

吐き捨てるように言った邦一の声には、恐怖がにじんでいた。恐怖が、あるいは絶望が。邦一がもう一度自分を愛してくれ、自分がもう一度邦一を愛する日など、来ないことが麻子にはわかっていた。邦一にもわかっているのだろう、と思うと泣きたくなった。

「ゆうべ私が刺したのが私で、よかったと思うわ」

心から言い、麻子はまた横になった。泣くまいと思っても、涙はとてもだらしのない具合に湧いた。目尻から耳へ、鼻のわきへ、唇へ。邦一から顔をそむけ、声を立てず、涙だけ流し続けた。いま邦一に触られたら、謝られたら、頰にそっと唇でもつけられたら、甘い言葉でもかけられたら、くじけてしまうだろうと知っていた。

しかし邦一がそんなことをするはずもなかった。


十時すぎに犬山家の面々が揃ったとき、麻子はすでに退院の手続きをすませ、薬の処方箋もうけとっていた。

「帰るわ」

あかるすぎる表情で言い、自分は勿論二番町に帰るのであり、邦一にはもうそう言ってあると説明した。父親にも母親にも、治子にも育子にも、まるで理解できないことだった。

「十時に集合って言ったのに」

治子だけは、とんちんかんな腹の立てかたをした。

「あいつ、やっぱり早く来たのね。麻ちゃんが負けなくてよかった」

治子も、スーツ姿だった。高価な貴金属と香水をつけ、何が入っているのだか、大きな鞄をさげている。

「仕事がおわったら、スポーツクラブのあとで、デートなの」

育子にだけそう耳打ちをした。

「河野さんがアメリカから帰ってて。だからデートっていってもまあ、運動のあとでまた運動するみたいなことなんだけど」

育子は首をすくめる。

「治子ちゃんもちょっとは段階を踏みなよ」

「あら、いい匂い」

表玄関をでると、母親が言った。

「沈丁花ね」

灰皿の横で立ちどまり、父親もそれに倣《なら》う。

「ゆうべのリプレイみたい」

治子が言うと、母親が病院の裏手を指さして、ゆうべはあっちだったわ、と言い、育子もにっこりして、それにゆうべは麻ちゃんがいなかった、と、言った。

「育ちゃんのボーイフレンドがいたしね」

治子が続ける。

パパはどこか他所から来たし、と、育子が胸の中だけで言った。誰も、多田邦一についてはふれなかった。

「でも、ヘンゼルとグレーテルなら両親に捨てられても生きていけるよ」

夜。育子はベッドの中で正彰に言った。

「私たちならやれると思うよ」

岸家ではない場所で、二人で同棲生活を始めよう、と、育子は提案しているところだった。

「わざわざ苦労することはないと思うけどな」

正彰は煮えきらない。

「同棲するなら、結婚の方がきちんとしてるとは思わない？」

「思うけど、こわくない？」

こわくない、と、正彰は断言した。天井の蛍光灯からぶらさがっている赤い毛糸の紐をひき、豆電球だけのあかるさにする。

「きょうはセックスまでするの？」

尋ねた育子の唇を、正彰のそれがふさいだ。

進歩だ。

不器用なキスをうけとめながら、育子は思う。もうすこし。たぶんあともうすこしでヘンゼルとグレーテルになれる。

そのとき治子は同僚とシティホテルのベッドの中にいた。ルームサーヴィスでとった果物は、ほとんど手をつけられていないまま、テーブルの上で静物画のようになっている。

「育ちゃんのボーイフレンドってば、全然たよりないんだもの。あれじゃあ育ちゃんの相手はできないと思うわ」

「だろうね」

男はジムで鍛えた腕を治子の肩にまわし、可笑しそうな表情で相槌を打った。

「治子の妹じゃ、たいていの男の手に負えないだろうと思うよ」

そのとおり。治子は声にださずつぶやいて笑う。

「このくらい鍛えられてないとね」

男の上に乗り、両手で腹筋をおさえる。男に形勢を逆転され、組み伏せられたいと望んでいる。かがんで鎖骨に唇を這わせる。もうすこし、もうすこしで組み伏せてもらえる。

麻子と母親が音楽を聴いている二番町の家の玄関には、この夜も、勿論、父親の筆になる家訓の額が、ひっそりと、堂々と、かけられている。

思いわずらうことなく、愉しく生きよ。

解説

栗田有起《くりたゆき》（作家）

江國氏の小説で、登場人物が全速力で走る姿がこれほどありありと目に浮かぶものは珍しいのではないだろうか。描写の巧みさ、美しさ、言葉づかいの独特の香気はあいかわらずだが、新しい世界を見せてくれたという印象が今回はとても強かった。

読みながら、何度も何度も深いため息をついていた。夢中になりすぎて、いつのまにか息をつめてしまったのだ。取り扱われているテーマが深刻であるし、それが内へ向かうのではなく、外へ外へと開いて行く、ドラマティックな描かれ方をしているせいでもあるだろう。ページから顔を上げて、鼻から大きく息を吸い込み、ふはーっと肺が空《から》になるまで吐く。この一呼吸のあいだ、何かが湧いて、全身を満たしていることに気づく。女って……愛するって……生きるって……。それは疑問のような、驚きのような、感嘆のような、なんともいいようのないものだ。読み終えた今もその感じはまだ残っている。そしてもう一度深い呼吸をする。そういえば、ジョン・レノンの妻だったヨーコも口癖のようにいっていたらしい。「ブレス」。「息をしなさい」って。

犬山家の三姉妹は上から麻子、治子、育子という。年齢は三十六、三十四、二十九歳。麻子は夫とふたり暮らしの専業主婦である。治子は結婚に意義を見出せず、恋人と同棲を続けている。鼻っ柱が強くて、仕事熱心で、ベッドでは貪欲。育子は天使のように優しくて、「人は何のために生きているのか」というテーマについて日々思索を重ねている。望みは「家庭」。良妻賢母を夢見つつも、まるで西部劇に出てくる娼婦みたいに、求められるがまま幾人もの男たちと関係を持つ。

はたして自分はどの女に似ているだろう、と思いながら読んでみた。

麻子のように、夫とふたりきりの生活に自らがんじがらめになって、まるで彼と自分自身のあいだに境などないかのようになってしまう女の熱心さもわかる。治子のように、人生は実践あるのみとばかり、欲しいものを手づかみで取りに行く女のたくましさを、すこしくらいは自分も持ち合わせている。おのれの掲げた理想（あるいは妄想というべきか）へ向かって真剣に、まじめに邁進《まいしん》する育子。その姿勢は倫理的ともいえるのに、いざ行動を起こすとなると、どこか掟やぶりになってしまう。けれどもこの奇妙な一途さを、私は決して笑うことができない。

ようするに、どの女のようでもあり、どの女でもないなあということになるのだが、たとえ小説のなかの人物であれ、相手が女であるというだけで、なんだか他人事と思えなくなるのが不思議だ。三姉妹だけではない、彼女たちの母親や、夫に暴力を振るわれている女、父の愛人とおぼしき女、はては次女の治子に敵対心を抱く同僚の妻に対してでさえ、どこか共感できるところはないかと心を寄せている自分がいる。

友人に、祖母、母、叔母とその娘の、女ばかりの家族と暮らしていた女がいる。物心ついたころから家に男はいなかった。母と叔母はふたりで飲み屋をやっていて、彼女たちが働いているあいだ、彼女といとこの世話をするのは祖母だった。家族の写真を見せてもらったことがあるが、みんな非常に美しくて、とてもよく似ていた。美人の友人は、つねに何人も恋人がいた。好きだといわれるとついほだされてしまうらしかった。恋に落ちる相手に、男も女も区別がなかった。

あるとき彼女はいった。女と一緒に寝ていると、自分の身体も相手の身体もひとつになって、女っていう一匹の生き物になった気分になるのよ。

女という一匹の生き物。三姉妹の動向を追いながら思い出していたのは、彼女のこの言葉だった。そしてその生き物について想像をめぐらした。俯瞰《ふかん》するとそれは恐ろしく大きな身体をしていて、一目で全身を捉えることができない。近づいて見てみれば、さまざまな役割を演じる女たちが一個の細胞としてその巨大な生き物のいのちを動かしている。

この巨大生物が目指すのは何かというと、視線の先には男がいたりするのだが、どうも男そのものではないようにも思われる。

だって男というのは、たとえば三姉妹の父親にしても、麻子の夫にしても、治子と育子の恋人にしても、その巨大生物の前ではなんとも頼りなげではないか。どこまで行っても彼らは個々の器から出られず、したがって巨大生物とがっぷり組み合うには力不足ではないかと案じてしまう。

もちろん、女にとって男は必要だ。眺めてくれたり、存分に感情を注がせてもらえなければ困るし、おもしろくない。麻子の離婚問題が持ち上がったとき、治子が考えていた通り、「男の人というものは、こういうとき役には立たないが、いるだけで心強い味方」なのだから。

それはそうなのだけれど、女たちの一体感にくらべれば、気の毒なくらい彼らは蚊帳《かや》の外にいる。女という生き物が何かを求めているとするなら、真に求めているのがそんなか弱き小動物だとは考えにくい。だとしたら、いったいなんであるのか。

この小説には、心身ともに傷ついた孤独な人間が多く登場する。

麻子の、「人間はみんな病気なのだ。一人一人みんな」という言葉を借りるなら、ある意味では全員がそうだといえるだろう。夫の暴力に閉じ込められている女が、「外の普通の世界」は、「自分が考えていたほど普通でも快適でもないのかもしれない」と気づいたように、誰にとっても生きることには少なからず危険が伴う。三姉妹のように、家族から愛されて育っても、生活の苦労を経験しなくても、「私たちは異常」なのだという認識にいたってしまうもののようだ。

だからこそ、犬山家の家訓は切実に響いてくる。ののしりゲームや、月誕生日のお祝いや父の荷物検査という、家族だけに通用する習慣は、いのちを守る砦のような存在になりうるのだと知る。

私たちは砦なしでは生きられない。麻子にとっては、他人がそれをどう判断しようと、夫との結婚生活がそれだったのかもしれない。治子にとっては、仕事と、情熱的に愛し合う男だろうか。育子にとっては、幸福な家庭というイメージに酔う、一種の信仰心と呼べるものかもしれない。

やっかいなのは、どれだけ強固な砦をこしらえたと思ってみても、それが絶対ではないというところだろう。自分にとって大切なものを信じ、愛することしか、生きているうちにはできないが、それさえおのずから変化するように見えるのだから、いつまでたっても安心することができない。ひたすらに信じ、愛していればそれで大丈夫というわけでもなさそうなのである。

三姉妹の奮闘ぶりにおのれの姿を重ね合わせて、考えてしまう。果たして自分のしている、信じる、愛するという行為が、本当の意味で、信じる、愛する行為なのかどうかということを。

愛というのも、これまたやっかい極まりないしろものだ。正体不明の謎そのものであり、人間にはとうてい計り知れないわけだから、振り回されるのは自然の摂理といえそうである。愛には愛でないものも含まれるから尊いのだ、というのは聖書の言葉だったろうか。愛からすれば、人間の醜さも弱さも傷も病も愛のうち、ということになるのかもしれない。だから私たちはそれらを憎みながらも、離れがたいのかもしれない。

なんとかできないものかと首を傾《かし》げていると、現われてくるのが、巨大な一匹の生き物の姿なのだった。そうなのだ。愛のように巨大なものと、差しでやり合うにはこちらも巨体でなければならないではないか。

女ばかりの家で育った友人は、祖母や母たちから、嫁になど行くなとつねづねいわれていたそうだ。この家でたくさん子どもを産みなさい。その子たちの面倒は私たちがみてあげるから。実際に彼女はその家で未婚のまま子どもを産んだ。こうなるともう、仲がいいとか結束が強いとかいうよりも、あなたは私、私はあなた、の世界だなあと思う。それが自然にできてしまうのが女というものなのかもしれない。そうでなければ、愛の現場で力を発揮することなどできはしないのだろう。

江國さんとお目にかかる機会があると、いつもすこし緊張してしまう。彼女がいい小説を書き続ける先輩作家であるからでも、目を奪われるほど美しい女性であるからでもない。もちろんそれらも理由のうちだけれど、一番の理由は、彼女が「得体の知れないもの」だからだ。彼女は人間の恰好《かっこう》をしているが、どうもそれだけではないような気が、会うたびにする。獣とか精霊とか宇宙人とか、そんなわかりやすいものではない。今はおとなしいけれど、次の瞬間には人間の想像をはるかに超えたとんでもないことをしでかしそうな、何かなのである。そんなものを目の前にしたら、誰だって戸惑うのではないだろうか。

そういう得体の知れない存在だからこそ、女や愛や生という、わけのわからないものについて、彼女にしかできない書き方で綴ることができるのだろう。

私たちはその美しい言葉づかいに触れながら、女とか愛とか生だとか、わけがわからないけれどもとにかくそれらは美しいものにはまちがいないのだ、という確信を持つ。そんな確信を抱かせてくれる小説は貴重だ。かけがえがないなあと、またしてもため息をつきながら思うのだった。

二〇〇四年六月　光文社刊

初出誌
「ＶＥＲＹ」（光文社）
二〇〇一年十月号〜二〇〇三年十二月号

光文社文庫

思《おも》いわずらうことなく愉《たの》しく生《い》きよ

著 者　江《え》 國《くに》 香《か》 織《おり》

2007年6月20日　初版1刷発行
2011年12月5日　9刷発行

発行者　駒　井　稔
印　刷　大　日　本　印　刷
製　本　大　日　本　印　刷

発行所　株式会社　光　文　社
〒112-8011　東京都文京区音羽1-16-6
電話　(03)5395-8149　編　集　部
8113　書籍販売部
8125　業　務　部

落丁本・乱丁本は業務部にご連絡くだされば、お取替えいたします。
ISBN978-4-334-74262-1 Printed in Japan

お願い　光文社文庫をお読みになって、いかがでございましたか。「読後の感想」を編集部あてに、ぜひお送りください。

このほか光文社文庫では、どんな本をお読みになりましたか。これから、どういう本をご希望ですか。

どの本も、誤植がないようつとめていますが、もしお気づきの点がございましたら、お教えください。ご職業、ご年齢などもお書きそえいただければ幸いです。当社の規定により本来の目的以外に使用せず、大切に扱わせていただきます。

光文社文庫編集部